THE IDES OF MARCH

THORNTON WILDER

北京上河卓远文化传播有限公司 出品

三月十五

〔美〕桑顿·怀尔德 著
郭浩辰 译

河南大学出版社
HENAN UNIVERSITY PRESS

图书在版编目（CIP）数据

三月十五 /（美）桑顿·怀尔德著；郭浩辰译．—
郑州：河南大学出版社，2018.10
ISBN 978-7-5649-3507-8

Ⅰ．①三… Ⅱ．①桑… ②郭… Ⅲ．①长篇历史小说
–美国–现代 Ⅳ．①I712.45

中国版本图书馆 CIP 数据核字 (2018) 第 240465 号

豫著许可备字-2017-A-0136

三月十五
著　　者　［美］桑顿·怀尔德
译　　者　郭浩辰
责任编辑　王明娟
责任校对　杨全强
封面设计　郑元柏

出　版　河南大学出版社
地址：郑州市郑东新区商务外环中华大厦2401号　邮编：450046
电话：0371-86059701（营销部）　网址：www.hupress.com
制　作　北京大观世纪文化传媒有限公司
印　刷　河南瑞之光印刷股份有限公司
版　次　2019年7月第1版　　印　次　2019年7月第1次印刷
开　本　889mm×1194mm　1/32　　印　张　10.125
字　数　181千字　　定　价　68.00元

桑顿·怀尔德作品

小说：

《卡巴拉》

《圣路易斯雷大桥》

《安德罗斯岛的女人》

《天堂是我的目的地》

《三月十五》

《第八日》

《西奥菲勒斯之北》

短剧集：

《搅动池水的天使》

《漫长的圣诞晚餐等独幕剧》

剧作:

《我们的小镇》

《扬克斯的商人》

《九死一生》

《媒人》

《阿尔切斯达》

散文:

《美国特色等散文》

《桑顿·怀尔德日记:1939—1961》

谨以此书献给吾友：

劳罗·勃瑟斯。

罗马诗人，在指挥反抗墨索里尼独裁的运动中牺牲。

他的飞机受墨方追击，

冲进了第勒尼安海。

爱德华·谢尔登。

他虽然瘫痪失明二十余载，

却将智慧、勇气和欢乐

带给了很多人。

“敬畏的战栗是人类的最崇高的能力，

即便‘敬畏’一词的含义总在改变……”

——出自歌德《浮士德》第二部

注解：带着恐惧之情与敬畏之心，人类认识到“不可知”的存在。尽管这种认知往往误入歧途，变成迷信、奴役和自负，但正是它催生了人类最好的心灵探索。

前　言

试想，美国有哪位优秀小说家写的戏剧和他的小说一样棒？反过来说，又有哪位剧作家戏剧与小说兼长呢？欧内斯特·海明威不算，尤金·奥尼尔也谈不上。岂不是唯有桑顿可担此殊荣？怀尔德的第五部小说《三月十五》付梓时，这位威斯康星州麦迪逊大学城土生土长的作家已经五十有一。他还剩27年的时光，此时已有四部多幕剧出版问世，包括获得普利策奖的1938年的大作《我们的小镇》。

2002年8月，我在写这篇前言时，碰巧有专业演员正在一家挤满了观众的夏季剧场里上演《我们的小镇》，从我这儿往北走六英里就到了。桑顿·怀尔德的名声真是不减当年。1975年他过世的时候，至少没有像莫扎特那样不为人知、一贫如洗，遗体还被扔进生石灰坑。他早就事业有成，大名鼎鼎了。直到现在，我认为他仍是美国20世纪最不刻薄，最冷静、仁爱、博学、宽容、顽皮而慈爱的小说家。

他起初是新泽西一所预科学校的教师，然后拿到了耶鲁的文学学士学位，又前往罗马美国学院深造，还获得了普林斯顿大学的文学硕士学位，先后前往芝加哥大学和哈佛等地教授文学。一日为师，终身为师。在他的作品中，他仍然像师者一般，把读者或听众当成学生，亲切耐心地鼓励他们像他一样去享受知识，享受博闻善思的生活。今夜，他会在离我这儿向北六英里的地方传道授业。当你捧起此书，也会感受到他的鼓舞。

他在那所预科学校教授的科目不是文学，而是法语。因此，当时他肯定知道法国作家阿尔方斯 · 卡尔那句著名的对历史的慨叹："万变不离其宗。"桑顿 · 怀尔德显然也这么认为，因为本书中的尤利乌斯 · 恺撒是个彻头彻尾的现代人：有文化，饱读诗书，不无知，不迷信。《三月十五》虽然以罗马为背景，但很可能是在描述一位才华横溢而又过于人性的现代独裁者，以及他身边人的境遇。

这本书给读者上的一堂课——荣获普利策奖的 1942 年的戏剧《九死一生》上的这堂课说教味甚至更浓——即：无论处于哪个时代、何种情况，人性都不会改变。

桑顿 · 怀尔德生于 1897 年，和我的父亲同岁。在此前后 12 年中，诞生了三位获得诺贝尔文学奖的美国作家：1885 年的辛克莱 · 刘易斯，1888 年的尤金 · 奥尼尔，还有 1899 年的欧内斯特 · 海明威。有人可能会说，美国真是连中三元啊。但桑顿·怀尔德没有获得诺奖，大概是由于他的所有作品都缺了点儿即时性、紧迫性、惊喜感、悬疑感，尽管他在其他方面并不输给任何人。

要写尤利乌斯·恺撒这位光芒万丈的独裁者，还是在那个可怕的“新恺撒们”（希特勒、墨索里尼）的时代创作，桑顿·怀尔德便选择了所有文学形式中最为平和的一种：所谓的书信体小说。按照定义，书中没有对话，没有叙事场景，更没有有血有肉的角色。不过是多份或真实或虚构的文件合成一册，你要从中得出自己的结论！

你若愿意，还可将这份尘封档案与威廉·莎士比亚的鸿篇巨著《尤利乌斯·恺撒》或者乔治·萧伯纳的《恺撒与克利奥帕特拉》做个比较。一部书信体小说，反而成了桑顿·怀尔德最心爱的玩具。1927 年，他在自己的畅销书、普利策奖获奖作品《圣路易斯雷大桥》中首次炫耀了这个玩具。令他玩味的是一种可能性：至少有一部分人有着不可避免的宿命。桑顿·怀尔德要创作的，是一个预料到自己会被暗杀的尤利乌斯·恺撒，是一个不时对自己的身份和面目感到惊异的尤利乌斯·恺撒，还有什么比使用虚构的日记更好的方法吗？

作为威斯康星州麦迪逊一名报刊编辑的儿子，桑顿·怀尔德在创作这本书（他的第五部小说）时，已经是成就不凡。作为名人，他是极其和蔼亲切的，但他要是偶然想起自己如何从威斯康星州麦迪逊的一名报刊编辑的儿子一路走来，有些飘飘然也无可厚非。

拿了三座普利策奖！太不可思议了！

早年，他在加州伯克利大学城的一所公立高中读书时，就已经可以阅读尤利乌斯·恺撒和西塞罗等人的拉丁文著作了。我父亲在他这个年纪时，就读于印第安纳州的印第安纳波利斯的一所公立高中，也一样会读拉丁文著作。在他们那一代，全美有成千上万的人在学拉丁文。那时（现在世道变了），美国的教育者和家长普遍相信，学习无用的拉丁文可以强化年轻人的大脑，正如无用的体操锻炼可以强健他们的体魄。

所以才有了你正在看的这本书。

尽管我也去了那所塑造了我父亲的中学念书（我在 1940 级），却并不需要学拉丁文。错过了桑顿·怀尔德和我父亲曾经踏上的穿越两千年的时光之旅，我现在不免有些遗憾。我想，面对极度重视实用和科学的欧洲独裁国家的威胁，“不想学拉丁文就不学吧”是美国做出的部分回应。那时我们没有和那些国家开战，但似乎正是时候让美国教育甩掉任何看上去只能作为文饰的东西——比如拉丁文。

即便如此，当年还是个小孩的我都快要背下“De mortuis nil nisi bonum（人死莫言过）”这句拉丁文了。父亲在听说某个很糟糕的人死去时，常常低语或咆哮的就是这句话。他告诉我，这不是文学，而是古罗马的民间智慧。

所有历史小说都是科幻，因为讲的是时光旅行。现在我想起了马克·吐温在创作《康州美国佬在亚瑟王朝》时踏上的旅程。马克·吐温发现卡米洛特[1]人还不如他那个时代的美国人，感觉十分可笑。就算一百万年后，桑顿·怀尔德也做不出这么招人恨的比较呀。

是的，假如有人要给我一百万美金，让我针对已故的桑顿·怀尔德说几句坏话，那我在任何语言中都找不到一个词。

“不关心政治”可不是个坏词儿。

——库尔特·冯内古特

于纽约州萨加波纳克镇

[1] 译者注：传说中亚瑟王宫殿的所在地。

序

重构历史不在本作品的主要目标之列。或可将本书称作关于罗马共和国末期的特定事件和人物的幻想曲。

我所做的改动主要是，将发生在公元前 62 年的一件事——克洛迪娅 · 普尔喀和她弟弟对波娜女神[1]秘密仪式的亵渎挪到了公元前 45 年（17 年后）举行该仪式的 12 月 11 日。

到了公元前 45 年，我笔下的许多角色应该早就辞世了：克洛狄乌斯在乡间小路上被地痞杀害；卡图卢斯也已作古，只有圣杰罗姆说他死于三十岁；同年，卡图卢斯去世的几个月前，小卡托在非洲反抗恺撒的集权统治；恺撒的姑母——也就是伟大的马略的遗孀，还不到公元前 62 年就已经亡故。并且，在公元前 45 年，恺撒的第二任妻子庞培娅早就被第三任的凯尔弗妮娅给取代了。

至于那些看上去特别像是我杜撰出来的元素，确实是历史

---

[1] 译者注：波娜女神（Bona Dea），又称善德女神（The Good Goddess），古罗马宗教中的神明。象征治愈、女性的贞洁与生育。

上真实存在的：克利奥佩特拉于公元前46年来访罗马，恺撒将她安置到他位于河对面的庄园内，直到恺撒遇刺，她才离开庄园逃回祖国。几乎所有关注恺撒私生活的历史学家，都思考过马尔库斯·朱尼乌斯·布鲁图斯是其私生子的可能性，并普遍持否定态度。但的确有史料显示，恺撒送给了塞尔维莉娅一颗价值连城的珍珠。我们当代发生的事件也暗示了，历史上确实存在针对恺撒的阴谋连环信。据说，在萧伯纳的建议下，劳罗·勃瑟斯在意大利散播这些信件来反对法西斯政权。

读者要注意本书罗列材料的形式。

这四册书几乎都是按照时间先后顺序来罗列文件。第一册的文件出自公元前45年的9月。第二册收录的材料涉及恺撒对爱情本质的叩问，起始时间比第一册更早，贯穿了9月和10月。第三册主要写宗教，起始时间还要早些，持续了整个秋季，收束于12月善德女神的仪式。第四册则以本卷中时间最早的文件开篇，以恺撒遇刺作结，并回顾了恺撒之间的各方各面，尤其是他叩问自己是否扮演了“命运”的工具。

除卡图卢斯的诗篇和结尾篇目（出自苏维托尼乌斯的《罗马十二帝王传》）外，本书中的所有文件皆源于作者的想象。

有关西塞罗的原材料卷帙浩繁，关于克利奥佩特拉的较为贫乏，而恺撒的相关材料虽然丰富，却往往被政治偏见歪曲了事实，令人费解。正是不同史料之间的出入，才催生了这样一部想象式的重构。

桑顿·怀尔德

第一册

一

占卜院院长书，致罗马教宗及执政官盖乌斯·尤利乌斯·恺撒。

(副本致朱庇特神庙祭司等人；致维斯塔贞女院院长女士等人。)

（公元前 45 年 9 月 1 日）

至尊至敬的教宗大人：

这是本日第六份报告。

午祭情况：

一只鹅：心肝上有污斑。横膈膜凸出。

第二只鹅和一只公鸡：无甚可说。

一只鸽子：凶兆，肾脏移位，肝脏肿大、色黄，嗉囊里有粉色石英。已命令详查。

第二只鸽子：无甚可说。

飞鸟观测：有一鹰，自索拉克太山北三英里处来，目之所及，至蒂沃利上空。近城时，其飞行方向游移不定。

雷：十二日前有报，至今尚无。

祝教宗大人健康长寿。

一（一）

恺撒的批注，机密，仅供教会秘书查阅。

第一条。通知占卜院院长，每天不必向我呈交十到十五份报告。交一份总结报告总结前一天的观测情况即可。

第二条。从过去四天的报告中，选出三个大吉之兆、三个大凶之兆。今天在元老院可能要用。

第三条。起草并发放一份通知，大意如下：

新历已成，现将每月七号的建城纪念日定为最为重要的市民仪式。

教宗若居于城中，则出席每场庆典。

举行庆典时，有以下几点补充与修正。

按照军队驻地的惯例，将有两百名士兵到场并递送战神符。

维斯塔贞女须上演《奏瑞亚[1]崇拜》。院长要亲自出席，负责保证演出质量，并确保到场人员礼仪得体。已渗透进仪式的恶习要立刻改正，司仪要到最后一次列队行进时方可现身，

[1] 译者注：奏瑞亚是希腊神话中的众神之母。

不得采用混合利底亚调式。

《罗穆卢斯[1]誓约》的位置要朝向贵族专座。

祭司和教宗最好是通过书信联络。违反任何一项的祭司，将接受三十日的培训，并派往非洲和不列颠的新庙任职。

一（二）

恺撒写给卡布里岛的卢修斯·玛米琉斯·特瑞纳斯的日记体书信。（第三号文件开篇有对此日记体书信的说明。）

968.（论宗教仪式）

作为教宗，我收到的报告不计其数。我这周给你的文件包里放了其中的六份，分别来自于占卜师、预言师、观星师和养鸡人。

我还附上了我颁发的关于月度建城纪念仪式的指令。

该做什么呢？

迷信和荒谬，是我与生俱来的负担。我虽统治着无数的人，但也必须承认，飞鸟和雷声统治着我。

这些事情常常阻碍着国家运行：元老院和法庭会因此一关就是好几天甚至好几周。还需要雇佣数以千计的人。任何相关

[1] 译者注：罗穆卢斯（Romulus），战神马耳斯（Mars）之子，传说中古罗马的建国者和守护神。

人士——包括教宗，都是出于一己私利来操纵迷信。

一天下午，在莱茵河谷，我们总部的占卜师禁止我与敌方交战。看上去我们的“神圣”鸡群有些挑食。母鸡小姐们在行走时双脚交叉，时常凝视天空、回头观望，像是在提防什么似的。我也去了河谷，并且很沮丧地发现，这全是因为老鹰追猎的缘故。我们这些将军，竟沦落到要通过鸡的眼睛来观天。我同意休战一天，尽管我本可以出敌不意，这是我为数不多的优势之一。我怕早上也有占卜师用类似的理由阻挠我出战。傍晚，我和阿西尼乌斯·波利奥到树林散步，挖了十多尾蛴螬，用刀剁成小碎段，然后撒在了“神圣的”饲料栏里。第二天清晨，整支军队都悬着心等待着神的旨意。这些宿命之鸡被放出来进食。它们先是望了望天，发出一声足以吸引万人的惊啼，接着便转移了视线，盯着食物看。大力神在上！它们双目突出，发出因贪吃而狂喜的尖叫，赶忙向这顿大餐飞扑而去。于是，我获允赢得了科隆之战。

然而，最关键的是，这些观测仪式侵袭并损害了人心中的精气神。从街道清洁工到执政官，所有罗马人从仪式中得到的都是一种微弱的自信。这其实并不是自信，而是四处蔓延的恐惧，既不能转化为行动，也不能呼唤出巧思，唯独能麻痹众人。这些观测仪式从人民肩头带走了每时每刻不懈创造属于他们自己的罗马的义务。这些仪式沿袭先祖的做法，吸走了我们童年的安全感，鼓吹消极被动，为能力不足找到借口。

我能够应付其他危害社会秩序的人：一个叫克洛狄乌斯的家伙没头没脑地惹是生非，滥用暴力；西塞罗和布鲁图斯天生善妒，痴迷于古希腊文本中的精密理论，常常抱怨不满；我的总督和其他受命者贪欲熏心，犯下罪行……但他们虔诚的外壳下包裹着一份窃喜的冷漠，要么告诉我守护神们会拯救罗马，要么认定罗马将走向毁灭，因为神明性恶。我能拿这份冷漠怎样呢？

我并没有沉思的习惯，却经常发现自己在思考这个问题。

该做些什么？

我时常在午夜幻想，要是我废除了这一切会怎样？如果作为独裁者和教宗的我废除了对于雷电、吉凶日、鸟类内脏和飞行情况的所有观测仪式，关闭了卡比托利欧山朱庇特神庙外的所有神庙，会怎样呢？

朱庇特神庙怎么了？

我会继续跟你谈这件事的。

准备好跟着我的思路走。

次日夜晚。

（以下内容由希腊文书写。）

又到午夜了，我亲爱的朋友。我坐在窗前，希望下方是酣睡的城市，而不是台伯河岸的富人花园。几只小虫围着我的灯飞舞。河面上星光寥寥。远岸，一间酒屋里有几个醉酒的市民在吵架，不时传来我的名字。我夫人已经睡下，我也试着靠阅读卢克莱修来平复思绪。

每天我都感到压力俱增，这源自我现在的职位。我越发清晰地意识到，它能让我实现什么，又召唤着我去完成什么。

但它在对我说什么？对我有何要求？

我已经平定了天下。我已经拓展了罗马法的受众范围，造福于不计其数的人民。我还力排众议，给了他们公民身份的权利。我改革了历法，按照日月的运行情况校准我们的日历。我计划让全天下的人都能饱腹，我会按照公众需要，通过法律和舰队来调节粮食收割周期和盈余，下个月，我会把拷打移出刑法典。

可这还不够。这些措施仅仅是一位将军或行政官的工作而已。实行这些措施的我之于天下不过是村长之于村庄罢了。现在需要进行一些别的工作，但要做什么呢？我感觉，现在我已准备好施展拳脚，就是现在。每个人都在哼着歌，把我唤作“父亲”。

这是我行政生涯中第一次感到不确定。迄今为止，我的行为都遵从了或可称之为迷信的原则：我不做实验。我决不会为了从结果中得到指示而采取某个行动。在战争艺术或政治运作中，我所做的每一件事都有极其精确的意图。若出现障碍，我就立马制订新计划，而且我清楚地知道这个计划可能带来的全部后果。我在看清庞培每次冒险都带有些许运气成分的那一刻，便知道自己定会成为世界之主。

然而，我正在考虑的计划中带有某些我也不确定自己是否有把握的成分。要落实的话，我必须想清楚普通人的生活目标是什么，以及人类有哪些能力。

人为何物？关于人类，我们知道什么？人的神明、自由、心灵、爱情、命运、死亡——这些意味着什么？你记得吗，当年我们在雅典，还是男孩的年纪。我们曾在高卢的营帐前，反反复复、无休无止地讨论过这些事。从哲学角度说，我现在又回到了青少年时期。正如那个危险的骗子柏拉图所说：世上最好的哲人都是刚长出胡须的男孩，而我现在又变回了男孩。

可是，你看看与此同时我在国家宗教方面做了什么。我再次确立了每月一度的建城纪念制来支持国教。

也许我这样做，是想探索我心里残余的最后那点虔诚。听说我是所有罗马人中最了解古老的宗教习俗的人（此前是我的母亲），我也感到很高兴。我承认，当我慷慨陈词时，看着人们笨拙地聚集起来，在复杂的仪式中动来动去，我的内心便充满了一种真实的情感，但它和超自然界没有丝毫干系。我想起了十九岁时，身为朱庇特祭司的我登上神殿，陪在我身旁的科妮莉亚正怀着茱莉亚。生命中还有什么比得上此刻的美好呢?

嘘，我门口的守卫刚刚换了岗。哨兵们撞了撞剑，对了下口令。今夜的口令是——恺撒在看。

二

克洛迪娅·普尔喀夫人书于那不勒斯海湾巴亚的庄园。

她的家庭管家收于罗马。

（公元前45年9月3日）

我和弟弟将在本月的最后一天设宴。如果这次出了什么差错，我会换掉你，把你卖出去。

请帖已经发给了独裁者、他的夫人和姑妈、西塞罗、阿西尼乌斯·波利奥，以及盖乌斯·瓦列利乌斯·卡图卢斯。晚宴将按照老模式进行，也就是说：女人只出席晚宴的第二部分，且不能斜靠椅背。

独裁者接受邀请的话，我们就要遵守最严格的礼节。现在就让仆人们开始排练门前接待、搬动椅子、带客人参观和送客。雇十二个小号手。通知我们神庙的祭司，要举行接待教宗的仪式。

你和我的弟弟都要按照往日惯例当着独裁者的面试吃他

的菜品。

菜单取决于反奢靡法的最新修订结果。若修正案在晚宴当天得以通过，那么也许只能给所有宾客上一道主菜——独裁者曾向你描述过的埃及式蔬菜炖海鲜。我对这道菜一无所知。立刻去找他的主厨，弄清楚怎么做。确定菜谱后，至少要试做三次，以确保在宴会当晚万无一失。

如果新法没有通过，我们就可以享用各种菜肴。

给独裁者、我弟弟和我上蔬菜炖海鲜，给西塞罗上希腊烤全羊，给独裁者夫人上羊头配烤苹果，她对这道菜评价颇高。你有没有按照她的要求，把菜谱送过去？如果送了，就稍微改下做法。我建议你再加三到四颗用阿尔巴尼亚烈酒浸过的桃子。让茱莉亚·玛西娅夫人和瓦列利乌斯·卡图卢斯自己选择吃什么菜。阿西尼乌斯·波利奥很可能跟往常一样，不会吃什么东西，但你要准备一些热好的山羊奶和伦巴第粥。至于酒水，就全凭你决定，要注意相关法律。

我正让人用网装上二三十打牡蛎，从水下拖到奥斯蒂亚，其中一部分可以于晚宴当天送至罗马。立刻去找希腊滑稽戏演员厄洛斯，让他当晚来演出。他也许会习惯性地刁难你，你可以暗示他，我要招待的客人有多尊贵。谈得差不多的时候，你可以告诉他，除了常规费用外，我还会给他克利奥佩特拉的镜子。告诉他，我希望他和他的剧团一起表演《阿弗洛狄忒和赫菲斯托斯》以及海洛达斯版的《奥西里斯的行进》。我还希望他单独朗诵莎孚的《编花环者之环》。

明天我将离开那不勒斯，和昆图斯·兰图鲁斯·斯宾瑟尔一家去加普亚待上一周。你要写信告诉我，我弟弟在捣弄些什么。我大概10号回罗马。

关于清理公共场合中针对我们家的涂鸦一事，请你交份报告给我。我希望清理做得非常彻底。

（西塞罗信中的一段话和某些涂鸦，最好地诠释了克洛迪娅这段话的含义。）

二（一）

罗马的西塞罗写给希腊的阿提库斯的信。

（写于该年春天。）

克洛迪娅被罗马人讨论的频率，在我们这些人里仅次于主上。关于她的无比下流的诗句，被涂写在罗马所有澡堂和便池的墙面和路面。有人告诉我，在庞培澡堂的降温室内，有很长一段讥讽她的诗，已经有十七个诗人续写过了，每天都有人继续添加内容。还有人告诉我，这件事在很大程度上跟她的身份有关——寡妇，执政官的女儿、侄女、孙女和曾孙女。现在，她在其先祖阿庇斯开辟的道路上寻求的陪伴关系，要不是有利可图，就是为了获得慰藉。

据说这位夫人已有所耳闻。三名清洁人员整晚都在秘密地擦去这些涂鸦。他们劳累过度，赶不上任务进度。

我们的牧师（恺撒）用不着去找工人来擦去对他的诽谤。虽然粗鄙无礼的诗句已经够多了，但每有一个人诋毁他，就有三个人拥护他。他的老兵们已经重整武装，带上了海绵。

城里的人已经对诗歌狂热起来。有人告诉我，新来的这位卡图卢斯也给克洛迪娅写诗，但风格和大众所写的迥然不同，他的诗句也被涂写在公共建筑物上。叙利亚的馅饼小贩都能够背下来了。对此你怎么看？在那个男人的绝对权力下，我们要么没处消遣，要么消遣都没了滋味。我们不是公民，而是奴隶，诗歌则是一种被迫的消遣。

二（二）

写在罗马墙面和路面的涂鸦。

克洛迪娅·普尔喀在元老院对西塞罗说：

我姐真固执，寸步不让我。

噢，西塞罗说，我们还以为她会来事儿。

都说她愿为你屈膝。

……

阿庇安大道是她的祖先铺下。

恺撒却让这位阿庇安躺下。

嚯嚯嚯！

……

四便士女孩很有钱，可她贪婪不肯闲。

清晨赚到五十便士，心中自豪毋需言。

……

恺撒每月纪念建城，

罗马时刻都在瓦解。

（在各地的公共场合都能看到下面这首流行歌的涂鸦，有好些不同的版本。）

世界属于罗马，诸神把它给了恺撒。

恺撒是神的后裔，也是神。

战无不胜的他是每个士兵的父亲。

他把鞋跟踩进富人的嘴。

他是穷人的朋友和慰藉。

由此，你便知诸神爱罗马。

他们把罗马给了恺撒——神的后裔，也是神。

（下面三行是由卡图卢斯所写，一度被群众热捧，一年间就传到了罗马共和国最偏远的角落，变成了不知何人所作的格言警句。）

太阳落山，尚能再次升起。

可片刻之光一旦熄灭，

永夜便会降临，唯有深眠。

三

恺撒写给卡布里岛的卢修斯·玛米琉斯·特瑞纳斯的日记体书信。（可能写于 8 月 20 日到 9 月 4 日期间。）

（独裁者死后 51 天，比利时人俘获并摧残了这位收信人，从而获得了这本书信集。信件形式多样。有的写在废弃的信纸和文件背面，有的写得很仓促，有的非常仔细，还有的是口述的，由秘书代笔。虽然这些篇目有连续的编号，但只有少数注明了日期。）

958.（谈《罗穆卢斯誓约》中三个旧词的词源。）

959.（谈时政潮流与事件。）

964.（他在演讲中说自己不看好西塞罗对测量设备的使用。）

965—967.（谈政治。）

968.（论罗马宗教，这一条已载于本卷的第一［二］号文件。)

969.(谈克洛迪娅·普尔喀及其家教。)克洛迪娅和她弟弟邀请我们去参加晚宴。在之前写给你的信中，我好像已经充分讨论过他俩的情况了。但是，我和其他罗马人一样，都不由得再次谈起这个话题。

现在，每当遇到那无数背负着生活苦难踯躅前行的人中的一员，我的心已不再会立刻被同情占据。当我看着他们坐在自己的思想王座上，找到各种借口来开脱自己，指控神秘的命运对他们不公，全然一副受害者的模样，我便再也不会试图为他们找借口了。克洛迪娅便是这样的人。

她在无数熟人面前扮演的并不是这样的角色，而是装作自己是最幸福的女人。然而，在她自己眼里和在我面前，她扮演的正是这样的角色。我想这是因为我是唯一了解内情的活人。我知道，她可能是某件事的受害者，正因如此，她在25年来日复一日地宣称，自己成了新的受害者。

她及其同时代的那些经历过混乱的女人还有另一个值得被原谅的理由。她们生于豪门，享受荣华富贵，成长环境中充满了贵族情愫和无休止的说教——我们现在称之为“老罗马式的”家教。这些女孩的母亲多半是伟大的女人，但她们的一系列品质都无法遗传。母爱、财富和家族自豪感相结合，让她们变得虚伪，用乏味的谎言和对事实的逃避来庇护她们的女儿。

家里的谈话充斥着喧嚣的沉默，聊的都是我们不聊的话题。有的女孩比较聪明，她们在成长过程中意识到自己受了欺骗，便赶忙对外证明：自己已经从虚伪中解放出来了。对身体的囚禁固然令人痛苦，对心灵的囚禁尤有甚之。那些猛然惊觉自己受了骗的女人，她们的想法和行动让自己感到痛苦，让他人觉得危险。克洛迪娅是最聪明的，她现在的行为也最为明目张胆。这些女孩都热切地想让别人看见自己和出身低微的人混迹在一起，这种卖弄粗俗已经变成了我必须应对的政治因素。庶民的世界尚可改善，可对于一个庶民般的贵族，我又能做什么呢？

即便那些行为端正的年轻女子——比如克洛迪娅的妹妹和我的妻子，要是突然觉察到自己被欺骗了，也会表现出怨恨。家教让她们相信，贤淑之德是不言而喻、举世通行的。然而，她们却全然不知是什么最让年轻的头脑着迷：生活的王冠，在于行使选择。

我看到，克洛迪娅的行为还反映出我经常和你讨论的一个情况，可能已经说过太多次了，我们语言的用法和结构显示并灌输了这样一种信仰：在生活面前，我们被动而无助，负有义务，受到束缚。我们的语言表明，我们一出生就被给予了这样那样的限制。也就是说，有位伟大的给予者赠予了克洛迪娅美貌、健康、财富、高贵的血统和显而易见的聪慧，同时给了另一个人奴役、疾病和愚蠢。她经常听人说，她被赐予了（赐予者是谁？）美貌，而另一个人却受到诅咒，得到了尖酸刻薄的舌头——是神的诅咒吗？即便真有一位如荷马所说的神存在，能从瓮中倾倒出美好和邪恶的礼物，我也惊诧于那些虔诚的信众是如何侮辱了他们的神——他们不明白，世界运行之时，总有一些情形是跟神的旨意不相符的，这必定是神有意为之。

再回到我们的克洛迪娅。像克洛迪娅这样领受了神意的人永远都不知足。她们的心灵被怨恨荼毒，认为小气的赐予者只给了她们美貌、健康、财富、出身和聪慧，却藏起了一百万个礼物——每日每时每刻的完美幸福。特权阶级认为其自身优势源于某种更高智能的馈赠，因而有着无人能及的贪婪。出身卑微的人则认为神刻意忽略了他们，因而有着无人能及的痛苦。

噢，朋友啊朋友，放鸟儿回到它们的世界，让雷重归大气现象，让神留在孩童的记忆中，这难道不是我能为罗马做的最好的事吗？

无须多言，我们不参加克洛迪娅的晚宴。

四

伟大的马里乌斯的遗孀茱莉亚·玛西娅夫人书于阿尔巴诺丘陵

的农场，她的侄子盖乌斯收于罗马。

（9月4日）

克洛狄乌斯·普尔喀和他姐姐已经邀我出席本月最后一天的晚宴。他们告诉我，我亲爱的侄子你会去。我本不打算于12月前进城，那时我必须履行（善德女神的）宗教仪式的相关职责。当然，要不是他们保证你和你的爱妻也会出席，我完全没想过要去他们家。你可以让信使带句话，告诉我你是否真的会参加吗？

我必须承认，在过了这么多年的乡村生活后，我很好奇帕拉蒂尼山上的人是如何生活的。瑟姆普罗尼亚·梅特拉、塞尔维莉娅、阿米莉亚·泽姆贝尔和富尔维娅·曼索寄给我的信上全是流言蜚语，并没有太大帮助。她们太急于让人注意到她们的品德，我甚至搞不清楚世界之巅的日常是辉煌还是琐屑的。

我还有一个要面见克洛迪娅·普尔喀的原因。也许是因为，我迟早有义务跟她进行一次非常严肃的对话，这是为了她母亲和祖母——她们是我青年和中年时的挚友。你能明白我所说的意思吗？（很快就能看出，恺撒并没有理解这句暗示。他的姑母正任职于善德女神秘密仪式的理事会。如果有人提议取消克洛迪娅的参加资格，决策权主要取决于教区理事会，而不是维斯塔贞女院的代表。然而，最终还得由教宗尤利乌斯·恺撒亲自拍板。)

我们这些乡巴佬已经准备好严格奉行你的反奢靡法。我们都爱你，并每天向诸神致谢，感谢你领导着我们的伟大国度。有六名你的老兵在我的农场干活。我知道，他们展示出的勤奋、快活和忠诚是源于对你的崇拜。我努力不让他们失望。

替我向庞培娅问好。

(第二封信也装在同一个包裹里。)

亲爱的侄子，现在是第二天清晨。

请原谅我冒昧地占用天下之主的时间，但我能再问你一个问题，并让这次的信使答复我吗?

卢修斯·玛米琉斯·特瑞纳斯还活着吗?他能收信吗?你能给我他的地址吗?

我已经问了好多朋友，但似乎没人能够给出确切的答案。我知道，他在高卢与你并肩作战时受了重伤。有人说，他在克里特岛或西西里岛的湖区过着与世隔绝的生活。还有人说他已经过世好几年了。

前几天夜里，我做了个梦——请你原谅我这个老妇——梦到自己好像站在我们位于塔伦特姆的庄园的水池边，身旁是我的丈夫。两个男孩在池里游泳——你和卢修斯。你从水里钻出来，把他的手放到你肩上。我丈夫凝视着我的双眼，笑着说:

"我们伟大的罗马橡树的小苗子啊。"

你俩当年经常来我们家。你整日打猎，晚餐吃那么多。你还记得吗，你十二岁时经常给我朗诵荷马的诗，眼睛闪闪发亮。后来，你和卢修斯一同去到希腊学习，你写给我长长的信，谈论哲学和诗歌。卢修斯没有妈妈，就写信给你的母亲。

往事啊，往事啊，盖乌斯。

我从梦里醒来，泣不成声，我已经失去了多少人啊——我的丈夫，你的母亲，克洛迪娅的父母。我也为卢修斯而哭。

噢，亲爱的，我这是在浪费你的时间。

请给我两个答案：克洛迪娅的晚宴，还有卢修斯的地址（如果他还健在）。

四（一）

恺撒给茱莉亚·玛西娅的回信，由回程信使带回。

（前两段是秘书的笔迹。）

亲爱的姑妈，我无意前往克洛迪娅的晚宴。我想，如果那儿还有任何值得您感兴趣的东西，我一定会为了您而出席。但是，庞培娅和我都希望您那天晚上来我们家。也许克洛迪娅已经厚颜无耻地邀请西塞罗，而他也禁不住要接受邀请。若是这样，我会把他从宴会上偷偷带出来见您。我相信您想再见到他。他甚至比以前更加幽默风趣，他能告诉您关于帕拉蒂尼山社交界的一切。但不必劳烦您在家待客，我们花园里的亭子任您使用，阿娜拉会很开心地恭候您。亲爱的夫人，等您到了亭子里，我会命令哨兵在值夜期间不要撞剑，让他们轻声细语地对口令。

等您到了城里参加仪式时，就会看到很多和克洛迪娅有关的东西。伊壁鸠鲁[1]要我们同情犯错的人，但想想她的境况，我心中几乎找不出一丝同情。希望如您所说，您会跟她进行严肃的谈话，希望您让我明白我如何才能对她产生同情。纵然和她有千丝万缕的联系，我的心却是无动于衷，这让我有些不舒服。

（恺撒从此处开始亲自手写。）

您谈到了过去。

我不会让自己久久沉湎过往。所有所有的一切，都像是一种我再也看不到的美好。我怎么能想念那些人呢？一想到某句低语或某双眼睛，我的手就握不住笔，我参与的会谈就会立马石化。罗马和她的公事变成了沉闷枯燥的案头工作，工作充斥着我的生活，唯有死亡能让我解脱。我特殊吗？我不知道。其他人能够将往日快乐织入此刻的想法和未来的计划吗？也许只

[1] 译者注：古希腊哲学家。

有诗人可以，只有他们全心全意地投入到工作中的每一刻。

我想，已经出现了一个可以代替卢克莱修[1]的人。随信附上一些他的诗句。我想让您谈谈对这些诗的看法。自从我看到拉丁语的力量后，您认为我拥有的掌管天下的权力就更值得行使了。我不会附上那些和我有关的诗歌，这位卡图卢斯不管写恨写爱都是那么动人。

有份礼物在罗马等着您。但准备这份礼物的代价是，我得使用一些职权。正如我所说，每次回首往事后，我都要回到现实中履职。(恺撒在月度建城纪念中加入了一个环节：罗马人向茱莉亚·玛西娅的亡夫马里乌斯敬礼。)

我亲爱的姑母，至于您的第二个问题，我无法回答。

庞培娅向您问好。我们满心欢喜地等您前来。

五

瑟姆普罗尼亚·梅特拉夫人书于罗马。

茱莉亚·玛西娅夫人收于阿尔巴诺丘陵农场。

(9月6日)

我最亲爱的茱莉亚，听说你要来城里，我有种说不出的开心。不用劳烦去打开你家的房门了，你得和我在一块儿。对你

[1] 译者注：古罗马诗人、哲学家。

崇拜得五体投地的佐西玛会恭候你的光临。我跟洛多佩可以处好关系，没想到她还是个宝呢。

亲爱的，现在换个舒服的姿势看信吧，恐怕我会跟你聊很久。

首先，一定要听从老友的建议：别去那个女人家作客。一个人可以好几年一直说自己不听八卦啦，说不在场的人都没法自我辩护啦，等等等等。但毕竟，引发这么多的流言蜚语，这种行为本身不就是一种失礼吗？我个人并不相信她毒杀了自己的丈夫，也不信她跟兄弟间有什么不正当关系。可有成千上万的人都这么认为。我的孙子说，所有军队驻地和酒馆里都有人把她唱进歌里，所有澡堂里都涂写着关于她的诗句。大家都用某个绰号称呼她，具体是什么，我不敢写在这里。

确实，她对整个宫廷造成了影响，这是人们已知的她所做的最糟的事。是她第一个打扮成平民的样子，和城里最低贱的东西混在一起。她把她的朋友们带到角斗士酒馆中，整夜饮酒，为他们跳舞……还有，你懂的，我就不说了。茱莉亚，你知道吗，她会办野餐派对，还去到乡下满是牧人和驻地军人的酒馆。这都是事实。任何人都看得出，这些事造成的后果之一是语言受到了影响，现在平民用语都成了时髦。这无疑是她的责任，就该她一人负责。她的社会地位、出生、财富、美貌，及其魅力和聪慧（这点必须承认），已经让社会深陷泥沼。

可最后她还是怕了。她邀你去赴宴，就是因为她害怕。

听着：有件很严肃的事正在酝酿中，最终要由你拍板。

（下文中使用了大量的代称："牛眼睛"［希腊文］指克洛迪娅，"野猪"指其弟克洛狄乌斯·普尔喀，"鹌鹑"指恺撒的妻子庞培娅［这是名媛们在她出嫁前给她起的绰号］，"塞萨利人"［"塞萨利女巫"的简称］指马尔库斯·朱尼乌斯·布鲁图斯的母亲塞尔维莉娅，"挂毯课"既指善德女神的秘密仪式，也代表举办仪式的委员会，而"呼风唤雨者"自然指的是恺撒。）

尽管这个女人寡廉鲜耻，可我认为不应该禁止她参加某些聚会。但无疑会有人建议把她除名。她在南下到巴亚前，最后一次出席了执行委员会议，鹌鹑也出席了。她们向主席（那时塞萨利人正坐在您的主席位上）请假，提前离开了。她们刚走，整个会议室里的人就开始谈论她。阿米莉亚·泽姆贝尔说，要是牛眼睛胆敢在挂毯课上站在她附近，她就会抽牛眼睛一耳光。富尔维娅·曼索说她不会在仪式上动手，而是马上离开，再向教宗提起投诉。而塞萨利人呢，她是坐在主席位的人，不该给出任何意见。她说首先要把这件事告诉你和维斯塔贞女院的院长。我必须说，她那义愤填膺的口吻让我觉得有些滑稽，因为我们都知道，她平时可不像现在装的这般庄重。

我说的没错吧！我觉得你和你的侄子都不会让她被除名，多么异想天开！多大的丑闻啊！你知道吗，我认为即便是老一辈的女人也没见过更大的丑闻了。昨夜，我突然意识到，我印象中发生过三次除名，每次被除名的女子都自杀了。

但另一方面，想想看最美妙神圣的挂毯课，竟要纳入牛眼睛这种生物，真是可怕！茱莉亚啊，我从未忘记你伟大的丈夫说过的话："女人们聚在一起的那二十个小时，就像是撑起罗马的柱子。"

我们都很疑惑：为什么呼风唤雨者（你知道我无意冒犯）会允许鹌鹑这么频繁地见牛眼睛？我们都很吃惊。因为去见牛眼睛，就势必要见到野猪，任何一个守规矩的女人都绝对不可能想见到野猪。

我们换个话题吧。

我必须要告诉你，昨天他找我单独谈话了，这真是莫大的荣幸。

按照全罗马人民的意愿，我当然去找了卡托到场一起参加纪念他伟大的先祖的仪式。礼堂旁的街道上挤满了成千上万的人，有小号手、长笛手还有祭司。殿内，独裁者的座位已经安置妥当。所有人都很兴奋，他终于来了。亲爱的，你也知道他有多么捉摸不定！正如我侄子所言，当你预料他会表现随意，他就会一本正经；当你预料他会一本正经，他又表现随意。他走过广场，爬上山坡，没有带随从，在马克·安东尼和屋大维乌斯之间来回走动。不带随从可真是危险，我都替他担心。但这是人民打心里崇拜他的原因之一，照老罗马的规矩，你必须要亲耳听到人民的呼喊。他鞠着躬，微笑着进到殿内，径直走到卡托及其家人面前，安静得你都能听到蚂蚁爬行的声音。你知道的，你的侄子堪称完美。我们能听到他说的每个字，庄严肃穆，连卡托也哭了，头埋得很低。然后，恺撒慢慢过渡到不那么正式的话题，谈到他的家庭，后来又开了些玩笑，非常幽默，很快整个礼堂都回荡着笑声。

卡托也做出了回应，讲得不错，但很简短。似乎所有恼人的政治分歧都已抛诸脑后。恺撒从正在分发的蛋糕里拿了一块，然后同站在他身旁的人一个接一个地说话。他拒绝坐在独裁者的主席位上，但他的一切行为都那么有魅力，看不出丝毫怠慢。后来，他看到了我，便让仆人搬来椅子，坐到我旁边。你可以想象我当时的状态。

他可曾忘却过哪一件事或者哪个人的名字？他记得二十年前，他和我们在安奇奥待了四天，记得我所有的亲戚和客人。他还特意警告我说，我孙子在搞一些政治活动（可是亲爱的，我对此无能为力啊）。然后，他问我对月度建城纪念日的看法。想想看，这样繁复的仪式上，他在离我半英里以外来回走动，却注意到了我的存在！他问我，我对哪部分的印象最深刻，哪段讲话对人们来说太冗长或者晦涩。后来，他便谈到了宗教话题，讨论吉兆、吉日和凶日。

亲爱的，他是世上最有魅力的男人。但我也不得不说，他令人害怕。他全神贯注地聆听每个人说出的每件小事。那双大眼睛，多么讨人喜欢，又多么令人害怕，仿佛在说：“在这里，只有你我才是真诚的，我们说的是真心话，我们讲的是事实。”但愿我没有表现成彻头彻尾的呆子，但我希望有人事先提醒我，教宗要问我对宗教的看法，甚至要问到时间地点和方式。因为他真的问了这些问题。最后，他离开了，我们也都可以回家了。我一回去就上床睡觉了。

茱莉亚，我悄悄问你，做他的妻子会是什么感觉呢？

你问过我关于卢修斯·玛米琉斯·特瑞纳斯的事。

和你一样，我突然意识到自己对他一无所知。我想，他已经过世，或者他已经养好了伤，正在罗马某个偏远的角落担任什么职位。现在，要搜寻这类信息，我发现最好的方式就是问问我们所信赖的那些老仆人。他们组成了某种秘密社团，知道关于我们的一切，并引以为傲。所以我询问了我们的旧识、现在是自由身的鲁弗斯·特拉。我很肯定，以下都是事实：

在与比利时人的第二战里，恺撒差一点被抓住的时候，敌人俘获了特瑞纳斯。他已经失踪了三十个小时，恺撒才意识到他不见了。后来，你的侄子带着一个团冲向敌营，几乎惨遭全歼，但他把奄奄一息的特瑞纳斯救了回来。敌方为了榨取情报，一点一点地砍断他的四肢，他失去了知觉。他们已经砍下了一条手臂和一条腿，也许还不仅如此。他们挖了他的眼，割了他的耳，正要戳破他的耳膜。后来，恺撒让特瑞纳斯得到了最好的照顾。从那时起，恺撒便遵照他的意愿，对他的一切都守口如瓶。尽管如此，鲁弗斯似乎知道他正住在卡普里的一处美丽的庄园中，完全与世隔绝。当然，他仍旧富有，有一大家子的秘书和仆从等等。

多么令人心碎的故事啊。人生无常，实在太可怕了！我还清楚记得他的样子——帅气，富有，能干，迷人，注定要走向国家的巅峰地位。他差点娶了我家阿阮瑟雷奥，可他父亲和他所有的亲戚对我而言都太保守了，更别说我的丈夫了。显然，他还对政治历史和文学感兴趣。他在罗马的眼线会把所有的新闻、书籍和八卦都寄给他，但没人知道这个人是谁。特瑞纳斯似乎希望被所有人遗忘，除了几个挚友以外。当然，我问过鲁弗斯有谁去看望他。鲁弗斯说他几乎谁也不见。女演员赛色瑞斯偶尔去看看他，读书给他听。每年春天，独裁者也会过去待几天，但他从未向人提起过他是去拜访特瑞纳斯的。

像纯金一般的鲁弗斯央求我不要告诉除了你以外的任何人。他是个了不起的非洲老头，看起来很尊重这位病人想要被人遗忘的心愿。我会如他所愿的，我知道你也会的。这封信居然写了这么长！

尽快过来吧。

六

克洛迪娅书于加普亚。

普布利乌斯·克洛狄乌斯·普尔喀收于罗马。

（9月8日）

（从昆图斯·兰图鲁斯·斯宾瑟尔及其妻子卡西亚的庄园寄出。）

蠢货：

S·T·E·Q·V·M·E·（克洛迪娅将时兴的书信用语“若你和你的战友身体健康，那就一切安好”讽刺性地改了两个字母，变成“若你和你的狐朋狗友安好，那就简直太糟”。）

又骗到他们了。（恺撒的秘密警察再次获取了这对姐弟间的通信。然而，他俩把无伤大雅的信随便藏起来，再让信使携带作为掩护，把真实信件藏得滴水不漏。）

你的信真是胡说八道。你说：“他们不会永远活着。”你怎么知道？不管是他，是你，还是其他任何人都不知道他会活多久。你的计划要考虑到，他可能明天就死，也可能再活三十年。只有儿童、诗人和政治演说家才会把未来说得仿佛可以预料一般，但幸运的是，我们对未来一无所知。你说：“他每周都会痉挛（恺撒的癫痫病发作）。”我告诉你，你错了，你也知道我的信息源。（恺撒妻子的女仆阿布拉是克洛迪娅介绍的。

她被收买了，会把恺撒家里发生的一切都告诉克洛迪娅。）你说：“在这个独眼巨人的眼皮底下我们什么也做不了。”听着，你已经不是小男孩了。你都四十岁了。什么时候你才能学会利用手头的资源，每天巩固自己的地位，而不是等待机会？为什么你一直只能当个护民官？因为你的计划永远是从下个月开始。而今天和下个月之间的沟壑，你总试图靠暴力和你那些恶霸军团来跨过。船鼻子（希腊文，指恺撒）统治着这个世界，他还会继续统治一天或三十年。而你一事无成，一无是处。你要接受现实，学会顺势而为和变通。我严肃地告诉你，任何试图反抗这个事实的行为都会毁掉你。

你必须重获他之前对你的好感。别让他忘记你曾是他的得力助手。我知道你恨他，但这不重要。爱恨与其他任何事情都没有关系，他深谙此道。如果他恨过庞培的话，他还能坐到现在的位置吗？

蠢货，要观察他，你能学到很多。

你知道他软弱的一面：那份冷漠，那份被人们称为宽宏大量的心不在焉。我打赌，他是真的喜欢你，因为他喜欢自然的、不复杂的东西，而实际上他已经忘了你过去曾是个惹是生非的蠢货。我还敢打赌，看到二十年来你让西塞罗像田鼠一样瑟瑟发抖，他一定在偷着乐。

去观察他。一开始可以模仿他的勤奋。听说他每天写的信和文件加起来有七十份，这话我信。它们每天都像雪一样降临意大利——我的意思是，从大不列颠到黎巴嫩都能看到它们的身影。就算在元老院或参加晚宴时，他身后都跟着秘书。他一有写信的想法，就转过身去，小声地把内容告诉秘书。上一刻他还在通知比利时的某个村子说可以把村名改成他的名字，并给镇上的乐队送了一支长笛，下一刻他就想到了如何将犹太陪嫁法和罗马惯例统一起来。他赐给阿尔及利亚某座城市一个水钟，还写了一封迷人的阿拉伯式的信。工作啊，普布利乌斯，这就是工作。

要记住：今年我们必须顺从。

我只需要你顺从一年。

我要变成罗马最保守的女人。明年夏天，我要成为维斯塔院的荣誉居士和善德女神秘密仪式的主管。

你会得到一个省。

从现在起，我们要把你的名字写成“克劳迪乌斯”。为了讨好几张选票，祖父采用了平民式的拼写。真烦人。

我们的晚宴没戏了。船鼻子和小扁豆（希腊文，指恺撒的妻子）拒绝了。西塞罗（希腊文）还没答复。要是他听说他们都拒绝了，也许会在最后一刻拒绝。阿西尼乌斯·波利奥会来，我会想办法让所有桌子都坐满人。

至于卡图卢斯，我希望你好好对他。我正在慢慢摆脱他。

让我用自己的方式来。这些事真是匪夷所思！我对自己期待很高，想当下一任女性典范，但我从没装作万千女神的风采都集于我一身的样子。再者说，佩内洛普也没有这样过。普布利乌斯，我害怕的只有那些恐怖的讽刺诗。看看卡图卢斯谩骂恺撒的那些诗句，所有人都在反复诵读。这些诗就像容貌缺陷似的，在他身上挥之不去。我完全不想这样，所以请让我用自己的办法来处理。

那么，你有意识到我们的晚宴失败了吗？记住这件事。除了你的狐朋狗友和喀提林之流，没人会来我们家。但我们是有身份的人。是我们家族铺就了罗马城的道路，我不想任何人忘记这点。

还有一事，蠢货。

不要染指小扁豆。我不允许。想都别想。我禁止你做这种事。你和我总是在这种事情上犯下最严重的错。好好想想我的话。（克洛迪娅暗指其弟勾引一位维斯塔贞女的事，也指她自己曾经不得体地向法庭起诉前任情人、大名鼎鼎的凯利乌斯，控告他偷了她的首饰。而西塞罗用一次演讲成功地为他进行了辩护，这毁了姐弟俩的生活，让他们成了罗马民众眼里臭名昭著的笑柄。）

所以，一直要提醒你自己：表现得体面些，一年就好。

我——你的牛眼睛——喜欢你。说说你怎么想的，让回程的信使带个话。我会在这儿待上四五天，尽管下午我刚一到就看到了昆图斯和卡西亚，立马就想赶快去北方。别怕，我不会让他们太得意的。维鲁斯和梅拉在我身边。后天卡图卢斯也会过来。

让这名信使替你答复。

六（一）

克洛狄乌斯对克洛迪娅的回复。

（为了答复克洛迪娅，信使一边说着下流的脏话，一边仔细地进行了排练。）

七

克洛迪娅书于加普亚。

恺撒的夫人收于罗马。

（9月8日）

亲爱的：

你丈夫是个很伟大的男人，但也很粗鲁。他非常简短地告诉我说他不能来参加我的晚宴。我希望你可以说服他前来。要是他一开始拒绝了三四次，你也别泄气。

阿西尼乌斯·波利奥会来，新诗人盖乌斯·瓦列利乌斯·卡图卢斯也来。提醒独裁者，我给他寄过那个年轻人的诗歌片段，他既没还我原件，也没给我复本。

亲爱的，你问我对伊西斯和奥西里斯的祭仪的看法。见面时我会把一切都告诉你。当然，祭仪虽然好看，但真的毫无意义。是给女仆和挑夫参加的。一开始是我把我们这类人带去参加祭仪的，我很抱歉。巴亚太无聊了，参加埃及祭仪只是一种消遣的方式。如果我是你，我不会劝你丈夫同意你去参加，这只会激怒他，让你俩都不开心。

我给你准备了礼物。我在索伦托发现了最棒的织工。他织的纱那么轻，你可以把它吹到离天花板只有几码的地方，等它慢慢飘下来，你都老了。它和那些舞女穿的亮晶晶的材料不一样，不是用鱼鳃做的。我俩可以在晚宴上穿纱裙，打扮得像双胞胎一样！我已经设计好了，我一回城就让莫普萨开工。

一定要让这名信使给我回句话啊。

还有，一定要把那个无礼的男人拽来我的晚宴。

我要亲亲你那双美丽眼睛的眼角。就像双胞胎姐妹一样！不过你比我年轻多了！

七（二）

恺撒夫人让回程信使带给克洛迪娅的信。

最亲爱的小老鼠：

我迫不及待地想见你。我真是不幸，不能按照自己的想法而活。你一定要劝劝我。他说我们不能参加你的晚宴。不管我提什么请求他都会拒绝。我不能去巴亚了。我也去不了剧院了。伊西斯和奥西里斯的神庙也去不成了。

我想和你好好聊聊。我怎么才能得到多一点自由呢？我们每天早上都吵架，他每晚都道歉，但事情没有半点起色，我从来得不到自己想要的。

当然，我很爱他，因为他是我丈夫。但是亲爱的，我希望我也有一天能体会到生活的乐趣。我哭得太多了，变得很丑，你会讨厌我的。

当然，我会继续请求他去参加你的晚宴，但是，唉，我知道他的脾气。你说的纱裙听起来太棒了。加紧做吧。

八

恺撒写给卢修斯·玛米琉斯·特瑞纳斯的日记体书信。

（可能写于 9 月 4 日到 20 日之间。）

970.（谈长子继承法和《希罗多德》里的一篇文章。）

971.（谈卡图卢斯的诗歌。）非常感谢你寄给我米南德的六场喜剧。我还没有读。但我已经让人抄好了副本，不久就会把原件还你，也许还会做一些评论。

你肯定有个馆藏丰富的图书馆。有没有什么空缺，可以让我帮你填补呢？我正在满世界地找埃斯库罗斯的《里克尔杰尔》的正本。我花了六年时间去研读我春天寄给你的书——阿里斯托芬的《宴客》和《巴比伦人》。如你所见，后者是个劣质的副本，亚历山大港海关的职员用货物库存表给它包了封皮。

我要在本周寄给你的包裹里放一些诗。旧的杰作在消失，新的诗歌正在阿波罗的庇佑下取代它们。这些诗出自一位年轻人之手，名叫盖乌斯·瓦列利乌斯·卡图卢斯，是我一位住在维罗那附近的旧识的儿子。我曾在他们家住过一晚，还记得他的女儿和几个儿子。实际上，我对那位诗人的胞兄评价更高，可他已经过世了。

诗中名为莱斯比亚的女人，正是我们当年也为其写过诗的克洛迪娅·普尔喀，你一定很惊讶吧。克洛迪娅·普尔喀啊！这个女人迷失了生活的意义，活着只是为了让周围所有人都深切感受到她灵魂的混乱，现在竟然住进了一位诗人的脑海，成了他爱慕的对象，还可以激发他写出如此华美的诗篇。多么匪夷所思啊！我非常郑重地告诉你，世上最让我羡慕的，就是写出美好诗篇的天赋。我认为，伟大的诗人有种力量，能够牢牢注视着生活的整体，并让自己的内外变得和谐。卡图卢斯很可能就是这样的人。高贵的人会被小人欺骗吗？现在让我不安的，不是他对我的恨，而是他对克洛迪娅的爱。我不相信他仅仅是在写克洛迪娅的美貌，这种身体上的美感就足以让他成功运用语言和思想吗？还是说，他能看到她身上那些我们看不到的优秀品质？或者，他看到她在毁掉自己，变成全罗马嘲笑和憎恶的对象前，确实有一些优点？

在我看来，这些问题都和我对生活本身提出的疑问有所联系。我会继续叩问，再告诉你我的发现。

972.（谈政治和人事任命。）

973.（关于善德女神秘密仪式的某些改革措施。详见第四十二号［二］文件。）

974.（谈恺撒送出的几桶希腊红酒。）

975.（谈克利奥佩特拉旅居罗马时提出的参加善德女神秘密仪式的要求，详见第四十三号［一］文件。）

976.（推荐一名仆人。）

977.（谈卡托、布鲁图斯和卡图卢斯对他的恨意。）在纪念卡托的伟大先祖那天，我召见了他。

我曾说过，给你写信对我产生了奇怪的作用：我开始审视一些我在其他时候不会想到的东西。那一刻，我的笔尖流泻下这样的想法，但我很快又打消了这个念头：

罗马城中最让我尊敬的四个人里面有三个都对我怀着不共

戴天的敌意。我指的是马尔库斯·朱尼乌斯·布鲁图斯、卡托和卡图卢斯。很可能西塞罗也巴不得没有我。我看了很多本不是写给我看的信，因而这些事确认无疑。

我已经习惯了被人憎恨。早在少年时期，我就发现自己并不要求别人喜欢我，甚至也不要求别人看我用行动证明自己。我想，比军事将领和国家首脑还更为孤独的，也就只有诗人了。因为，写诗过程中要做出一个又一个的选择，又有谁能给诗人建议呢？被迫独自做出的决定越多，就越能意识到自己选择的自由。我认为，只有在职责使然的情况下才能说我们完全清楚自己的心思。努力获得所有人的认同——不管是布鲁图斯也好，卡托也罢——会对我的心灵构成最大的危险。我做出决定时，必须不受他人评价的影响，仿佛没人在看我似的。

可我又是个政客啊，我必须表演极度服从他人想法的喜剧。政客要假装自己也像普罗大众一样渴望获得尊重，但除非他自己免受其扰，否则他的假装就不会成功。这是政治的根本虚伪。当人民只能怀疑却不能确定领导人对他们的认可无动于衷、态度是冷漠还是虚伪时就会心生敬畏，领导人就迎来了最终的胜利。人们自言自语，这是怎么回事？难道这个人的心里没有我们所有人心里都有的毒蛇之巢吗？这个蛇巢既折磨着我们，又让我们感到快乐，它是对赞扬的渴求，是自我辩解的必要，是对自我、冷酷和嫉妒的肯定。日日夜夜，我都活在这些嘶嘶作响的毒蛇之间。我曾听见它们在我的命脉里嘶叫。我不知道自己是如何让它们安静下来的，但我对解答这个问题（曾经有人向苏格拉底求问过这个问题）的兴趣超过了其他所有问题。

我想，马尔库斯·布鲁图斯、卡托还有这位诗人对我的恨意并不是源于毒蛇之巢。他们的恨是源自思想，源自他们对于政府和自由的看法。即便我把他们带到宫殿来，让他们看到世界的辽阔（只有在这儿才能看到）；即便我切开自己的头骨，让他们看到我一生的经历，看到我跟人民和政府的距离要比他们近上百倍；即便我和他们一起，一行一行地阅读他们奉为圭臬的哲人的文章以及他们用来举例的国家的历史……即便如此，我也不能奢望可以擦亮他们的眼睛。生活的第一个也是最后一个导师，就是活着——毫无保留地、危险地、全心全意地活着。对于懂这个道理的人，亚里士多德和柏拉图留下的话有很多；但对于那些自我警惕并在某个思想体系中自我石化的人，这两位大师们则会引其犯错。布鲁图斯和卡托总在反复念叨着自由，并强加给别人一种他俩自己都得不到的自由——就像严厉寡欢的人对邻居大喊道：要快乐啊，我们本就快乐；要自由啊，我们本就自由。

卡托真是不可教也。而布鲁图斯被我派到高卢去当校长了，这是教育他。奥克塔维厄斯在我身边，管理国内交通，我很快就会把他派到竞技场去。

可卡图卢斯为什么要恨我？大诗人会因为从旧书上获得的情愫而产生愤恨吗？大诗人在诗歌以外的事情上都是傻瓜吗？他们的观念来自于埃米利安努斯跳棋游泳社饭桌上的闲聊吗？

我承认，亲爱的朋友啊，我惊讶地发现自己心里有一份执念在苏醒，这是多么软弱的妄想啊：希望卡图卢斯这样的人能理解我，并亲自写出经久不衰的诗句来赞颂我。

978.（谈银行业的一条原则。）

979.（谈意大利境内煽动刺杀恺撒的阴谋。详见第六十一号文件。）

980. 你还记得我们从希腊回来的那个夏天，红头斯凯沃拉请我们一块儿去打猎吗？那儿的第二季小麦长势喜人。（这是一条财政建议，说得拐弯抹角，以免惊动他们的几位秘书。）

981.（谈希腊语缺少描绘不同颜色的形容词。）

982.（谈他有可能废除所有宗教仪式。）尊贵的朋友啊，我昨晚做了件很多年都没做过的事：我写了一封诏书，又读了一遍，然后把它撕了。我放任自己的反复无常。

这几天来，我一直收到鸟类开膛师和听雷师寄来的报告，其荒诞程度前所未有。而且，就因为一只老鹰在距离神殿一支箭的距离坠落下去，摔成了一摊肉泥，法庭和元老院已经关了两天。我的耐心快磨没了。我拒绝亲自举行抚慰仪式，去扮演受惊的、自卑的小丑。我的夫人和仆人们向我投来怀疑的目光。西塞罗放低姿态，劝我说大众是迷信的，应该顺应民意。

昨夜，我坐下来写了一份废除占卜院的诏书，并宣布从现在起，不要把任何一天视为不祥之日。我继续写，向人民解释此举的缘由。这是我最快乐的时候。还有什么比诚实更令人愉悦呢？我继续写着，各种星座滑落到我的窗前。我遣散了维斯塔贞女，我迎娶了第一大家族的女儿们，她们为罗马生下了一群子女。我让朱庇特以外的所有神庙都关门。我把诸神推回到他们出生的地方——无知和恐惧的深渊，一个奸诈的、靠幻想来发明慰藉性的谎言的边界。最后，我把刚写好的一切都放在旁边，从头开始拟诏，宣布朱庇特其人从未存在过。他所在的世界，只有他孤身一人，只能听到他自己的声音。是他创造了这样的世界，既不友善也无敌意。

我读了一遍自己写下的东西，然后毁掉了它。

毁掉它不是因为西塞罗，不是因为国教的缺失会驱使人们偷偷摸摸地进行更加低劣的迷信活动（这样的事情正在发生）。也不是因为如此摧枯拉朽的措施会让社会失序，让人民陷入绝望惊慌，如同暴风雪里的羊群。在执行某些改革命令时，逐步改变所造成的混乱几乎和整体剧变所造成的混乱一样严重。

不，控制着我的双手、占据着我的意志的并非是这项举措可能引起的反响，而是我自己内心的某些东西。

我也不清楚自己是否确定。

我是否确定，在整个宇宙中都不存在所谓人类背后的神思和神秘？我想我确定。如果我们可以笃信无疑地宣布这件事，那将会是何等的愉悦和解脱啊！倘若如此，我便想要永生。如果，在得不到任何引导和安慰的时候，一个人必须从自己的命脉中创造出自己存在的意义，并书写他所在之处的规则，这多么骇人，又多么壮美啊！

你我很久以前便确定诸神并不存在。你还记得我们斩钉截铁地得出这个结论，并决心探索其后果的那天吗？我们坐在克里特岛的悬崖边，往海里扔鹅卵石，数着有多少鼠海豚。我们发誓再也不会质疑这个结论。我们得出人死后灵魂陨灭的结论时，是多么率性的少年意气啊！（这句话恺撒原本是用希腊文写的，现已无法再现原句的力量：抑扬顿挫的语调表达出尖锐的自责与懊悔。收信人明白，恺撒是在说他女儿茱莉亚［同时也是庞培妻子］的死，这是他生命中的重大损失。她过世的消息传来时，恺撒身在布列塔尼的指挥部，玛米琉斯·特瑞纳斯正与他在一起。）

当年的论断太过决绝，我想我没有重蹈覆辙。要了解一个人知道什么，只有一个办法——冒着失去所有信念的风险，带着责任感把信念付诸实践。昨晚我起草那份诏书时，就预见了随之而来的后果，便不由得更加严格地审视自己。我将欣然面对所有后果，我确定真理终将巩固这个世界和世上的众生，但我必须要确定自己是坚定的。

最后一刻的犹豫让我无法下笔。

我必须确定，自己从头到脚没有一个地方认为，在宇宙中和宇宙背后可能存在着某种神思，影响着我们的想法，塑造着我们的行为。如果我承认可能有这样一个神秘的存在，那么其他所有神秘之物都会汹涌回溯：众神是存在的，他们教会我们何为卓越，并一直注视着我们；人有灵魂，我们出生时，灵魂融入体内，我们死后，灵魂继续存活；世间有善报也有恶报，因此，再微不足道的行为都有了意义……

是的，朋友，我不习惯犹豫不决，而我此刻却正在犹豫。你知道的，我很少反思，无论何种判断，我都即刻做出，即便我都不知道自己是如何决断的。我不善思辨，从十六岁起，我就不耐烦地把哲学视为一种诱人但徒劳的心灵锻炼，一种对眼前的生存义务的逃离。

在我的生活以及与我相关的人的生活中，我惊恐地看到了神秘存在的可能性，有以下四个方面。

第一是爱欲。世界充满了欲火，对伴随欲火而来的一切，我们的解释是不是太过简单了？也许卢克莱修是对的，我们的滑稽世界是错的。我了解自己的一生，却拒绝承认所有形式的爱都有相同的本质，拒绝承认和我一起发问的每颗心都是由爱所唤醒、维持和指引。

第二是伟大的诗歌。诚然，诗歌是最能打动人心之物进入世界的主要渠道。人在诗歌里找到轻率的慰藉，找到让自己接受无知和惰性的谎言。我认为，我对诗歌的恨意无人能及，我不恨的只有那些最好的作品——也就是伟大的诗歌。这仅仅是人力的至高成就，还是来自于人类以外的声音呢？

第三，发病期间的某一刻，我冥冥中感受到，世间还有更深的知识和幸福。我不能枉然地不予理会。（恺撒从不允许别人提到他的癫痫症。所以，这句话说明恺撒对他的通信对象无比信任。）

最后一点，必须承认我有时会意识到，自己的生活和对罗马的服务似乎都被身后某种力量所左右。朋友啊，我很可能是最最不负责任的人了。倘若不是有一个更高的智能将我选为工具（选我是因为我的缺陷而非优势），我也许早就会给罗马带来一个国家可能蒙受的一切不幸。我不会反思，但也许我在瞬间做出的判断，无非表明我体内存在着守护神。他对我而言是陌生的，但他是诸神给予罗马的爱，而士兵崇拜、百姓晨祷的对象正是这份爱。

好多天以前，我给你写了一封狂妄自大的信。我说，我不尊重任何人的宝贵意见，不对任何人的建议感兴趣。但这次我希望你提点建议。请你想想这些事情，我们4月相见时，再告诉我你的想法。

同时，我也在审视那些在我身体内外传递的东西——尤其是爱、诗歌和命运。我现在明白了，我一生都在思考这些问题，但人只有在受到考验，必须孤注一掷的时候才清楚自己知道什么，自己想了解什么。我正在接受考验，罗马要求我再次提升自己。我的时间不多了。

九

昆图斯·兰图鲁斯·斯宾瑟尔之女卡西亚，书于加普亚城中的庄园。

克洛迪娅的表亲、维斯塔贞女、女教士多米蒂娜·阿皮亚收。

（9月10日）

亲爱的多米蒂娜，为了我们多年的友谊，我觉得必须马上写信告诉你，我做了一个决定。我请求取消克劳蒂亚（克洛迪娅·普尔喀）参加善德女神神秘仪式的资格。

我明白这件事的严重性，我必须这样做。

克劳蒂亚刚在我家待了三天，她要从巴亚前往罗马。发生了一些事情，我觉得必须详细地告诉你。

她一到我家就向我们套近乎。她总假装喜爱我、我的丈夫和孩子，她也认为我们爱她。但我早就知道，她从未爱过任何女人——连她母亲都不爱，她也没有爱过任何男人。

你知道的，接待克劳蒂亚留宿就像接待从省上卸任的地方总督一样。她来的时候带了三个朋友，十名仆人，还有十二个骑侍。

我和我丈夫早就明白了，你的表亲见不得别人开心。在她面前，我们不能交换眼神表示理解，不能爱抚小孩，不能指出我们的庄园做了哪些改进，不能赏玩我丈夫收藏的艺术品。然而，不朽诸神给了我们这么多的快乐。就算是为了待客不得不装作一副喜欢斗嘴、心存不满的样子，我们也不擅长掩饰欢乐的情绪。

克劳蒂亚总是在一开始表现得最好。第一天，她对所有人都彬彬有礼。连我丈夫也承认她很会说话。晚餐后，我们玩了“描绘”游戏，我丈夫说，她对独裁者的描绘真是绝了。

接下来我要说的事情，也许对你而言没那么重要，连你都会觉得其中几件不过是鸡毛蒜皮的小事。

第二天，她决定搞点乱子出来。她在我路过时辱骂我，还惹得我丈夫不悦。想到这些事，我心中充满了愤怒。我丈夫对系谱学很感兴趣，对图路斯—斯宾塞尔家族的成就感到很自豪。她却取笑道："噢，我亲爱的昆图斯，你不会真的……几个伊特鲁里亚乡下的县长……但没人真的相信安库斯·马蒂乌斯注意过他们……当然，这个家族很值得尊敬，昆图斯。"我不了解这些东西，但她显然能把每个人表亲的名字一直追溯到特洛伊战争时期。她知道自己在撒谎，她这么做就是为了荼毒我的丈夫，而她确实做到了。

她已经邀请了诗人盖乌斯·瓦列利乌斯·卡图卢斯过来陪她，甚至都没跟我们打过招呼。我们很高兴见到他，孩子们尤其开心。但我们更喜欢看到他一个人。有她在一旁，要么置身天堂要么如坠地狱。而这次，他在地狱。很快，我们也有了这种感觉。

多米蒂娜，我可不会为了弄清楚客人们是否在夜里相互串门而整夜不睡觉。但我不喜欢有人把我家用作狠狠侮辱他人的场所。自从你表姐邀请瓦列利乌斯·卡图卢斯过来陪她以后，我就猜想，这样一个知名度够高、能写出美妙诗句的人，一定是她看得上眼的情人。可显然不是如此：她选我家住，不仅是为了把他关在门外，更是为了把自己和别的男人关在一间房里——也就是那个惹人厌的小诗人韦鲁斯。夜里我丈夫被马厩里的噪音吵醒，卡图卢斯正在借马，要马上启程去罗马。他按捺不住怒火，也结结巴巴地试图道歉，还呜呜地抽泣。最后，我丈夫把他带到了我们在路对面的老庄园，一直守着他到天亮。亲爱的多米蒂娜，即便是维塔斯贞女也能明白，她的行径是多么羞耻，多么可鄙，多么贬损我们女人的名声啊！次日早晨，我跟她谈起此事。她冷静地看着我说："卡西亚，这很简单。我不会允许任何男人——任何男人——认为自己有权拥有我。我是个完全自由的女人。而卡图卢斯坚决认为我是属于他的。我得快点让他看到，我不承认他拥有我。仅此而已。"

当时，我不知道该如何回答，但此后我想过一千遍。我就该冲动一点，让她立刻走人。

那天下午快吃完晚餐的时候，我的孩子们和他们的家教一起走进庭院，参观晚祷的祭坛。你知道我们全家有多虔诚。当着他们的面，克劳蒂亚就开始嘲笑盐礼和奠酒。我再也受不了了。我站了起来，让其他所有人都离开庭院。只剩我们两人的时候，我让她带着她的一行人离开，沿着路走四英里就有家客栈。我还说，我要申请取消她参加秘密仪式的资格。

她久久看着我，沉默不语。

我说："我看你都不知道自己哪里冒犯到了我们。如果你愿意，可以早上走。"说完我就离开了。

次日清晨是她言行最得体的时候。她甚至为了每一句可能显得不太合适的话向我丈夫道歉。但我没有改变主意。

十

克洛迪娅在前往罗马的途中写给恺撒的信。

（写于罗马往南的第二十个里程标处的客栈。）

（9月10日）

（信是用希腊文写的。）

罗穆卢斯之子、阿弗洛狄忒的后代：

我已知悉你的轻蔑以及你不能出席我弟弟晚宴的深切遗憾。似乎那天下午你要接见西班牙委员会。可你说说看，还有谁不知道恺撒完全可以为所欲为，而西班牙委员会和那些战战兢兢的地方总督从不敢说半个不字？

你早已让我看清，我可能永远不能单独见你，也不能去你家。

你鄙视我。

我理解。

但你对我负有责任。是你把我变成这样的。我是你的造物。你是个怪物，也让我也变成了怪物。

我说的话与爱无关。我是你的造物，但这并不是爱，且远远超乎爱之外。为了不把他们口中所谓的爱强加于你，我才做了这一切：我让自己变得残忍。你可是无所不知的人啊

（尽管你装作一副道貌岸然、一无所知的样子），自然明白这点。明明知情却佯装不知，是因为你那众所周知、明目张胆的愚蠢吗？

恶虎！怪物！你这赫卡尼亚的恶虎！

你对我负有责任。

你对我负有责任。

我所知晓的一切都是你教的，但你半途而废，没有传给我精髓。你教我世界是没有思想的。当我说——你记得我为什么说这话——生活太可怕了，你说不，生活既不可怕也不美好。生活没有品性，也没有意义。你说宇宙并不知道人类活在其中。

我知道你不这么想。你还得告诉我一件事。任何人都能从你的表现里看出，仿佛某件事对你来说有道理、有意义。那件事是什么？

我要是知道你也不幸，就能忍受自己的生活。但我看你并非如此，而这意味着你还得告诉我另一件事——你必须告诉我。

你为什么而活？为什么而工作？为什么而笑？我的一个朋友——我总归还是有朋友的吧——向我描述了你在卡托家的行为。听说你和蔼可亲，魅力四射，让人们开怀大笑，和瑟姆普罗尼亚·梅特拉滔滔不绝地说话——竟然跟她讲个不停！有没有可能你是为了虚荣而活？你想让罗马内外的作家不管现在还是将来给你作传时，都写你宽宏大量、魅力无穷，你这就满足了吗？过去你的生活可不是对着镜子搔首弄姿。

盖乌斯啊，盖乌斯，告诉我该做什么。把我必须知道的事告诉我。让我跟你说说话，让我听听你的声音吧，一次也好。

回聊。

不，虽然你对我不义，但我不会待你不公。

我变成了现在的样子，虽不是你一人所为，却是由你完成了最后一笔。

是生活对我做的那件暴行把我变成了这样。你是知道我故事的人里唯一健在的——这是一份责任。这也是生活对你做的事，彼此彼此。

十（一）

恺撒给克洛迪娅的回信。

（不是由回程的信使带回，而是四天后再寄到。）

我和我的妻子、姑妈都会去参加你的晚宴。但在收到我正式的应邀函之前，不要跟别人提起。

你信中所写的事，我已告诉过你。你要不是在自欺欺人，要不就是记错了。我希望你的客人们（我听说有西塞罗和卡图卢斯）会谈到一些你已经知晓却又忘记的事。

你知道我对过去的你有多钦佩。你有能力恢复昔日的样子，还有很多事情，你都有能力办到。我总是觉得很难纵容鄙视和谴责自己的人。

十一

恺撒写给庞培娅的信。

（9 月 13 日早上 8 点，恺撒从办公室寄出。）

亲爱的夫人，我希望你已经想过了，今天早上你对我的控诉有多不公平。请原谅我没有回答你最后一个问题就离开了家。

要拒绝你的任何请求，我都很不开心。而要一遍又一遍地拒绝你同一个请求，并反复给出那些你已经表示过理解、同意和接受的理由，我会加倍地难受。既然这种反复考验着我的耐心，也难为了你的慧心，就让我诉之笔端吧。

我帮不了你的表亲。他在科西嘉岛上的残忍和堕落越传越广。这也许会变成一个人尽皆知的大丑闻，而我的敌人们最终会把责任塞给我，这会浪费掉我本该用来处理其他事务的很多时间。我说过，只要在合理范围，我可以给他任何军职。五年内，我不会再把他派到任何行政岗位上。

我再说一次，你去参加塞拉皮斯神庙的仪式是极为不妥的。我知道，那些仪式上发生了很多惊奇的、不易解释的事情。我还知道，埃及仪式会激发强烈的情绪，让信徒在离去时处于所谓的“更开心”或“更美好”的心理状态中。亲爱的夫人，请相信我已经仔细研究过这些仪式了。埃及祭仪对我们罗马人的天性有着特定的危害。我们生性活泼，我们相信即便是日常生活中那些次要的决定也有其道德重要性，相信我们和诸神之间的纽带与我们的行为密切相关。我认识一些和你情况相同的埃及女人。为了让肉身死后灵魂不朽，她们要不时前往神庙，在地上翻滚号叫，还要进行长时间的幻想之旅，来“洗涤灵魂”，并一步步地走向神性。第二天，她们回到家里，又开始苛责仆人，欺骗丈夫，贪得无厌，聒噪不休，吵吵嚷嚷，自我放纵，全然不顾人民和国家处于怎样的水深火热中。我们罗马人知道此生即是灵魂的所在，灵魂的旅程以及我们对灵魂的洗涤，不过是责任、友谊和苦难罢了（如果我们真的有灵魂的话）。

至于克洛迪娅的晚宴，还请你相信我的判断。其他事情，我愿意提出我的理据。而在这件事情上，我虽然也可以这样做，但这封信已经很长了，不值得重提那对姐弟的过去。他们本可以像他们的先祖那样，成为罗马杰出的朋友，为罗马积善，而不是沦为民众的笑柄，让爱国人士惊惶失措。这点他们心知肚明。他们根本没想过我们会接受邀请。

你告诉我，我任命的人正在危害国家，不择手段地给自己捞金。早上听你这么说的时候我很吃惊。亲爱的庞培娅，我认为一个妻子不该从旁人的闲谈中摘出一些谣言来奚落她丈夫治国不力，任人失察。更可取的做法是，她应请他对这些指控做出解释，因为这关乎夫妻双方的名誉。你要是能给出一个以权谋私的例子，我就回应你的诘问。回应不会很简短，因为我不得不让你睁大眼睛，看看治理天下的种种困难，看看君主必须做出妥协来应对能者的贪婪，如何应对下属们总是怀有的敌对情绪，如何区别对待征战获得的领地和已融入共和国的领土，以及如何警惕人们推波助澜让刚愎自用者走向毁灭。

你总是指责我不爱你，对此我不能一遍又一遍地回应，因为回应就是对我俩的羞辱。我再怎么抗议也不能让你相信，难道你在我们共同生活的每一刻里没有感受到我的爱吗？每天我一工作完就带着最热切的期待回去找你；但凡不用处理公务时，我必定伴你左右；我拒绝了你的请求，恰恰证明我考虑到了你的体面，我希望你获得更大的幸福。

亲爱的庞培娅，最后你问我：“难道我们的生活中就不能有丝毫乐趣可享？”我求你别随便问我这种问题。妻子在嫁给丈夫的同时也嫁给了丈夫所处的形势。我的位置不允许我像很多人那样闲暇和自由，而你的位置则令很多女人艳羡。我会尽己所能，为你提供更多样的消遣，但整体情况不会轻易改变。

十二

《康涅利乌斯·尼波斯的摘录簿》

（看来，这位伟大的历史学家兼传记作者记下了他所处的时代里发生的事。信息的来源非常多样，用作了日后某部作品的材料。）

该犹的姐姐告诉我妻子，恺撒在晚宴上和巴尔拜斯、希尔提尔斯还有奥庇尔斯讨论说，有可能把政府迁到拜占庭或特洛伊。罗马港口不足，洪涝太多，气候极端，现在人口多到无可救药的地步，疫病流行。还有可能会向印度开战？

又和卡图卢斯在埃米利安努斯跳棋游泳社共进晚餐了。餐桌上的人让我心情愉悦，有年轻的贵族子弟，还有罗马最辉煌的家族的代表。我问起他们的先祖，他们却不怎么知情，甚至还表现出一副漠不关心的样子，这让我很是懊恼。

他们把卡图卢斯选为名誉秘书长，我想是因为他们机智地考虑到卡图卢斯的困顿。这样一来，他就能得到一间迷人的河景房。

他们似乎把卡图卢斯当成顾问和知己，尽情向其倾诉：和父亲拌嘴啦，和情妇吵架啦，和债主闹翻啦，等等。进餐期间，社团的门被推开三次，一位忧心忡忡的会员冲进来大喊“西勒米奥（卡图卢斯的外号，似乎来源于他在加尔达湖的夏季度假屋）在哪儿？”然后，他们两人便走到角落，低声商议。但是，卡图卢斯这么受欢迎，似乎并不是因为纵容他们。他就像父亲一样严厉，尽管说话时极其放肆，但在生活中非常严格，还试图给他们灌输“老罗马之道”。有意思。

他似乎在没什么教养的社员中选到了自己最好的朋友，还当面叫他们“野蛮人”。有一位社员告诉我，他只有喝醉了才会谈论文学。

他比外表看上去更强壮，也更脆弱。一方面，在酒会快结束时比拼力量与平衡，他比任何社员都要强。比如，抓住椽条，一根一根地荡过天花板。或者一只手举着哀号不止的猫游过台伯河，保持猫滴水不沾。也是他从提波尔庭划船社的房顶偷走了金海豚，这件事在他写给兄弟们的歌里是浓墨重彩的一笔。另一方面，他的身体无疑是脆弱的。他似乎受到脾脏或肠道疾病的折磨。

他和克洛迪娅·普尔喀的风流韵事，让所有人都吃了一惊。我得打听一下。

玛丽娜——我第二个厨子的妹妹——在独裁者府上当仆人。她对我无话不说。“神圣之疾”已经有一段时间没发作了。独裁者每晚都在家陪妻子。他经常在夜半起床，到他悬崖上的书房里工作。他有一张军用式小床在那儿，经常被子也不盖就睡着了。

玛丽娜否认他会发脾气。“人人都说他会发火，先生，但这一定是在元老院或法庭上。五年中，我只见过他动怒三次，就算是仆人犯了大错，他也从不发火。夫人总是有脾气，想用鞭子抽我们，而他只是笑笑。先生，他在场时，我们都抖得像老鼠一样，但我不知道这是为什么，他可是世界上最善良的主子。我想，那是因为他总是观察我们，而且真的把我们看在眼里。大多数时候，他眼带笑意，仿佛他知道仆人们的生活如何，知道我们在厨房里聊什么。我们都很理解那个因炉子着火而自杀的厨师。有重要的宾客到场，所以管家不想告诉独裁者这件事，便让厨师自己进屋说。厨师进去说晚餐搞砸了，而独裁者只是大笑道：‘那我们还有枣子和沙拉吗？’然后，厨子跑去花园，用蔬菜刀自尽了。当他发现他最喜欢的、跟了自己几年的抄写员菲勒蒙试图毒害他的时候，他生气了，大发雷霆。准确说，那不像是愤怒，而是负担，仅此而已，先生。你还记得吧，他不让人拷打菲勒蒙，还下令让他死痛快点。警察长非常恼怒，因为他想通过拷打来揪出幕后黑手。但我想，他做的还不如拷打呢。他把我们所有人——大概有三十个——都叫进房间，他久久注视着菲勒蒙，一句话也不说，房间里静得都能听到蚂蚁在爬。然后，他谈到我们所有人都息息相关，谈到人与人之间、夫妻之间、将军和士兵之间还有主仆之间的信任是怎样一点点地累积起来。我想，这是世界上最可怕的谴责了。他在说的时候，有两个女孩晕倒了。仿佛房间里有一位神。他说完后，夫人也吐了。”

奥克塔维厄斯已经从安波伦尼尔姆的学校回到家。他是个极度寡言的男孩，从不跟任何人说话。

有人听到克里特岛来的那个秘书跟里米尼来的秘书说，也许埃及女王要来罗马，也就是克利奥佩特拉那个魔女。

夫人跟他在一起时，想做什么都可以。她一哭，他就心烦意乱。我们不能理解这点，因为他总是对的，而她总是错的。

……

西塞罗来吃晚餐了。他在卖弄风骚：说他活不下去了，众人忘恩负义，等等。还提到了恺撒："恺撒不懂哲学，他在生活中很少反思。但至少他足够聪明，不会暴露自己思想的贫瘠。他跟人说话时，从来不允许谈哲学原理。他这类人，非常忌惮思虑，以当机立断为荣。他们认为立刻做决定就不会显得优柔寡断，而实际上他们只是不去考虑自己行为的全部后果。这样一来，他们就有一种自己从未犯错的幻觉，并且乐在其中，因为行动一个接着一个，不可能让时光倒流，也不可能说换个决定也许会更好。他们可以装作每个行动都是在情急之下被迫采取的，每一个决定都是必然之举。这就是军事领导人的毛病，对他们而言，每一场战败就是一次胜利，而每一场胜利却又相当于一次失败。

“恺撒已经养成了这种习惯，做每件事都那么迫切。他力图消除从冲动到执行的中间阶段。不管去哪儿，他都带着一名秘书，一有主意就口述信件、诏书和法律。同样，他一旦感觉到本性的冲动，就会立马照办。饿了就吃，困了就睡。在最重要的会议上，当着执政官和漂洋过海来跟他开会的地方总督的面，他好几次离开会场，笑着说抱歉，然后迅速撤离到隔壁房间。这是哪一种本性的呼唤，我们不得而知，也许是睡觉，也许是喝汤，也许是拥抱总是伴他左右的三位小情妇中的一位。我要替他说，他认为别人也拥有和他一样的自由。我不会忘记，在一次像这样的聚会上，当他得知一位使节饿着肚子没吃晚饭，他有多惊愕。还有——他的故事太多了说不完——在都拉斯被围攻时，他和士兵们一起挨饿，拒接食用留给指挥官的口粮。突围后，他对敌人格外残忍，我想这仅仅是因为饿太久了，他此时才发作。他还把实践上升到了理论高度，宣称如果有谁否认人的动物性就是将自己降格为半人。”

西塞罗不喜欢长时间讨论恺撒，但他并不反感用恺撒的事迹来给自己脸上贴金。我又把他拉回到之前的话题。

“每个人都一定要有观众：我们的祖先觉得诸神在看着他们，我们的父辈活着就是为了被人崇拜。而对于恺撒来说，诸神并不存在，他对同胞们的想法也漠不关心。他是为了后世的看法而活。康涅利乌斯，你们这些传记作家就是他的观众。你们是他生命的主动力。恺撒在努力地活成一本伟大的书，但凭他的艺术天分还不足以看清生活和文章是不能相互类比的。”说到这儿，西塞罗笑得发颤，“他甚至在生活中引入了与艺术密不可分的行为——涂抹。他抹去了自己的青春。噢，是的，他已经这么干了。他的年少时光不算是青春，只有后面那些年才算，他自己和大家都这么想。现在，他开始抹去高卢战争和内战的历史。我曾和兄弟昆图斯一起细致入微地考查了《高卢战记》中的五页。在恺撒描述的事件中，昆图斯和他最亲近。五页中没有一个谎言，但十行之后，‘真相女神’就开始尖叫，她心烦意乱、衣冠不整地跑过神庙的走廊，她已经不认识自己了。‘我可以忍受谎言，’她尖叫道，‘但我受不了这种令人窒息的似是而非。’”

（下面几段文字，是西塞罗在讨论马尔库斯·朱尼乌斯·布鲁图斯是恺撒私生子的可能性。详见第四册开篇的文件。）

“绝不要忘记，恺撒在他生命中至关重要的二十年内身无分文。恺撒与金钱！恺撒与金钱！谁写得出这样的故事？希腊神话里都没有任何故事可与之媲美。多么神奇啊——没有收入的人在挥霍着别人的金子。现在没时间细谈，只能一句话概括：恺撒不用钱的时候从来不把钱当钱。他不会把钱看作未来的保险，炫耀之物，抑或是人的高贵地位、权力和影响力的证明。对恺撒而言，钱只有在使用时才是钱。恺撒觉得，钱是为了那些知道如何用钱的人而存在的。现在，除了守财或炫耀以外，大富翁们显然不知道如何处置他们的钱。恺撒对钱漠不关心的态度当然让富人们深受触动，迷惑不已，甚至心生畏惧。即便如此，恺撒也可以用钱做很多事情。他总能把别人的金子派上用场，总能把金子从朋友的保险箱里唱出来。

“他的态度不只是冷漠这么简单吧？难道说，他无所畏惧，不害怕我们身处的世界，不害怕未来，也不怕笼罩着那么多人的‘潜在困境’？恐惧难道不是主要源于过往记忆中的惊恐和困境吗？一个从未见过自己的守卫被雷电吓到的小孩，就不会害怕雷电。恺撒的母亲和姑母是很了不起的女人。在比雷电更恐怖的事物面前，她们也面不改色。可以想象，她们经历过放逐和屠杀的种种恐怖——连夜从一片火海的村子逃出来，藏在山洞里——她们只让这个成长中的男孩看到她们那份自信的平静。有这种可能性吗，还是更深层的原因呢？他相信自己是神，是朱利安家族的后代，以及维纳斯之子吗？正因如此，他才不会受此世之恶的侵扰，也会不满足于此世的馈赠？

“无论如何，他虽身无分文，却在劳动人民聚集区的一间小房子里，和科妮莉亚还有他的幼女一起生活了这么多年。但他又是贵族中的贵族，戴着和卢库勒斯一样宽的紫带，反驳着克拉苏和我——噢，他的事简直说不完。

“但是，有一点很微妙，恺撒乐于让他人发财。现在，他的敌人主要指控他让自己的亲信大肆敛财，其中多数还都是恶棍流氓。但这难道不是他鄙视这些人的标志吗？因为在他看来，拥有金钱、积累金钱等同于软弱——或者应该说——等同于害怕？”

阿西尼乌斯·波利奥来赴宴了。他谈到了卡图卢斯及其所写的尖酸刻薄的讽刺独裁者的短诗。

“真是世上的头等怪事。其他社员总是鄙视恺撒，而那个诗人却在口头上维护他。但他的诗作又释放出无尽的恶毒。也就是说，卡图卢斯在作诗时极其放肆，在生活中和评判别人的生活时又惊人地严格。显然，他把自己和克洛迪娅·普尔喀的关系——他从来不提这层关系——视为纯洁崇高的爱，不能跟他朋友们那不断发生的一夜情混为一谈。他讽刺独裁者的短诗虽然政见肤浅，却无一不是用语下流。他对恺撒的恨似乎来自两方面：一是他不满独裁者那臭名昭著的道德作风，二是不赞成他让自己身边布满那种人，还允许他们以公谋私。也有可能他将独裁者视为情敌，怕他夺走克洛迪娅·普尔喀的爱，或者应该说是妒忌独裁者吧。”

十三

卡图卢斯给克洛迪娅的信。

（9 月 14 日）

（11、12 号，卡图卢斯写了两份草稿。草稿没寄给克洛迪娅，但恺撒的秘密警察在卡图卢斯房里的文件中找到了它们，并誊抄下来交由恺撒过目。第二册的第二十八号文件就是这两份草稿。）

我不希望自己不知道这个世界充满了黑夜和恐惧。

你在加普亚对我关上的门告诉了我这个道理。

你和你的恺撒来到世上，就是为了教会我们：你纵然美丽多情，也不过是在欺骗人心；而他呢，在他脑海最深处，仅有一己私欲罢了。

我一直知道你快淹死了。你已经告诉我了。你的手臂和脸庞在水面上挣扎。我不能跟你一块儿淹死。你对我关上的门是最后一次呼救，因为现在你只能通过残忍来呐喊。

我不能跟你一块儿淹死，因为我还有一事未竟。我还可以创造一个美妙之物，来侮辱这个侮辱着我们的世界。我会这么做的，然后为我长期蒙受的心刑画上句点。

克劳蒂亚啊，克劳蒂亚，你快淹死了。噢，我听不见。噢，我本不该知道你的挣扎，本不该听到你的呐喊。

十三（一）

克洛迪娅给卡图卢斯的信。

（由回程信使当日带到。）

（希腊文）

小雄鹿啊，你说的是真的，都是真的。除了对你残忍点，我还能做什么？忍耐吧，痛苦吧，但别离开我。

我会把一切都告诉你——这是我最后一个秘密了——也许你也会觉得很恐怖：十二岁时我被叔叔侵犯了。我能找谁报仇呢？这种事情？那是一天正午，在一个果园里。在炎炎烈日下。现在我把一切都告诉你了。

什么也帮不了我。我不求助。我只是要求你带着恨意来陪伴我。你的恨还不够，这点我无法忍受。

来找我，来找我吧，小雄鹿。

还有什么好说呢？

来吧。

十三（二）

卡图卢斯所写。

（拉丁文）

“我既爱又恨。你或许会问，怎么可能呢？我不知道。我就是这么觉得，我正吊在十字架上。”

十四

阿西尼乌斯·波利奥书于那不勒斯。

恺撒收于罗马。

（9月18日）

（作为恺撒的密探，阿西尼乌斯·波利奥正在各地游走，他在信中回答了独裁者的二十个问题。）

将军：

（此处对那不勒斯附近的大银行的某些专业流程进行了长达几千字的详述，对毛里塔尼亚的行政问题给出同等篇幅的回答，还谈到了正从非洲运往罗马的用于节日游戏的野兽。）

第二十个问题：盖乌斯·瓦列利乌斯·卡图卢斯对独裁者怀有敌意的原因，以及他和克洛迪娅·普尔喀夫人间的风流韵事。

将军，我已经多次尝试让那位诗人明确说明他为何对您怀恨在心。您应该知道，瓦列利乌斯生性极度复杂、矛盾。多数情况下，他明断是非，脾气温和有耐心。尽管他只比（埃米利安努斯跳棋游泳）社团的大多数成员年长些许，但他一直扮演着顾问与和事佬的角色。用我们的话说，他是“饭桌上的头儿”。然而，有几个话题，他一说起或一听到就会暴怒。他的脸色会变，语气也不一样了，双目闪烁。我经常看到他在发抖。这些话题包括：糟糕的诗人、女人的散漫行为、您还有您的某些熟人。我之前曾告诉过您，这个社团的大多数会员都会对共和国人民产生影响。另外两个仅限青年贵族加入的俱乐部——提波尔庭划船社和红帆会——更是如此。而“四十步会”就不是这样，它是由您创办的，您对此极其自豪。然而，前三个社团只会在饭桌上谈论对罗马共和国的看法。那些年轻人对国家事务所知甚少，也没有足够的兴趣听人详细讨论，就算是瓦列利乌斯也不行。他提出各种各样的反对意见：这一刻他还在痛骂某些官员的私德，下一刻他又在援引政治理论中的某些原则，接下来又表示您应该对那些传闻中的郊区强盗负责。

我不禁感到，他遇到这些话题时表现出的不理智和易怒，反映出他和克洛迪娅·普尔喀之间的情况不妙。在罗马所有女人里，他偏偏爱上了她，这真是极为不幸。八年前，他第一次来罗马时，她就已经是埃米利安努斯社的笑柄了，不是因为情人太多，而是因为她的每一段恋情的发展轨迹都一成不变。她吸引男人，是为了了解其弱点，最终用最为彻底和精准的言辞来羞辱他。不幸的是，她做得并不好。她太急于到达羞辱情人的阶段，以至于很快便丧失了对对方的吸引力。某些社员声称自己迷恋她至少有六个月，却在第一次过夜的中途就回到了社里，连斗篷都没穿。

瓦列利乌斯竟然如此强烈且持久地爱着这个女人，所有认识他的人都吃了一惊。我兄弟和他的关系比我要近得多，他说瓦列利乌斯谈起克洛迪娅时，就像在说一个我们都不认识的人。大家普遍承认，她的美貌程度在这儿的女人里仅次于沃露姆尼娅，她无疑是最狡黠最聪明的，她举办的消遣活动、乡间派对和晚宴在罗马无人能及。但瓦列利乌斯却跟我兄弟说："她很有智慧，对不幸的人很善良，很有同情心，有着伟大的灵魂。我已经认识她很多年了，也喜欢和她在一起，但我从没感觉到她憎恶自己呼吸的空气，憎恶身边的所有人事。"人们普遍认为，唯一的例外就是她的弟弟普布利乌斯。康涅利乌斯·尼波斯给我说了他的理论：克洛迪娅对男人的报复行为，也许是因为她和弟弟乱伦。有这个可能，但我不这么想。她对弟弟的态度，就像是一位恼怒又较为冷漠的母亲。若是干柴烈火或由爱生厌，那么她对弟弟的态度应该更为恼怒，更有占有欲。

但我很崇拜——甚至很爱——这位诗人。要是能看到他从这种折磨着他的迷恋中恢复过来，并且抛弃他对将军您那幼稚而无端的偏见，没什么能让我更开心了。

克洛迪娅·普尔喀夫人邀请我去参加晚宴，她说将军您和诗人都会来。一开始，我想这次聚会可能会不太愉快，但转念一想，也许是一个消除误会的绝佳机会。然而，您要是不愿意去，我也非常理解。这样的话，希望您能允许我日后安排一次您与诗人的会面。

十四（一）

《康涅利乌斯·尼波斯的摘录簿》

在澡堂遇到了阿西尼乌斯·波利奥。我们坐在蒸汽里，又讨论起卡图卢斯对于主上的恨。

“我觉得毫无疑问，”他说，“肯定跟克洛迪娅·普尔喀有关。据我所知，恺撒从来没对她表现出半点兴趣。你可知道，有这种事吗？”

我回答说我不知道，也不可能知道。

“我想恺撒对她就是不感兴趣。恺撒寻欢作乐的那些年，克洛迪娅还是个孩子。他们之间肯定没什么。但出于某种原因，卡图卢斯认为他俩发生过什么（我很确定这点）。讽刺独裁者的诗猛烈又野蛮，但没什么要点。你是不是说过，这些诗用词下流，无一例外？相信我，谴责恺撒伤风败俗、让一小批高官赚得盆满钵满，就像是迎着强风撒沙子。这些诗词都有幼稚之处，唯一不幼稚的地方就是——它们让人难忘。”

讲到这儿，他把嘴靠近我的耳朵："你知道我多崇拜主上。但是，我跟你说：但那家伙的讽刺还不够辛辣尖锐，他该反思一下……不，我想，卡图卢斯无疑是凭空想象出了一些因爱生妒的理由。"

他的手在空中挥舞："卡图卢斯是男人也是孩子。你亲眼见过就知道了。你听说过西塞罗第一次读他情诗时的评论吗？没有吗？'这个卡图卢斯是罗马唯一一个把激情当真的人，也可能是最后一个。'"

十五

卡图卢斯写给克洛迪娅的信。

（9 月 20 日）

我的魂中魂，命中命啊，我整天都在睡觉。

噢，星期五之前我一直在失眠。睡不着又没有你在身边，真是痛苦的折磨，就像是在忍饥挨饿一般。天黑时我和阿提尔斯出门了，只能思念你又不能跟你说话，这又是一重折磨。现在是半夜。我写了又写，然后撕掉写好的东西。噢，爱情的甜蜜和狂野，要怎么写出来？我为什么非得尝试，为什么我命中注定遭此一劫，定要讲述爱的苦与甜？

忘了吧，忘了我们曾对彼此说过的刻薄的话。激情是我们的欢愉，也是我们的劲敌。我们不能永远地、完整地合二为一，这是诸神的报复。灵魂为身体的存在而愤怒，身体也为灵魂的存在而愤怒。但是！让我们完成几乎没人做到的事吧！让我们燃烧身体和灵魂，把它们融为一体。还有，克劳迪琳娜[1]，不管过去发生了什么，让我们把它抹掉，让它消失。相信我，过去不复存在。你要自豪，要拒绝回想过去，你完全有能力无视它。每天清晨都决心做一个全新的克劳迪娅吧。

吻你，才能不让你看到我的眼睛。抱着你，吻你，吻你，吻你。

十六

庞培娅写给克洛迪娅的信。

（9 月 21 日）

我这儿有一封他给你的信。信真是糟透了，我没脸把它给你。

不提了！反正现在我可以去了。但别谢我。你一开始为什么不告诉他诗人也会去？有时候，我觉得我丈夫脑子里只有诗歌。几乎每晚，他都在床上念诗给我听。昨晚是卢克莱修的

[1] 译者注：卡图卢斯对克洛迪娅的昵称。

诗。写的都是些小得不能再小的事。他不是念，而是背下来。噢，亲爱的，他真是个怪人。这周我还是喜欢他的，但他真是个怪人。小克洛迪娅，我刚刚听说了西塞罗给他起的外号。真是笑死我了！我从来没笑得这么开心过。（很难知道西塞罗给恺撒起了哪一个绰号让庞培娅捧腹大笑。也许是“牧师”，也可能是那些更复杂的希腊语复合词绰号里的一个：“给自己立墓碑的人”——活得好像在为自己建造一座阴森的荣誉纪念碑；“仁慈的扼杀者”——这反映出当代人对恺撒的行为感到迷惑：为什么一股脑地宽恕了敌人们，不表现出半点怨恨，这着实令人费解；“没人在家，只有烟”——出自阿里斯多芬尼斯的《黄蜂》：一个被儿子锁在家里的男人试图从烟囱逃跑，他被发现时如是回答。）

裙子我试过啦，真是太美了。我要戴伊特鲁里亚头饰，我正让人往裙子上缝金珠子，裙摆处缝得很密，然后渐渐变疏变少，直到腰线上一颗也没有。我不知道反奢靡法是否允许这样做，但我不会去问的。

在建城日那天的芭蕾舞上，你看到我给你的暗号了吗？我拨右耳垂的时候，是在给你信号。当然，我不敢向左或向右转头。尽管他有两英里远，在前后走动，喋喋不休，但我知道他的目光黏在我身上。

我在学习那个（善德女神的秘密仪式），你懂的。亲爱的，我忘得一干二净。那些古老的语言都忘了。他在辅导我学习。主席女士说，他就任教宗后获允了解其中的一部分。当然不是那些可怕的部分。你觉得会有任何妻子跟她丈夫说这些？我不这么认为。

听说茱莉亚姑妈也要参加你的晚宴。她会住到我们这儿。这次我得让她告诉我，早些时候内战的日子是怎样的，那时他们不得不吃蛇和蟾蜍充饥，她和我祖母还杀了不少男人。杀人的感觉一定很诡异。

抱抱你。

十六（一）

恺撒寄给克洛迪娅的随信附件。

独裁者向最高贵的夫人致敬。独裁者已经推迟了阻碍其受邀出席最高贵的夫人及最高贵的普布利乌斯·克洛狄乌斯·普尔喀的晚宴的事宜。独裁者意欲邀请西班牙理事和十二人代表团在晚宴后前往贵府，还请应允。

独裁者知悉，希腊拟曲演员厄洛斯将为最高贵的夫人的宾客进行表演。该演员的表演境界已是炉火纯青。然而，据说其表演中带有大量淫秽成分，尤其是剧目《阿弗洛狄忒和赫菲斯托斯》。倘若从西班牙甚至从共和国境内偏远地区前来的将军和执政官们看到首都的消遣方式竟是如此这般，再带着此种印象返回驻地，着实不妥。独裁者要求，最高贵的夫人必须让该演员注意独裁者的意见。

独裁者向最高贵的夫人致谢。在晚会的前半段，夫人可免去独裁者在场时应遵守的常规礼节。

十七

西塞罗书于塔斯奇亚勒城的庄园。

阿提库斯收于罗马。

（9月26日）

庞波尼乌斯啊，我们失去了我们珍视的一切，也许只有从缪斯女神[1]那儿才能得到安慰。我们已经成了奴隶，但就算是奴隶也可以歌唱。我已经成了奥德修斯[2]的反面：为了拯救自己和同伴，他躲开了女妖塞壬的歌声。然而，我已经把全部心思都放在缪斯身上，这样才能盖过罗马共和国濒死时分的喉鸣和自由将逝之际的呻吟。

我不同意你的看法，我认为有一个人应该为民众的水深火

[1] 译者注：缪斯是主管音乐、诗歌、舞蹈、天文等九位女神的总称。

[2] 译者注：荷马史诗《奥德赛》的主人公。

热负责。

濒死的病人召来这位医生。医生恢复了他除了意志以外的全部机能，然后立刻把他束缚起来当自己的奴隶。我一度希望，医生可以为病人的康复而欣喜，然后释放他，让他完全独立。但这个希望落空了。

因此，让我们培养缪斯之灵吧，这是没人可以夺走的自由。

医生本人也对他那寰宇监狱里诞生的旋律感兴趣。他寄给我一些诗句，是你提到的卡图卢斯所写。我认识这个年轻人已经有一段时间，他的某一首诗还写到了我。这首诗我一年前就读过了，但诸神在上，我真的搞不懂它表达的是对我的崇敬还是嘲讽。他没把我叫作皮条客或扒手，我已经谢天谢地了，他的朋友中很少有人能躲过这种戏谑。

我不像恺撒那样有着无尽的热情。卡图卢斯的某些诗歌，我还没有喜欢到偏爱的地步。那些基于希腊模型的诗歌，可以称得上目前最优秀的翻译。而那些偏离希腊原型的诗则给人以诡异感。

这些诗是用拉丁文写的，但又不是罗马式的。卡图卢斯从边界出发，让我们准备好接受一种由我们的语言和思维方式掺混而成的杂物，这必然令人震惊。他写给克洛迪娅的诗，尤其是那些纪念她的麻雀之死的诗，并非毫无优雅之处，但也有滑稽的一面。有人告诉我，这些诗已经被人涂写在浴室的墙面，甚至到了没有哪个叙利亚香肠商贩不能背诵的程度。那只麻雀！我们听人说，它总是栖息在克洛迪娅的胸口——这是条热闹的大道，偶尔才留给鸟儿用。让我们为这只鸟唱起阿克那里翁的挽歌，并为克洛迪娅胸口上数之不尽的亲吻提出愤慨的劝诫。我发现了什么？这个过渡太快了，甚至可以说没有过渡，我想谈谈死亡。大力神在上，禁欲主义哲学的老生常谈简直太多了。

太阳落山，尚能再次升起。
可片刻之光一旦熄灭，
永夜降临，唯有深眠。

这是高贵而哀伤的音乐。我正把它刻在我看落日的藤架上，可那只麻雀和那些吻在哪儿？这些诗歌的开头和结尾很不平衡，站不住脚。既不是希腊风也不是罗马风。诗人脑海中一定有一连串的秘密想法，隐藏在字里行间。麻雀之死是喻体，而本体则是克洛迪娅和诗人自己的死。

亲爱的庞波尼乌斯啊，如果我们不由得陷入一首由好几串隐秘思绪所构建起来的诗，很快便会有一种优越的感性风格在我们之间行进，而我们毫无察觉，只能任其摆布。确实，我们的脑海仿佛是奴隶和圣人擦肩而过的市集，又像是无人打理的花园，蔷薇旁边野草丛生。任何时刻都会蹦出琐碎的想法，让人联想到崇高；而崇高，又会被日常生活中最平凡朴素的细节阐释或打断。这是矛盾的。这就是我们心中的野蛮之处，无论是荷马还是六百年来的伟大作家，都努力让我们摆脱野蛮。

几天后克洛迪娅举办的晚宴上，我要见见这位诗人。恺撒也会去。我正有此意，这样就能主导谈话方向，让他们都看清这条真理：文学要分门别类，治国也要各司其职。

十八

独裁者的秘密警察提交的关于盖乌斯·瓦列利乌斯·卡图卢斯的报告。

（9 月 22 日）

（秘密警察每天都会呈交此类报告。内容涵盖：截获的信件，警察参加的或偷听到的对话，以及独裁者要求警察监视的人的动向。）

第 642 号对象：盖乌斯·瓦列利乌斯·卡图卢斯，盖乌斯之子、提图斯之孙、来自维罗那地区的男士。年龄：29 岁。居于埃米利安努斯跳棋游泳社。经常面见的人：菲斯尼尔斯·梅拉、波利奥兄弟、康涅利乌斯·尼波斯、卢修斯·卡尔扣、玛米琉斯·托魁阿特斯、霍尔巴提尔斯·辛纳、克洛迪娅·普尔喀夫人。

已经检查过对象房间内的文件，有家族信件、私人信件和大量的诗歌材料。

对象未表现出任何政治利害关系，拟取消对其进行的调查。

（独裁者批注：“继续报告第642号对象的动向。抄写在他住处发现的全部文件，尽快提交。”

然后，以下文件就呈交到了独裁者面前。）

十八（一）

卡图卢斯的母亲写给他的信。

你爸爸在镇上找了好几份新活儿，从早忙到晚。庄稼收成不太理想，因为下了很多场暴雨。伊普斯莎患了重感冒，但已经好些了。你的狗也无恙。维克多现在很老了。他多数时间都在火旁睡觉，现在躺在我脚边。

我们听瑟系尼尔斯的手下说，你身体不太好。可你没在信上告诉我们。你爸爸很担心。你知道的，我们这儿有个好医生，我们也会好好照顾你。求你快回来吧。

全维罗那都会背你的诗。为什么从不寄诗给我们？瑟系尼尔斯的妻子带了二十多首给我们看。我们要从邻居的手上接过你写你亲哥哥之死的诗，这感觉真奇怪。你爸爸上哪儿都带着。我说不出来这种感觉。诗很美。

我每天都祈祷不朽诸神保护你。我很好。有空就给我们写信吧。8 月 12 日。

十八（二）

克洛迪娅写给卡图卢斯的信。

（前一年春季）

应付一个歇斯底里的孩子真是太无聊了。

不要再来找我。

我不接受别人用这种态度跟我讲话。我没有违背任何承诺，因为我从来没承诺过什么。

我想怎么活就怎么活。

十八（三）

埃利尔斯给卡图卢斯的信。

钥匙在这儿。没人会去打扰你。我叔叔有时候会住那些房间，但他已经去拉文纳了。“噢，爱情啊，真是诸神和人类的统治者。”

十九

写给恺撒妻子的匿名信（克洛狄乌斯·普尔喀找了一位女子代写）。

伟大而尊贵的夫人，有人向我报告说，您接受了明晚去克洛狄乌斯·普尔喀家就餐的邀请。若是没有独家信息提供给您，我不会来占用您这样地位显赫的人的时间。

这是一封警告信，我想您看过后定会感激。非常遗憾，我知道克洛狄乌斯·普尔喀对您的感情长期以来远不止崇敬这么简单。他到现在也不懂怎么去爱一个人，唉，他对我们女性造成的痛苦多于快乐，现在他终于归顺那位谁也不放过的爱神了。他可能永远不会对您表白。他对您那不朽的丈夫的敬意必然会阻止他那样做，但他的感情有可能会打破职责和荣誉的约束。

不要试图搞清楚我是谁。我写信给你的动机之一是嫉妒，我实在没办法掩饰，我嫉妒你能够轻易动摇这样一颗我曾经爱过的心。写这封信后不久，我就会结束我那已经没有理由存在的生命。愿我的遗言警告您，即便如您这般高贵，也改变不了一个随随便便就背信弃诺的人。即便是您，也无法让他免受他姐姐那个邪恶至极的女人的影响。即便是您，也不能为他对我们女人做出的种种劣迹报仇。他相信您可以让他洗心革面，重塑善德，造福于民。他被骗了，伟大的夫人啊，即便是您，也做不到。

二十

恺撒夫人的女仆阿布拉给克洛迪娅的信。

（9 月 30 日）

我们一行将在三点出发去参加您的晚宴。我的女主人和老夫人坐轿子，他走路。

他很开心。她在哭泣。他命令我把女主人礼服上所有的金珠子取下来。反奢靡法。

我听到了一段重要的对话。夫人，请恕我直言。老夫人跟她谈了很久，说要禁止（字背后有擦掉“除名”二字的痕迹）您参加仪式。女主人非常生气，大嚷着让他设法阻止。老夫人说，他可能会这么做，也可能不会。女主人流泪了，请求老夫人出面制止。女主人去找他，求他阻止这件事的发生。他冷静而欢喜，说他一点也不知情，也没必要惊慌。

我要去给女主人盘头发了。要花一个小时。

女主人问了一些关于您弟弟的问题。

谨遵夫人教诲。

二十（一）

恺撒夫人写给克洛迪娅的信。

发生了可怕的事情。在去你家赴宴的路上，三个男人从一堵墙后蹿出来，想刺杀我丈夫。还不知道他伤得有多重。我们都回家了。不知道接下来该怎么办。很不幸，不能去你家赴宴了。拥抱。

二十（二）

官方警察长写给秘密警察长的信。

我们已经抓捕了袭击现场附近的 224 人。已开始审问。有六名男子非常可疑。已经开始拷问。审问前有一个人自杀了。

普布利乌斯·克洛狄乌斯·普尔喀的家门前聚集了很多人。谣言已经传开，说独裁者要去他府上就餐，而这次未遂的暗杀要归咎于克洛狄乌斯的手下。人群已经开始朝宅子扔石头，还说要放火。

许多仆人试图从翠微西恩巷的门离开，遭人群暴打。

回聊。

府前的人群变得越发危险了。

马尔库斯·图留斯·西塞罗在府中，戴着前执政官的徽章。他被军队护送回家了。人们朝他吐口水，扔石头。

克洛迪娅·普尔喀待在府上，还有一个叫作盖乌斯·瓦列利乌斯·卡图卢斯的年轻男子和一名仆人。

阿西尼乌斯·波利奥也是宾客之一，但他一听说刺杀事件就马上离开前往独裁者府上。因为他穿着制服，人群没有阻拦，还报以掌声。

没有捕获普布利乌斯·克洛狄乌斯，他已经潜逃。

回聊。

独裁者突然现身普尔喀家门口，有阿西尼乌斯·波利奥和六名护卫随行。

人群报以热烈的掌声。他发表讲话，让人们回到家里，并感谢诸神保佑他安然无恙。他还向大家保证，没有理由去怀疑府中所住之人参与了这次行刺。

他当着所有人的面说，在他见到并亲自审问嫌犯前不得进行拷打。

他命我全力追捕克洛狄乌斯·普尔喀，但不得动粗。

二十一

阿西尼乌斯·波利奥写给弗吉尔和贺拉斯的信。

（写信时间大约在上一封信的十五年后。）

吾友啊，痛风发作和良心不安都是睡眠的敌人。昨晚，它们让我久久不能寐。

大约十天前，主上（即恺撒·奥古斯都帝王）在餐桌上突然点名要我细说和克洛迪娅·普尔喀那场中断的晚宴相关的种种轶事，也就是邀请了诗人卡图卢斯、西塞罗和神圣恺撒的那场晚宴，这是神圣恺撒生命的最后一年。幸运的是，我才开始叙说不久，帝王就被叫走了。但即便只是说了一小段，我也在发抖，你们肯定已经想到了。我们的帝王虽然心胸开阔，但他毕竟是天下之主，是一位神，还是神的侄子。正如他神圣的叔父过去常说的那样："独裁者必须知道真相，但绝不能允许自己从别人的口中听说真相。"我毫无准备，急忙修饰我的故事，剔除不宜帝王之耳的内容。但是，你们两人应该知道真相。希望今晚在讲述这个故事时，我可以忘却我的两大不适，让痛苦得以缓解。

那时，我们正等待着独裁者一行的到来，已经有好一会儿了。府外，克洛迪娅已经让祭司、乐手在街上列队站好，有一大群人聚集在这儿，等着看他经过。我们最后才知道有人行刺。从一开始（到今天），罗马人民就相信是克洛狄乌斯·普尔喀雇用了一些恶霸来刺杀他的贵客。我们等待时，有石头砸到庭院里，一捆捆点燃的干草从墙上扔进来，掉到我们脚边。最后，有些吓坏了的仆人把那个消息告诉了我们。克洛迪娅允许我前往恺撒府上。我正穿着制服，所以穿过人群时畅通无阻。后来我才知道，西塞罗已经在门口向暴民们讲过话，提醒他们他是效忠于共和国的，并让他们立马回家。然而，人群不为所动，甚至粗野无礼，西塞罗只好赶紧回家，险些丢了性命。有若干仆人试图从花园大门离开，被乱棍打死。

我在翻越帕拉蒂尼山时发现了恺撒的血迹。他正坐在庭院内，有人在为他处理伤口。仆人面色惨白，他的妻子坐立不安，只有他和他姑母保持着冷静。刺客用刀在他右侧划了两道又深又长的口子，从喉部一直延伸到腰部。医师正在清洗伤口，并用海藻包扎。恺撒坐在那儿，不耐烦地说着俏皮话。我走近时，看到他眼中有着只在战争中最危急的关头才会流露的神情——那是一种满怀希望的喜悦。他唤我到身前，轻声问我克洛迪娅那边情况如何。我如实回答。

“好医生，”他说，“赶快，快一点，再快点。”

他的秘密警察时不时进来，呈交搜捕刺客的报告。

终于，医师退后一步说：“陛下，现在您的伤就交给自然来治愈了。她需要您保持静卧，好好睡觉。请喝下这碗镇静剂。”

恺撒站了起来，绕着庭院来回走了几圈，感受自己的伤情，还眼带笑意地看着我。“好医生，”他终于发话了，“两小时后我会照你说的做，但我还有件事要先办。”

“陛下！陛下！”医师大声呼喊。

他的妻子扑通一声跪倒在他脚边，痛哭流涕，像是在演悲剧的赛色瑞斯。他把她扶起，给了她一个拥抱，然后示意我马上到门口去。他召集了一些守卫，吩咐他们抬着轿子跟在后面，我们便快马加鞭地翻过了帕拉蒂尼山。因为疼痛或虚弱，他被迫停下来歇了一会儿。他一言不发地靠着墙，用手示意我不要说话。他深呼吸片刻，我们便继续赶路。在克洛迪娅家附近，我们能看到警察正试图疏散人群，但不太顺利。全罗马人都涌上了山头。当他们认出是独裁者来了，只听得一声高喊，人群便让出一条道来给他通过。他走得很慢，一边向左右示以微笑，一边拍了拍身边人的肩膀。到了克洛迪娅门前，他转身举起手，等待人们安静下来。

“罗马的子民们，”他说，“愿诸神保佑罗马，保佑爱她的所有人。愿诸神保护罗马，保护爱她的所有人。你们的敌人试图夺走我的生命——”

他解开衣服，露出身侧伤口上的包扎带。一阵惊恐的沉默，随之而来的是悲伤和愤怒的咆哮。他继续冷静地说道：

“——但我此刻仍然站在你们中间，有能力也有诚意保障你们的安康。袭击我的人已经抓住了。等查到水落石出，我们会向大家发布一份报告来说明情况。回家去吧，把你们的妻子和儿女叫到身旁，一起向诸神致谢。然后好好睡一觉吧。每位父亲都将得到一份小麦，这样，他和他的家人就能和我还有我的家人一起庆祝这件幸事。朋友们，安静地回家吧，不要逗留，因为儿童的喜悦是聒噪的，而成人的喜悦是安静而克制的。”

他停留了片刻，有很多人上前用额头贴他的手。

我们走进府中。克洛迪娅站在庭院里，准备迎接他，而她此刻所站的位置本应是她弟弟的。在她后面几步的距离，卡图卢斯正抱着双手，站得笔直，一脸快快不乐。恺撒按照礼节跟他们打招呼，并为他妻子和姑母的缺席致歉。克洛迪娅非常小声地为她弟弟的缺席道歉。

“我们去参观祭坛。”他说。参观时，他的脸上带着无与伦比的宁静与庄严，他在举行所有仪式时都是如此。他带着笑意，瞥了卡图卢斯一眼，说波河以北的每家每户几乎都有一本《落日集》。然后，他的心情突然变得非常愉悦。他发现，有位仆人蜷伏在一座祭坛后面。他调皮地拉着她的一只耳朵，带她进了厨房。“当然，晚宴还没有完全搞砸。你可以给我们做道菜，你做的时候，我们开始喝酒。阿西尼乌斯，你来给我们倒酒。克洛迪娅，我看出来了，你从来没有准备过希腊式的晚餐。我们要搞一场谈话的盛宴，在场的宾客都是精心挑选，我们也不缺讨论的话题。”他把花环戴在头上，一边说道：“我来当‘宴会之王（希腊语）’。我要挑选话题，奖励谨慎人，惩罚愚蠢者。”

我试着跟上他的情绪，但克洛迪娅一句话也说不出来，一时间脸色苍白，全身发抖。卡图卢斯一直靠在椅子上，眼眉低垂，直到喝了几杯酒后才有所好转。而恺撒继续绘声绘色地说着，跟克洛迪娅讲反奢靡法，跟卡图卢斯讲他治理波河洪水的计划。最后餐桌被撤走了，恺撒起身，倒出奠酒，宣布探讨的话题：伟大的诗歌仅仅是人类思想的成果，还是像许多人说的那样，是诸神的启发？“开始前，”他说，“让我们先吟诵一些相关诗句。”他向我点头示意，我朗诵道：“噢，爱情啊，真是诸神和人类的统治者（出自欧里庇得斯的戏剧《安德洛墨达》，现已失传）。”克洛迪娅念的是莎孚的《向晨星祈祷》（也已失传），卡图卢斯语速缓慢地朗诵了卢克莱修的诗的开头。轮到恺撒时，他沉默良久，我知道他正努力抑制着眼泪，他经常忍不住落泪。他痛饮一杯，仿佛漫不经心地背了些阿克那里翁的诗句。

该我第一个发言。你知道的，比起这样的学术研讨，我还是待在帐房或参加作战会议更自在。我很高兴自己还记得老师上过的课，便又提到学校里老生常谈的话题：诗歌像爱情一样，确实来自于神明，这两者都带有一种被普遍认为超乎人类之外的执迷。伟大诗词的流传，本身就标志着它们并非源于人类，因为人类的一切作品都会被势不可挡的时间毁灭，只有荷马诗歌的寿命超过了它们描述的历史遗迹，就像启发诗歌诞生的诸神那样永恒不灭。我说了很多蠢话，但没有一句是已经重复了几千遍的陈词滥调。

我说完后，克洛迪娅站了起来，她把长裙的褶层拉起，向“王”敬了个礼。我对克洛迪娅的看法，从来不像我们中大多数人那样尖刻。我认识她好多年了，但我从未像西塞罗说的那样:“唯有交心挚友方能真心恨她。”然而，我也从未像当晚那样钦佩她。她家一片混乱，她完全可以相信她弟弟已经被杀了，她自己也被怀疑参与策划或至少提前知道了针对独裁者的暗杀行动。那一刻，恺撒的行为对她来说一定是难以理喻的。她面色苍白，却又镇定自若，刚刚渡过的危机似乎让她显得更美了。她的发言有条不紊，言辞恳切，最后竟把我说动了。一开始她就声明，自己会接受陛下此后对她做出的任何处置，因为她知道在场的人不会喜欢她接下来说的话。

“陛下，如果诗歌真是我们在诸神的启示下抒发的，那我们就有了双重的悲剧。第一重是因为我们是凡人，第二重是因为我们会发现诸神希望我们一直像儿童般无知，像奴隶般受到欺骗。是诗歌给了生活一副比生活本身更美好的面孔，所以诗歌是最诱人的谎言，最奸诈的顾问。

“太阳和人类都不允许别人死盯着自己看。我们必须透过宝石看太阳，透过诗歌看人。没有诗歌，男人便会打仗，新娘子们会结婚，妻子会变成母亲，而男人则会埋葬死者，然后他们自己也会死去。但如果醉心诗歌，这些男男女女都会怀着无限憧憬，匆匆奔赴人生的这些时刻。士兵获得荣耀，新娘自称珀涅罗珀[1]，母亲孕育着国家的英雄，死者沉入大地母亲的怀抱，永远活在世人的回忆里。是诗人告诉了所有人，我们正在走向一个黄金时代。诗人忍受着他们所知的疾苦，是希望会出现一个更加幸福的世界，让后人得到快乐。现在，毫无疑问，人们永远也不能创造出所谓的黄金时代或政府，让每个人都得到令他幸福的事物，因为不睦存在于世界的中心，并出现在世界的每一个角落。当然，每个人都讨厌管理他的人，要人放弃自己拥有的财产，无异于把食物从狮子齿间抢走。人必须要在此生达成他希望实现的一切，因为没有来生。这份爱，这份被诗人精彩地呈现出来的爱，不过是被爱的欲望，以及在生命的荒芜中成为他人瞩目焦点的必要性。正义，是约束相互冲突的贪念。但这些事情没人会说。我们这个国家，正是用诗的语言在治理。我们的领导人私下堂而皇之地将公民称作危险野兽和千面怪物。但是，在守卫森严的竞选演说坛上，他们又用什么词称呼那些骚动的投票人呢？'热爱共和国的人'，抑或是'高贵先民的杰出后代'？在罗马执政，一手靠贿赂，一手靠威胁，同时也靠嘴皮子，这是恩尼乌斯的名言。

---

[1] 译者注：珀涅罗珀（Penelope），希腊神话中英雄奥德修斯的妻子。

“很多人会说，诗歌教化人类，并树立起人们向往的生活方式，诸神借此将法律传给人类的子孙，这是诗歌的盛德。然而，事情显然不是如此，因为诗歌给人的影响无异于恭维：按捺住行动的活力，夺走人们赢得赞扬的欲望。乍一眼看上去，诗歌似乎只是一种幼稚，一种对脆弱的助力，对悲惨的安慰。不，不是的！诗歌是恶魔。它让脆弱更甚，使悲惨加倍。

“是哪些诗人在人类永恒的不满之上又添了这些新的不满？那是一小批世代更迭的诗人。长期以来，大众心中诗人的形象是：没有耐心，易怒，有着各种过度的激情，不善实干，常常漫不经心，滑稽可笑。伯里克利对身为一城之主的索福克勒斯的嘲笑，不过是五十步笑百步罢了。这些众所周知的性格特征，被某些人解读为一种暗示：诗人忙着寻找表象背后的真相，他们对真相的沉思就像是一种疯狂或神赐的智慧。然而，在我看来还有另一种解释。我相信，所有诗人的童年一定受过某种很深的创伤，或者体验过生活的屈辱，这让他们永远恐惧着人生的种种境况。怀着仇恨和怀疑，他们不得不在想象中建造另一个世界。诗人的世界，不是源于更深刻的见地，而是来自更迫切的渴望。诗歌是语言内部的一门独立的语言，试图描述一种从未有过也永不会出现的存在。诗歌的镜像是如此诱人，让所有人都不由得感到认同，看不到它们的本来面貌。即便是写着嘲讽生活的诗句，描述生活显而易见的荒诞面，诗人的写作手法也会鼓舞读者，因为他们的谴责角度预设了一种有可能实现的、更高尚、更公平地判断我们的规则。

“这就是有些人所说的诸神的喉舌。要我说，倘若诸神存在，我可以想象他们的残酷、冷漠、不可理喻，对人类和行善毫不在意。但我不能想象他们忙着玩幼稚的游戏，以诗人为中介来骗人去相信一种虚假的人类境况。诗人和我们一样都是人，但他们病了，正忍受着苦痛。他们仅有的慰藉是自己狂热的梦想。但是，正是清醒的人生而非醉梦的人生让我们明白：要活在一个清醒的世界里。”

发言完毕时，克洛迪娅再次向陛下致敬，一边把花环递给卡图卢斯一边坐下。恺撒对她的演讲赞不绝口，措辞真挚，毫无苏格拉底在类似场合中使用的反讽。他此刻的喜悦之情尤甚，再次让我为大家斟满酒。喝完这杯后，他唤卡图卢斯发言。在克洛迪娅演讲的前段，这位诗人继续眼眉低垂地坐着，但他的样子渐渐变化。这时，他站了起来，把花环戴在头上，所有人都看出，他兴致盎然，也许是出于愤怒，也许是对讨论的主题感兴趣。

（所谓的“卡图卢斯的阿尔切斯达”，现存有许多版本。阿西尼乌斯·波利奥的记叙较为简洁，此处用的是恺撒寄给卢修斯·玛米琉斯·特瑞纳斯的日记体信件中第 996 号篇目的版本。）

“王”啊，每个小孩都知道塞萨利国王阿德墨托斯的妻子阿尔珂提斯是人妻的最佳典范。然而，当她还是个女孩时，她最不想结婚。我们今天谈到的这个问题也折磨着她。她的心愿是在生命结束前，能为最重要的问题找到一些确定的答案。她希望完全确定诸神的存在，希望他们会留意到她，激励着她的心灵，知晓她可能遇到的所有幸运、罹患的一切病痛。这么说吧，她希望诸神为了自己的目的而设计好这一切。她环顾四周后便明白，如果她要以女王、妻子和母亲的身份度过一生，就几乎不可能学到这些东西。成为德尔菲阿波罗神庙的祭司，是她心中唯一的志向。她听说，神庙里的人是在阿波罗神的面前生活，每天都能接收神谕，从而可以笃信神的存在。据说，她曾说过有太多人扮演妻子和母亲的角色，对她们而言最重要的莫过于丈夫的好恶。对她们而言，太阳只为子女升起，狂热的母爱无异于雌虎对虎仔的情感。她们的生活中充斥着无尽的家务，脑海里充满了对财物的担忧、骄傲和欢喜，就这样年复一年，年华老去。最终，她们得以安息，仿佛山野的动物般不知自己为何活过痛过。阿尔珂提斯觉得，如果这样活着，就只是屈服于生活的力量，成为它的工具。但在德尔菲，她可以得到更多。然而，阿波罗的祭司们都是神亲自召唤的。不管她进行多少祈祷和祭祀，神的召唤迟迟未到。她终日等待着神谕，在种种迹象和预兆中努力解读神旨。

阿尔珂提斯出落成了珀利阿斯王的女儿中最智慧最美丽的

一个。希腊的所有英雄都想与她成婚。但是，珀利阿斯王希望把她留在身边，便给求婚者们布置了一个几乎不可能完成的任务。他宣布阿尔珂提斯只能嫁给同时驾着一头狮子和一只野猪绕城墙一圈的男人。年复一年，一位又一位求婚者尝试挑战，然后接连失败。阿喀琉斯的父亲珀琉斯和聪慧过人的内斯特也失败了，尤利西斯的父亲拉厄耳忒斯和阿尔戈英雄的强大头领杰森也不例外。狮子和野猪暴怒地互相攻击，很少有骑士能不丢了性命。珀利阿斯王心情甚悦，放声大笑，而阿尔珂提斯公主将这些男人的失败解读为阿波罗的神旨：她注定保持贞女之身，在德尔菲神殿侍奉阿波罗。

众所周知，最后塞萨利国王阿德墨托斯下了山，他骑着狮子和野猪绕城一周，仿佛它们是温和的牛儿，从而赢得了阿尔珂提斯公主的婚约。他欢喜而怜爱地把她抱到自己位于菲赖城的宫殿，悉心筹备婚礼。

然而，阿尔珂提斯还没准备好成为妻子和母亲。每一天，她惊惧地发现自己越来越爱阿德墨托斯。可她还在继续等待着阿波罗的召唤，便用一个又一个借口推迟了婚期。

在不断延期的过程中，阿德墨托斯一度非常耐心，但他最后再也抑制不住自己焦灼的热情。他求她解释为何如此不情愿，她便将心中所想和盘托出。阿德墨托斯尽管是个虔诚的信徒，但也已经很久不向神寻求帮助或安慰了，而是依靠自己的内心。然而，这是他生平第一次感觉神跟他的所求如此紧密相连。他急切地对她说：

“阿尔珂提斯，再也不要寻求阿波罗对你的婚姻给出的任何神迹了，因为神迹已经明确地出现了。就是他把你带到这儿来的，听了我的故事你就会明白。

“我在回到尔科斯接受试炼前生病了，因为我正在深爱和绝望之间挣扎，唯恐自己不能同时驾驭狮子和野猪。三天三夜，我都处于濒死之际。阿格莱亚照顾了我，她是我的护理人，此前还照顾过我父亲。是她告诉我，我在第三天夜里神志不清时，她注意到阿波罗浮现在我脑海，教我如何同时驱使一头狮子和一只野猪。现在阿格莱亚也在这儿，你不信可以问她。”

“阿德墨托斯，”阿尔珂提斯说，“许多年轻男子精神错乱时会看到神，老女佣讲故事时也会提到神，这样的传言一点也不少。正是这些故事让所有人生活在更大的困惑中。不！阿德墨托斯，让我去德尔菲吧！即便我没被选为那里的祭司，我也可以做仆人。我可以为阿波罗的仆人服务，清理神庙的台阶和道路。”

阿德墨托斯不理解她为何如此执拗，但正当他伤心地答应了她的要求时，他们的对话被打断了。有人传话说，有一名访客来到了宫殿——一位失明的老者，竟然是德尔菲阿波罗神庙的祭司提瑞西阿斯。阿德墨托斯和阿尔珂提斯惊讶地前往庭院迎接。当他们走近时，祭司高声喊道：

“塞萨利国王，我为阿德墨托斯家带来一条神谕。我急着把神谕带到，然后回到我来的地方。按照朱庇特的神意，阿波罗要作为普通人，在世上和凡人生活一年。阿波罗选择来到这里生活，作为阿德墨托斯的牧人。神谕我已经带到了。”

阿德墨托斯向前迈了一步，问道：“尊贵的提瑞西阿斯，阿波罗会日日夜夜待在这儿吗？”

“在门外，”提瑞西阿斯高声说，“有五个牧人。其中一位是阿波罗。不要试图弄清哪一个是他。给他们安排应有的工作，公正对待，不要再问我问题，我也不知道答案。”

听了这些话，他便把牧人们叫进庭院，没有表现出丝毫敬意，然后径自离开了。五个牧人慢慢走进庭院，跟普通牧人无异。长途跋涉后，他们满身风尘。阿德墨托斯目不转睛的注视让他们感到十分羞怯。阿德墨托斯王几乎说不出话来，但最后，他表示了欢迎，命人为他们提供食宿。那一天剩下的时间里，菲赖城中所有人都缄默不语。他们知道，有莫大的荣幸降临了，但开心的同时又被蒙在鼓里，真是难为人。

这一天快要过去，夜空疏星始现，阿尔珂提斯溜出宫殿，去到牧人们烤火的地方。她站在火光边，恳求阿波罗亲自跟她说话，脱去那让诸神取乐的伪装，回答那些和她的生命一样重要的问题。她祈祷了很久。一开始，那些迷惑的牧羊人安静有礼，可不久后便开始传递羊皮酒袋，嘴里还嘟哝着什么。其中一人睡着了，打起呼来。最后，最矮的那个牧羊人用手背擦干嘴说：

“公主，如果我们之间真的有神，那我也不知道是谁。三十天来，我们五个人一起穿越了希腊。我们用同一个羊皮酒囊喝酒，用手抓着同一道菜吃，睡在同一堆篝火旁。如果我们其中一人是神，我怎么会不知道？但是，夫人，我可以说：这些都不是普通的牧人。睡着的那个兄弟，不管是被蛇咬了还是骨头断了，没有他治不好的病。五天前，我掉进了一个采石场，几乎是死定了，可他探过身子，对我念了些咒语，你看我现在多好。但我清楚，他不是神，公主殿下。在一个小镇上，我们遇到了一个喉咙卡住的小孩。公主，她的脸已经变紫，你看到她会心如刀割的。可这位兄弟却想睡觉，不愿意到路对面看她一眼。这能是神吗？还有，他旁边那个兄弟，那个——公主看着你的时候，你就不能别喝了吗？——他从来不迷路。在最黑的夜里，他也分得清南北东西。但我也清楚，他不是太阳神。还有那个红发男人，也不是普通的牧人。他能表演奇迹，能颠倒自然规律。他是个发明家。”

牧人一边说着，一边走向那位红发同伴，试图把他踢醒。“醒醒，醒醒，给公主表演几个奇迹。”睡梦中的男人动了动，哼了两声。突然，两声“阿尔珂提斯！”传来，声震云霄，响彻山谷。然后，这个男人翻过身，又睡着了。他被再次踢醒。“再表演几个啊，树梢落瀑布，还有火球！”红发男粗暴地咒骂。几颗火球开始绕着地面飞驰：有的滑到树梢然后爆开；有的爬到其他人的头顶；有的像动物般互相嬉闹，惹人发笑。最后，这块林间空地又陷入了黑暗。“确实没有别人能做到这些事了，但我可以发誓，公主殿下，他并不是神。原因之一：他表现的奇迹都没有任何含义。一开始我们很惊讶，随后却有些失望。刚踏上旅程那几天，我们请求他多表演一些用来消遣，但最后，我们看腻了。说实话，我们和他都感到羞愧，因为他的小把戏和其他任何事物都毫无关联。神会为自己的奇迹感到可耻吗？神会问自己这些奇迹有什么含义吗？

“明白了吧，公主殿下！”他一边总结道，一边伸出了自己的手臂，仿佛已经答复完阿尔珂提斯的祷告。可她没这么容易打发。她指向了第四个牧人。

“那个男人？他也不是普通牧人。他是我们的歌手。相信我，当他弹起里拉琴唱起歌，连跳跃的狮子也会悬空静止。确实，我有时会自言自语：‘他肯定是神。’我们没有理由快乐或忧伤时，他却能让我们满心快乐或忧伤。他能让爱情的回忆比爱情本身更温柔。他的奇迹，胜过我们的治疗者、夜行者和表演者。但我观察过他，公主殿下，他的奇迹对我们的影响比对他自己要大。很快他就开始嫌弃自己写好的歌，虽然我们每次都会被打动，但他可不一样。对于自己写过的歌，他很快就失去了兴致，总是忙着写新的。这一点足以让我确定，他不是神，甚至连神的信使都不算，因为无法想象神会厌恶自己亲手创造的东西。

“至于我呢？我有什么能力？我正在展示啊。我的兴趣是探究神的本质——神是否存在，我们如何才能找到他们。你可以想象……”

（叙事在此处中断，我们又回到了阿西尼乌斯·波利奥的信。）

此刻，独裁者站起身来，沉吟道：“继续说，我的朋友。”然后他朝着房间另一头走去。卡图卢斯重复道：“你可以想象……”话音还没落，恺撒就倒在地上，一阵惊厥，圣疾发作了。他翻滚时把身侧的绷带扯掉了，地上很快出现道道血迹。此前他的癫痫发作时，我有几次在场。我把他外袍上的衣褶卷成球，塞到他的齿间。我让卡图卢斯和我一起把他的身体拉直，让克洛迪娅尽可能多地找些袍子来给他保暖。很快，他不再胡言乱语，陷入了沉睡。我们在他身旁照看了一会儿，然后把他抬到轿子里，诗人和我把他送回了家。

这就是克洛迪娅那两经打断的晚宴上发生的事。我的两位朋友都在此后一年中过世了。诗人看到了潜伏于失常之中的伟大，再也没写诗对恺撒冷嘲热讽。主上再也不提他的病，但他有几次提起了我们和克洛迪娅、卡图卢斯共进晚餐的“快乐时光”。

写完这些字，天已经破晓。我忘却了痛苦，或者说痛苦已经减轻，欠朋友们的一笔债也终得清偿。

第二册

请读者注意，每一册中的文件的起始时间都比上一册要早，并横跨前册所覆盖的时段，结束时间也更晚。

二十二

写给恺撒妻子的匿名信。

（马尔库斯·朱尼乌斯·布鲁图斯的母亲塞尔维莉娅所写。）

（8 月 17 日）

大人，独裁者可能还没有通知您，埃及女王很快就会到罗马进行长期访问。若想确定这件事的真实性，您只需前往您在贾尼科洛山的庄园。在离庄园较远的那面山坡上，你会看到工人们在修建一间埃及神庙，正竖起座座方尖碑。

您得留意这次访问及其带来的政治风险。这很重要，因为全世界都在嘲笑您，说您完全不配拥有这样高贵的地位，说您还不如小孩子了解罗马的政治形势。

夫人，克利奥佩特拉为您的丈夫生下了一名私生子。那个男孩叫作恺撒里昂。埃及女王曾经把他藏起来，不让宫里的人看见，但她一直在散播谣言，说这孩子智慧超凡，美貌过人。然而，据权威人士说，这个男孩其实是个白痴，满了三岁还不会说话，也基本不会走路。

埃及女王此次前来罗马的唯一目的，就是把她的儿子立为嫡嗣，确保他能继承父位，一统天下。多荒谬的计划啊，可克利奥佩特拉的野心是无止境的。她诡计多端，残酷无情，甚至暗杀了自己的叔父和弟弟（也是她的丈夫）。并且，虽然她还不能支配世界，但她一手掌控着您丈夫的色欲，足以惑乱世间。

这不是您第一次因为您丈夫那明目张胆的通奸行为而蒙受公众的羞辱了。他对艳后的迷恋蒙蔽了他的双眼，让他看不到这个女人对公共秩序的威胁，这再次证明他在治国方面已经老了。

夫人，要想保卫国家、捍卫您作为一国之母的尊严，您能做的太少了。但是，您应该知道，罗马的贵族女性将拒绝和这个埃及罪犯见面，也不会出现在她的宫殿里。您择友不慎，出言轻率，就算是年轻也不能作为借口。因而，您已经失去了罗马人的尊重。但您要是能像她们一样坚定，您就走出了重获尊重的第一步。

二十三

恺撒写给卡布里岛上的卢修斯·玛米琉斯·特瑞纳斯的日记体信件。

（8 月 18 日左右）

942.（谈克利奥佩特拉和她到访罗马一事。）

去年，埃及女王开始请求我允许她来访罗马。最后我批准了，还提供我河对面的庄园供她居住。她至少会在意大利待一年。这件事还是个秘密，直到她到访前夕才会公布。现在她快到迦太基了，大概一个月后就到这儿了。

我承认，我非常愉快地期待着这次访问，这不仅仅是出于最容易想到的那个原因。她是个了不起的女子。她二十岁就知道尼罗河每个大码头的载重量。她可以接待埃塞俄比亚的代表团，拒绝其所有请求，还让拒绝看上去是为了对方着想。某次在讨论皇家征收的象牙税时，我听到她厉声呵斥愚蠢的臣子。她不仅是对的，而且还掌握了大量详尽的、有条有理的信息。诚然，她是我见过为数不多的治国天才之一。她会成为一个更了不起的女人。和她谈话应该又会很愉快吧。在某些方面，几乎没人能理解我的成就，而她会奉承我，理解我然后再奉承我。她问的问题多好啊！没有什么快乐比得上向求知若渴者传授人毕生孜孜以求的知识。和她谈话应该又会很愉快吧。噢，我曾经抱着她，她像猫一样坐在我的膝上，我用手指敲着她那十根棕色的脚趾，我肩上传来一个温柔的声音，问我如何避免银行打压大众产业，问我相对市长而言警察长拿多少薪水才公平。卢修斯啊，世界上的每个人的内心都是懒惰的，除了你、克利奥佩特拉、这位卡图卢斯，还有我。

可她又会说谎，诡计多端，放纵酗酒，对人民的关键福祉漠不关心，是个没心没肺的女杀手。我收到一系列匿名信警告我说她有谋杀的癖好。我毫不怀疑，这位夫人才跟她那精工细作的毒药柜子分开了没多久。但我也知道，在她的餐桌上，我不需要试吃员。她优先考虑的是埃及，而我则是埃及的头等保安。如果我死去，她的国家会成为我的继承者们的猎物——我的继承者要么是不懂审时度势的爱国人士，要么就是没有想象力的行政官——这一点她很清楚。埃及便再也无法重现昔日的辉煌。但无论如何，埃及都要靠我谋生。比起克利奥佩特拉，我可以更好地统治埃及，但她会学到很多的。等她到了罗马，我会让她大开眼界，看看任何埃及统治者都意想不到的东西。

946.（再谈克利奥佩特拉和她到访罗马一事。）

克利奥佩特拉做任何事情都很浮夸。她请求我允许她带上两百名朝臣，一千名随从，其中还包括一大堆皇侍卫。我把人数减少到三十名朝臣，两百名随从，并告诉她罗马共和国会负责保卫她和随行人员的安全。我还指示她在宫殿外——我已经将庄园改名为阿蒙霍特普宫——不可以使用皇家标志，只有两个场合除外：在卡匹托尔山为她举行的正式接风宴和送别会。

她要我任命二十位出身最高贵的女士，由我的妻子和姑母带头，组成荣誉随行团，为她讲解宫殿的情况。我回复说，罗马的女人可以按照她们的意愿自行参加此类活动，我还给她寄了邀请表，让她转给她们。

这并没有取悦到她。她回信说，她的领土比意大利大出五倍不止，她还详尽地追溯了她的神圣血统，一直溯源到两千年前的日神，所以她有权带这么多随行人员。她说，要求罗马的夫人们前来接待并陪她参观确实不太合理。这件事暂且作罢。

她提出这样趾高气扬的要求，我也难辞其咎。我俩初见时，她自豪地说，她的血管里没有一滴埃及之血。这显然是不实的，人们总是搞不清她所属的皇室家族的后代里，有哪些人是替换过的，哪些人是收养来的。幸运的是，国王们不举，女王们风流，这减少了近亲结婚的风险，所以埃及女人的美貌远远超过了马其顿山脉的强盗的后代。并且，那时候的克利奥佩特拉尽管参加了一些传统集会，却还没有屈尊降贵地对自己统治的古国的风俗产生兴趣。她没有见过金字塔，也没有见过尼罗河的神庙，因为她从亚历山大港的宫殿出门走一下午也到不了这些地方。她的祖母不仅是埃及人，更是法老的真正后嗣，我建议她把这个事实公告天下。我说服了她，让她至少在一半的时间内着埃及服装，我还带她踏上旅程，去看看那个让她的马其顿先祖的草屋黯然失色的文明丰碑。我的指导比想象中还要有效。现在，她变成了真正的法老，变成了伊希斯女神的真正化身。她朝中所有文件都是由象形文字写成，然后谦逊地附上希腊语或拉丁语的译文。

一切理应如此。要获得人民的忠诚，不仅仅是靠依照其最大利益来加以统治。我们这些统治者必须花大量的私人时间去满足人民的想象。在世人眼中，命运是一种永远监视着他们的力量，这种力量靠魔法驱动，永远不怀好意。为了反抗命运，我们这些统治者不仅要睿智，还得具有超自然的能力，因为在他们眼中，人类智能在魔法面前是无能为力的。我们必须同时扮演两个角色：自其襁褓之年便抗击恶徒保护他们的父亲，以及对抗邪灵以守护他们的祭司。

我好像忘了告诉你，我还指示她不能带五岁以下的小孩随行——无论是她自己的孩子，还是随行人员的孩子。

二十四

克利奥佩特拉书于亚历山大港。

女王驻罗马的使臣收。

（8 月 20 日）

克利奥佩特拉（永生的伊希斯，日神之子，卜塔[1]选中的人，埃及、昔兰尼加、阿拉伯女王，尼罗河上下游的女王，埃塞俄比亚女王等等）致她忠诚的大臣。

赐福与恩惠

女王从亚历山大港启程，次日到达迦太基。

她将在此行中接见帕拉托尼乌姆和古利奈的臣民。她将在迦太基暂歇，等你告知抵达罗马的最佳时机。

特命你为她提供以下信息：

善德女神秘密仪式的凡俗女主管的名单；

赫斯提信徒的名单（这两份名单都要写明家庭关系及其过往婚配情况等）；

独裁者的私交名单，无论男女都要写，尤其是那些并非为了公事拜访他或被他拜访的人；

独裁者府上的心腹仆从的名单，注明服侍年份，前任雇主等，尽可能找到一些跟他们的私生活有关的细节。你要全程亲自调查，女王希望在她抵达意大利时能看到进展；

[1] 译者注：卜塔是古埃及人尊奉的孟斐斯城主神，被认作人类和众神之父、万物之主。

疑似独裁者私生子的名单，无论活死都要写，注明他们的生母可能是谁等所有相关信息；

各国女王此前到访罗马的记录，以及关于礼节、仪式、官方接待、礼赠等方面的先例。

女王相信你会确保她的房间足够温暖。

二十五

庞培娅写给身在巴亚的克洛迪娅的信。

（8 月 24 日）

我最亲爱的小老鼠：

刚刚收到了晚宴邀请函，要等我丈夫晚上回家再给他看。我赶快写好这封信，好让你的信使带回去。

我要说的事情非常非常机密，希望你看完后马上把信毁掉。

机密如下：从尼罗河岸来了一个人，要对罗马进行长时间的访问。这次访问牵涉到的某些因素，我不愿屈尊考虑或讨论，主要是因为其中的政治因素比私人因素要重要和危险得多。我身处的位置不可避免地要我考虑到整个世界，但我不希望人们说，我对私生活的重视远不及对天下的考虑。我不确定你是否知道此人声称她有一个儿子，是非常高贵的罗马血统。凭借这点，她希望日后自己的国家可以强盛起来。当然，这着实可笑。

出于某些原因，某个人完全看不到这些危机。我别无选择，只能好好擦亮我的眼睛。在某两个正式场合，我也许必须允许这位埃及罪犯出现在我面前。我将通过仪态来暗示，我认为她粗鲁无礼，我会警惕地等待着一个当众羞辱她的机会，有可能的话，还要逼她回到她自己的国家去。当然，我将拒绝踏入她那借来的住所。

务必写信告诉我你对此事的看法。你收到这封信后不久，我的侄子会从那不勒斯回来。请让他带信。

又及：大家都知道她杀了自己的叔父和丈夫。根据埃及习俗，她嫁给了她弟弟。我们可以凭此做出预测。

二十五（一）

克洛迪娅寄给恺撒妻子的信。

（9月8日从加普亚寄出。）

多谢了，我的好友，谢谢你告诉我这个秘密。

你写的信真像你的风格啊。你从各个角度观察并发现了你预告的这件事情背后隐藏的所有危机，真是太聪明了！你没有像别的女人那样暴怒不已，这是多么明智而高贵的做法！

但是，我可以提一个小建议吗？这个建议我只会给你提，因为只有你才能实施。你可以考虑换个方式来对付这个烦人的访客。我突然想到，如果你表现出与你的尊贵相符的亲切——只有你才能做到——她会有多惊讶！这样一来，你就能潜入这位访客的交际圈，可以密切观察一切动向，从而防止“那个人”忘乎所以。

我不会向其他任何人推荐这种做法，因为它需要有高超的技巧。你没问题的。一定要考虑下。

我期待着和你谈论这件事，我们很快就会见面。同时，我要表达对你的敬爱之情，并送上这瓶西西里岛香水。

二十六

克洛迪娅书于巴亚。

卡图卢斯收于罗马。

（8 月 25 日）

姐姐说我应该给你写信。还有许多自称支持你的人也这么说。

于是，我就写了这封信。写信没有任何意义，这点你我早就达成一致了。你的信上写的都是我已经知道或能够想到的东西，而且你的信还经常背离我们之前定下的规矩：信主要应该陈述事实。

我要说的事实如下：

天气好极了。海上和陆上都办了不少聚会。那些纯聊天的聚会，以及那些没有安排娱乐项目的聚会，我一概不去。不必说，在巴亚这个环境里，谈话聊天实在是浪费时光。

我找索西琴尼学过天文，从此便站在了所有对星星抱有愚蠢情愫的诗人的敌对面。我开始学埃及语了。但我发现它听起来就像是婴儿的咿呀声，而且语法结构也是这个水准，于是我便放弃了。我们用希腊语和拉丁语演了很多业余的戏。我跟赛色瑞斯共事了好多天。她拒绝接受任何报酬，还把我送她的礼物还了回来。我坚持说，她有恩于我，必须收下点什么，她便向我要一首你亲笔写的诗。我给她的是《珀琉斯和西蒂斯的婚礼》。她拒绝参演任何剧目，但她朗诵了这首诗，精彩至极。在我上课期间，她经常上演悲剧的段落。我的风格和她很不一样，但她自成一派，炉火纯青。好几次快下课的时候，马克·安东尼加入了我们。他唯一讨人喜欢的地方就是他的笑声，他一直在大笑，却不会惹人厌烦。赛色瑞斯不谈论艺术时就变得无趣起来。她有着幸福女人身上典型的冷漠。她没告诉我，但我从别的途径发现，她是为数不多的可以去拜访卡布里岛上的卢修斯·玛米琉斯·特瑞纳斯的人之一（克洛迪娅给特瑞纳斯写过信，请求他允许自己前去拜访，但被委婉地拒绝了）。

我认识的很多男人倘若残废或失明了，我应该会很爱他们。我还和韦鲁斯一起给他的新诗集润色。

我又树敌不少。你知道，我从不撒谎，也不允许别人对我撒谎。如你所言，我有好几次“对你不忠”。我晚上睡不着的时候，偶尔便会找人陪我度过长夜。

这些都是关于我今年夏日的生活的事实，以及对你那千篇一律的信上的问题做出的回答。读你的信时，我发现你告诉我的事实少之又少。你不是在给我写信，而是写给你脑海里固有的我的形象，而我丝毫不希望见到她。你的事情，我已经从姐姐还有你其他的拥趸那儿听说了。你拜访了我姐、马尼留尔斯和利维亚（托夸图斯）。你教他们的小孩游泳、航行、驯狗。你写了很多给小孩看的诗句，还为一场婚礼写了首诗。我再跟你说一次，如果你滥用你写诗的天赋，你就会失去它。这样的诗句只会让你使用口语词汇和方言表达的瑕疵变多，你已经有很多作品被这种瑕疵毁掉了。许多人甚至正在否认你罗马诗人的身份。你我都同意，韦鲁斯的才华与你相去甚远，但他的举止和诗句都有着一致的优雅和品位。可你却继续培养着北方的粗俗。

这封信和所有信件一样，完全没有必要。但是，我还有两件事要说：在 9 月最后一天，我和我弟弟要举办一场晚宴，希望你能到场。我已经邀请了独裁者和他妻子。（顺便一提，有人跟我说你还在吐出更多的讽刺诗，你怎么就不能承认你对政治一无所知也毫不关心呢？在那个伟人的阴影下发出低俗而微小的噪声，你又能得到什么满足感呢？）我还邀请了他的姑妈、西塞罗、阿西尼乌斯·波利奥。

8 号我要启程去北边了。我带了很多朋友一起，包括梅拉和韦鲁斯。我们会在加普亚待几天，去找昆图斯·兰图鲁斯·斯宾瑟尔和卡西亚。建议你 9 号去那里跟我们会合，几天后再一起回罗马城。

若是你决定要来加普亚，请别期待我会让你陪我度过失眠的夜。这是我第十次让你好好思考友谊的本质，你要明白友谊的优势，并遵守它的限制。友谊不会宣称归属，不建立占有关系，也无须跟他人竞争。对于明年的生活，我已经有了一些规划。会跟去年很不一样的。来参加晚宴吧，你就会知道我明年怎么过了。

二十六（一）

卡图卢斯：

“可悲的卡图卢斯，别再犯傻。

看上去即将失去的东西，你就视作已经失去。

你之前的日子，流光溢彩如灿阳。

你踏遍山川，追随情人芳踪——

你我爱她，无人能及。

那时欢乐无限，

你俩心照不宣。

你之前的日子，流光溢彩如灿阳。

现在她变了心，你无助地放弃憧憬。

别再寻求逃避，别再苟且度日。

铁下心来，好好忍耐，你要挺住。

……

世事如此，卡图卢斯，你要挺住。”

二十六（二）

《康涅利乌斯·尼波斯的摘录簿》

（此篇是后来所写。）

“你难道不觉得反常吗，”我问道，“卡图卢斯那家伙竟然让人们传阅这些诗？像他这样开诚布公，我想不到任何先例。”

“那儿发生的所有事情都非同寻常，”西塞罗回答道，眉毛往上一挑，压低声音，仿佛有人在偷听我们说话一般，“你不是说过他时常自言自语么？那么，是谁的声音在这么频繁地跟他说话——这个劝他‘振作起来’、‘好好挺住’的声音是谁发出的？是他的天赋吗？还是他的另一个自我？噢，朋友，我在尽我所能地抗拒这首诗。它有些不合礼节的地方。它没能充分演变成诗歌，它要不是原始的生活体验，要不就是一种全新的感性。我听说，他的祖母来自北国，也许这是从阿尔卑斯山吹向我们文坛的第一股气流吧。这些诗不是罗马式的，在这些诗句面前，罗马人不知道眼睛该看哪儿，而且还会脸红。但这些诗歌也不是希腊式的。过去的希腊诗人写过他们遭受的苦难，歌谣已经把他们治愈了一半。可这些诗句呢？其中毫无缓和的迹象！这个男人不怕承认自己正在承受痛苦。也许是因为他和自己的天赋对话时分享了这份痛苦吧。但所谓的另一个自我是何物呢？你有吗？我也有吗？”

二十七

恺撒书于罗马。

克利奥佩特拉收于迦太基。

（下面这封信是独裁者亲笔所写，对即将抵达罗马的埃及女王送上正式的问候。）

（9月3日）

威严的女王，在向您致以最真诚的欢迎后，我必须补充宣布如下命令：我必须提醒您，您在规划本次访问时答应了一些我非常重视的条件。我指的是您随行人员的数量，有关皇家标志使用的规定，以及五岁以下小孩不能同行的要求。若您无法遵守这项协定，我就必须采取一些让您我都难堪的行动，会有损您的尊严，也有悖于我对您的尊重。如果现在有孩童随行，请把他们留在迦太基或者送回埃及。

虽然我说得很严肃，但请您别误解。我满心欢喜，非常期待您的到来。我想，我很快就要为埃及女王展示罗马的现状和我对未来的规划，我眼中的罗马似乎也变得更有趣了。世界上的统治者不多，其中对把控国运略知一二的就更少了。而埃及女王的地位和天赋一样超然。

除了人类基本的孤独以外，领导者又平添了一层孤独感。我们颁发的每一道命令，都让我们愈发孤单。人们表达的每份尊重都将我们与同胞区隔开来。我期待着女王前来罗马，希望可以借此机会缓解我生活和工作中的孤寂。

今早，我去看了看为女王准备的宫殿。一切都已准备就绪，会让女王感到宾至如归。

二十七（一）

克利奥佩特拉给恺撒的第一封回信。

（首页是一张很大的莎草纸，用象形文字写了女王的各种名号、出生血统等，后附有拉丁文翻译。女王使用了罗马政府的信使服务，在她出巡前寄出。）

（9月2日）

埃及女王命我这个不值一提的管家确认已收到独裁者的信件和礼物。

埃及女王感谢独裁者的赠礼。

二十七（二）

克利奥佩特拉给恺撒的第二封回信。

（10月1日皇家游轮抵达奥斯蒂亚时寄出。）

独裁者给埃及女王的信中谈到了身为人君的种种艰苦。

还有一些您没谈到的艰苦。

伟大的恺撒，女王也许还是位母亲。皇位让她更容易——而不是更难——感受到所有母亲都会感受到的爱的焦虑，尤其是在孩子身体虚弱又依恋母亲的时候。您跟我说过，您曾是位慈父。我相信您的话。有人控诉您为了国家而无情地对待女儿，您已经向我自辩过了。（显然，在父亲的教唆下，茱莉亚为了嫁给庞培而违背了与另外一个男子订下的婚约。她在恺撒和庞培内战前就死去了，但她的婚姻很幸福。）

您也是这么无情地对我。不仅是对我，您对那个非凡的孩子也是如此，他是世上最伟大的男人的儿子。他已经回埃及了。

您向我诉说了统治者的孤独。统治者当然会感到世人接近他是出于个人利益。统治者认为他人的动机仅此一种，岂不是有让自己更加孤单的风险？我可以想象，统治者因为这样看待自己的追随者而石化。也正是如此，统治者将所有接近他的人都石化了。

在我前往罗马的途中，我愿对它的主人说：我是埃及的女王和仆人，我永远惦念着国运的昌盛。但我要是不认可自己作为母亲和女人的身份，我便不配当女王。

让我借用您的话：虽然我刚写下的文字很严肃，但请别误会。我满心欢喜，非常期待罗马之行。

我想，您的行事不够温柔，是因为您为自己创造的孤寂就算对世界之主来说都有些过分了。您说过的，也许我会减轻这种负担。

二十八

卡图卢斯写给克洛迪娅的信，两人都在罗马。

（下面这两封信，可能写于9月11或12日，但从未寄出。它们是第一册中第八号文件的草稿，卡图卢斯并没有马上将其销毁。两周后，恺撒的秘密警察在卡图卢斯的房间里发现了它们，并誊抄了副本呈交给独裁者。)

马上杀了我——如果这是你想要的——我不能自杀——我像是在屏息凝神、目不转睛地看一出戏——让我看看你还能制造什么惨剧。我还不能自杀，直到我看见你最后一次暴露出可怕本性之际——你是谁？——凶手——虐待狂——谎言堆积成山——大笑——面具——叛徒——我们全人类的叛徒。

是不是我必须吊在十字架上，还不可以死去，只能永生永世地看着你？

我还能找谁求助？我还能跟谁哭泣？诸神存在吗？你的尖叫声是不是吵得他们离开了苍天？

不朽的诸神啊，你们把这个怪物派到人间，是为了给我们上一课？是为了教我们美丽的皮囊不过是邪恶的容器，爱情不过是仇恨伪装而成？

不不不——我不会接受你上的这堂课——相反，我永远不会明白爱是什么，但你让我明白，爱是存在的。

作为一个怪物和刺客，你来到世上就是为了杀掉爱你的人。你布下奸险的埋伏，大笑着，号叫着，举起了斧头，来砍杀我心中那块活着爱着的部分——不朽的诸神会让我战胜恐惧——你装成惹人怜爱的样子，在男人群中游弋，找准时机让人坠入爱河再将这份爱意手刃。你把我选为刺杀对象，而我只能活一世，只能爱一人，此后再也不会坠入爱河。

但是，地狱的吐息啊，尽管你杀死了我唯一的爱人，你却没有杀死我对爱的信念。正是这样的信念支撑着我去揭开你的真实面目。

我没必要诅咒你——凶手比受害者活得更久，只是为了明白一点：他渴望除掉的正是自己。仇恨是自憎的。克洛迪娅和克洛迪娅锁在一起，囚禁在永恒的憎恨里。

二十八（一）

卡图卢斯写给克洛迪娅的信。

我知道，你从未承诺过永不变心。

你对我的欺骗明目张胆，毫不掩饰。你在和我接吻时突然停下来宣称自己不受任何约定的束缚，这样的事你做得太多了。你发誓说爱我，然后大笑，警告我说：你不会永远爱我。

我没有听进去。你当时说的话我一句也听不懂。我绝对绝对想不到，有哪一段爱情会预见自己的终结。爱是永恒，爱存在于其存在的每时每刻，每分每秒。我们只能从爱里窥见永恒的样子。所以我没听进去你的话。这些话都是胡说八道。你笑了，我也跟着笑。我们是在假装不会永远相爱。我们是在嘲笑世上千千万万的明知自己的恋情终将结束的冒牌恋人。

在把你永远忘掉之前，我再最后一次想起你：

你会变成什么样？

世上有哪个女人得到过我对你的这份深情？

疯狂的女人啊，知道你弃之如敝屣的是什么吗？

当爱神通过我的双眼凝视你的时候，年龄并不能左右你的美貌。我们跟你说话时，你的耳朵就听不见世间的闲言碎语、妒忌诽谤，和人性浊气的涌动。我们爱你的时候，你便不知灵魂的孤独为何物——这对你而言毫无意义吗？疯狂的女人啊，知道你弃之如敝屣的是什么吗？

不仅如此，你的状态要糟糕一千倍。现在你暴露了，你的秘密见光了。既然我已经知道了，你就再也无法掩藏：你永远是生命和爱情的刺客。但是，承认自己的失败对你来说是多么可怕的事啊，因为你已经清楚地表明：你的敌人——爱情——是多么的伟大和壮美。

柏拉图所说的一切都是真的。

爱你的不是我，不是我自己。每当我看着你的时候，爱神厄洛斯就会降临于我，我便不再是自己。爱神活在我的体内，透过我的眼睛看，通过我的嘴唇说。而我也不再是自己。当你的灵魂意识到爱神在我体内凝视着你，你的心也一度被爱神占据。你不是这么跟我说的吗？难道你不曾与我共度良宵，在我耳畔说出这番话?

但你再也忍受不了爱情的存在，因为你是作为怪物和刺客来到世上的，你要杀尽所有活着爱着的人。你装作惹人怜爱的样子，你活着只为布下一个又一个奸险的埋伏，只为大笑着、尖叫着举起斧头，砍杀生活和爱情的希望。

我不再害怕得喘不过气来。我已停止颤抖。我可以好奇地沉思，问自己，你对生活的烈烈恨意从何而来，为何诸神会允许你这个与世界为敌的人在人间游荡。我永远不会为你惋惜，恐惧容不下惋惜。你的内心沸腾着启蒙世界的宏图，但它在诞生之初就已遭到污染。

我爱过你，但我以后不会再爱。可是，相比起你，我又处于何种境况呢?

二十八（二）

卡图卢斯:

“噢，不朽诸神啊，若你们心中尚存怜悯，

若你们曾为濒死之人带去至高的救助，

那么，请把目光投向我——一个无比不幸的男人。

倘若我的生活还算得上纯粹，

请把这份折磨、这场瘟疫从我心头剥离，

它就像嗜睡症般侵袭着我的肺腑，

把一切乐趣赶出我的胸膛。

我不再请求这个女人回应我的爱，

也不再请求她保持贞洁——因为这全无可能。

我只求得到治愈，让这黑色顽疾离我而去。

噢，不朽诸神啊，答应我吧，我必将虔诚信奉，报答恩情。”

二十九

恺撒写给康涅利乌斯·尼波斯的信。

（9月23日）

此信绝密。

我收到消息，你是诗人盖乌斯·瓦列利乌斯·卡图卢斯的朋友。

几经辗转，我听说他病了，至少心里极度苦闷。

我和他的父亲是多年旧友，尽管我没见过诗人本人，但我一直在读他的诗作，我很感兴趣，也很钦佩。希望你可以去看看他，然后写信告诉我他的情况。此外，你任何时候都可以告诉我你发现他病了或者有任何痛苦，我将不胜感激。

出于对你和你的工作的敬重，我不得不多说一句，若有任何厄运（不朽诸神保佑你远离厄运）降临于你或你的家人，而你们却不告知于我，我就不免觉得你有些不近人情了。年幼时我便确信，真正的诗人和史学家是一个国家的至高荣光。随着时间推移，我越发笃信。

二十九（一）

康涅利乌斯·尼波斯写给恺撒的信。

看到罗马的伟大领导者关心我的朋友及同乡卡图卢斯的身体，并对我和我的家人表达了如此友好的关切，我满心欢喜。

的确，十来天前，埃米利安努斯跳棋游泳社（诗人现居此处）的一位成员半夜来拜访我，说卡图卢斯的状态把他的朋友们吓坏了。我赶去卡图卢斯的房间，发现他正痛苦不堪，神志不清。一位叫索斯特内斯的希腊医生先后给他用了催吐剂和镇静剂。卡图卢斯没认出我来。我们整夜都陪着他。早上，他好了很多。他毅然调整好自己，对我们的照顾表示了感谢，向我们保证他的病已经好了，然后请我们让他一个人待会儿。下午回去的时候，我发现他睡得正香。没过多久，一个毛手毛脚的信使带来了一封那个女人的信（我们亲眼所见，是她把卡图卢斯害到这般田地，卡图卢斯之前说的胡话就是证明），吵醒了卡图卢斯。他当着我的面看完信，静默良久，陷入沉思。信上写了什么，他只字未提。然后，他不顾所有人的劝阻，穿上礼服离开了社团。

我将这些细节奉上，陛下可自行得出结论。

三十

恺撒写给卡布里岛上的卢修斯·玛米琉斯·特瑞纳斯的日记体书信。

（谈克利奥佩特拉和她到访罗马一事。）

埃及女王快到了。鳄鱼小姐的消息在海峡两岸都传开了。

如我所料，我和女王的通信非常有趣。虽然她的拉丁文零零碎碎，但我注意到，她在必要时力求表达精准。

我针对她的到访定下了规矩，但我没指望她会逐字逐句地服从。任何指令，这位女王都不能准确遵循。就算她认为自己绝对守规矩，也会试图破一两次例。我必须有这样的预期。我承认，这种恒常的变化让我着迷，但我现在必须给她一副铁面看看。这是因为她骄傲到了不可思议的地步，因为她是个非常独立的女人，动不动就将对她有半分忤逆的人处死。

她的信、甚至是偶尔的沉默，都让我心情愉悦。她现在是个真正的女人了，也很有女王相。有时我会不禁幻想，她只是个女人而不是女王该多好。那一定会让我着迷。

克利奥佩特拉就是埃及。她的每句话、每次爱抚都无不带着政治暗示。每次谈话都是谈判，每个亲吻都是协约。我多希望，跟她交往时不需要这样一直保持警觉，希望她对我的好能够多一分随性，少一分技巧。

然而，我已经很多很多年没跟任何人建立起没有利害关系的友谊了，除了和你、我的姑妈还有士兵们以外。就算是在家里，我似乎也永远在下着跳棋。我丢了一卒，我腹背受敌，我连续出击，我俘获“骑士”。我的好妻子似乎能从争执中获得某种乐趣，却也免不了哭闹。

不仅如此，我已经多年没有感受过没有利害关系的恨意了。日复一日，我怀着热切的希望，在敌人中寻找那个“因为我本身”甚至“因为罗马”而讨厌我的人。很多人谴责我，说我在自己身边安插的都是些肆无忌惮的投机者，他们靠我任命的职务来捞钱。是的，有时我会想，是他们那直白的贪婪取悦了我，他们不会假装爱我本人。我甚至可以说，有时候听到他们中的某个人表达对我的鄙视，我会被触动，会感到开心——毕竟我身在、活在阿谀奉承的汪洋里。

亲爱的卢修斯，我们很难不变成别人预想的样子。奴隶受到的奴役是双重的，第一重是他的锁链，第二重是那些投向他的、仿佛在说“你这个奴隶啊”的目光。大家普遍认为，独裁者吝惜恩赐，悲怒无常，嫉妒能者，渴望恭维。我每天会有一二十次感觉自己在向那些品质靠拢，必须立马抽身保持距离。等待埃及女王到来的日子里，我每天不禁幻想数次，身为一个成熟女性的她能明白，凡是能给她和她的国家的东西我都已经给了，她不需要设法攫取，不管她有多大的力量，都得不到跟她不相称、不合适的东西。倘若她可以明白这一切，我们也许就能达到一种境界……是我异想天开。

三十一

西塞罗书于罗马。

阿提库斯收于希腊。

（这封信在古罗马时期和中世纪引发了不少的嬉笑和嘲讽。很有可能是伪造的。我们知道，西塞罗给阿提库斯写了封谈婚姻的信，接下来又写了两封来恳求他的朋友毁掉之前那封信，阿提库斯肯定也照做了。但是，那封受到热议的信有十几个版本流传了下来。这些版本彼此差异很大，还有明显很滑稽的篡改之处。我们这里选用的段落，是大多数版本共有的部分。我们猜测，阿提库斯的一位秘书可能在原信销毁前抄写了一份，而后这份副本在暗中传遍了全罗马。

要记住：当西塞罗维系多年的婚姻引起越来越多的争议时，他不仅跟他备受尊敬的妻子特连提亚离婚了，还马上迎娶了富有的女孩帕布李丽娅，之后又与她离婚；西塞罗的哥哥昆图斯跟阿提库斯的姐姐庞彭尼亚已经结婚很久了，最近也离婚了；西塞罗的爱女图利娅不太情愿地嫁给了父亲西塞罗为她挑选的丈夫多拉贝拉——恺撒的一位野心勃勃、风流放荡的友人。）

朋友，一百桩婚姻里只有一桩是幸福的。这件事大家都心照不宣。难怪美满的婚姻广为人知，正是因为罕见才会成为新闻。但是，我们人类的愚昧之处就在于，总是禁不住要把罕见的特例常规化。我们被超常的事物吸引，是因为每个人都自命不凡。年轻的男女匆匆步入婚姻，要么是抱着“百桩婚姻中九十九桩都是幸福的，唯独一例不幸”的假想，要么是认为自己注定获得罕见的幸福。

鉴于女人的本性，以及让男女相爱的激情的本质，婚姻还有幸福可言吗？也许无异于西西弗斯还有坦塔罗斯遭受的折磨吧？

通过结婚，我们将持家的权利放在女人手中，她们却立刻竭尽所能地把这种权利拓展为对于我们的所有财物的兴趣。她们养育我们的孩子，孩子们成年后如何处事，自然也受她们的一份影响。在所有事情上，她们追求的目标和男人的设想背道而驰。女人想要的只有炉火的温暖和屋顶的庇护。她们活在对灾难的恐惧之中，永远不会有足够的安全感。在她们眼里，未来不仅是未知的，更是灾难性的。为了避免这些未知的不幸，她们诉诸谎言，极尽贪婪掠夺之能，反对除炉火与屋顶以外的各种欢愉和教化。如果文明掌握在女人的手里，我们应该还住在山洞中，而人类的发明史进展到学会生火就结束了。她们对于洞穴的所有要求，除了遮风挡雨外，就是比邻家的妻子更招摇卖弄一点。至于孩子的幸福，她们只求儿女能够安全地居住在一个类似的洞穴里。

婚姻不可避免地会让我们与妻子进行各种交谈。已婚女人说的话——我指的不是她们在社交场合的对话，那又是另一种折磨了——在狡诈且没有条理的伪装下，只涉及两个话题：谈话和炫耀。

这和奴隶之言有一个共同的特征，也挺合乎逻辑，因为在我们的世界里，女人和奴隶在地位方面有不少共同点。这或许有些不幸，但我可不愿做努力改变这一现状的人。女人和奴隶说话时都善用诡计。欺骗和暴力是一无所有者的唯一选择，而奴隶要想诉诸暴力，只能与其他不幸的奴隶们紧密团结在一起。国家一直警惕着奴隶的团结，这是对的，于是他们便被迫通过欺骗来达成目的。同理，暴力的路子对女人来说也行不通，因为她们无法团结一致，她们像希腊人一般不信任彼此，这也不无道理。因而，她们也只能使用诡计。

在参观庄园或和我的工头、工人们商谈一整天后，我常常精疲力竭地瘫倒在床，仿佛之前由于害怕被打残或抢劫，我经历了一番身心的搏斗。奴隶会以各种直接或间接的方式提出他们心中所想的目标，会设下各种各样的陷阱：让步、奉承、推理、利用恐惧和贪婪施压。这样无所不用其极，只是为了少搭建一座藤架，除掉地位更低下的人，扩建小屋，或者得到一件新外套。

从女人嘴里说出的话也是如此。但她们的目的更为多样，进攻的智谋也要多得多，达成目标的热情也更为根深蒂固。

多数情况下，奴隶只渴望获得便利，而在女人的愿望背后，是对她们而言相当于生活本质的力量：谈论财富；让她认识或鄙夷或忌惮的主妇们尊重她；幽禁女儿，希望女儿愚昧无知，郁郁寡欢，残酷无情。这些目的深深地根植在女人心中，仿佛不言而喻的真理和不可动摇的智慧。所以，她们只会鄙夷与自己相左的想法。对于生来如此的人来说，讲道理毫无必要，完全是浪费时间，因为她们早已失聪。一个男人也许能拯救国家，运筹天下大事，凭靠智慧赢得不朽盛名，但在他的妻子眼里，他不过是个愚蠢的傻瓜。

（下面一段是关于两性关系的论述。抄写和传播的人幸灾乐祸，添油加醋，已无法确定原文是怎么写的。）

人们不常说到这些事，但诗人偶尔会揭露——也是同一批诗人迷惑世人，让我们相信婚姻是天堂，诱惑我们冒险去追求罕有的幸福。欧里庇得斯在《美狄亚》把该说的都说了。难怪雅典人把他赶出了雅典，咒骂他道出了真相。这些暴民的领头人是阿里斯多芬尼斯，他已经表现出自己清楚这些事情，却没那么坦率。他装作不知道真相，只是为了将一位比他更伟大的诗人赶出城外。还有索福克勒斯！看到伊俄卡斯特蹦出一个又一个谎言，在危急时刻还巧言令色，有哪个身为人夫的男人不会对自己冷冷一笑？这是个所谓夫妻恩爱的典例，妻子为了维系表面上的满足，不惜对丈夫隐瞒任何事实。这也清楚地说明，妻子对待丈夫和儿子的心态几乎没什么区别。

朋友啊，让我们用哲学来安慰自己。她们从未踏足这个领域，也真的没有丝毫兴趣。让我们欢迎老年的到来，那时我们就能摆脱拥抱女人的渴望，再也不会为了得到拥抱而失去生活的条理和心灵的平静。

三十二

庞培娅的女佣阿布拉写给克洛迪娅的信。

（10 月 1 日）

尊贵的夫人，那次刺杀以后，我非常担心您、您家还有主人的情况。夫人，这里的一切都令人沮丧，家里总是充满了访客和警察，我的女主人已无计可施。感谢诸神，主人在中午醒来，状态看上去并不差。实际上，他还很高兴，这让女主人非常生气。他很饿，一直吃啊吃，直到医生开始抗议，女主人跪着求他别再吃了，他方才停下。他说了一些笑话，但我们根本笑不出来。

夫人，我听到他对站在周围的所有人说，你家那次晚宴是他最享受的一顿饭。马克·安东尼将军问为什么，他说是因为一起吃饭的人太棒了。还有，请你原谅，马克·安东尼问他是不是指的克劳蒂亚，他说克劳蒂亚是个非同凡响的女人。希望我把这些事情告诉夫人您是对的。

现在我应该告诉您，他向所有日间前来的访客宣布，埃及女王克利奥佩特拉在今明两天内就会到。

（10 月 6 日）

主人昨晚不在家，这是他很久以来第一次夜不归宿。大家都有各自的猜测。

埃及女王送给女主人的礼物是最棒的，其中一个简直是我见过最神奇的东西了。昨天，一些工人悄悄过来把它搭好、启动。夫人，那是个埃及宫殿，高度刚及膝盖。把正墙放下，你就能看到里面的所有人，那儿有一块空地，上面的皇家列队穿着最美丽缤纷的衣服。不仅如此，开始放水后——夫人，这点比较难解释——那些小人全都动了起来，女王和全宫廷的人都进屋子，上楼梯，没错，然后走出去，动物都跑到尼罗河边喝水，一只鳄鱼逆流而上，女人在纺织，渔人在打鱼……不朽诸神啊，我简直说不全那些人在做的事。永远都看不完。女主人非常开心，叫人把灯拿来，我们以为她再也不会上床睡觉了。大家都说埃及女王真是太聪明了，因为女主人在观赏这座宫殿时什么都忘了，也忘了她的丈夫不在家。

（10月8日）

昨天，女王前来拜访女主人。我们本以为她会穿得很华丽，可她只穿了一袭蓝色长裙，一颗珠宝也没戴，她肯定是知道了相关法律。她没戴任何发饰，可我之前给女主人盘了两小时的头。女主人对女王送来的玩具宫殿表示了感谢，之后女王一直在解释宫殿的原理。女王非常单纯。她甚至知道我的名字，还跟我讲宫殿怎么动起来的。但正如秘书所言，看得出来女主人一直若有所思。主上回家的时候，他问起下午情况如何，女主人很端庄地说，当然不错啊，你认为呢？噢，夫人，这些天你应该来看看主上。就像家里有十个男孩一样，他总是在戏弄女主人，还捏她。

三十三

《康涅利乌斯的摘录簿》

（10 月 3 日）

埃及女王来了。都城的代表团和元老在奥斯蒂亚接待了她，但她拒绝上岸，因为迎宾队旗里没有出现独裁者的徽章。恺撒收到报道后，赶忙派阿西尼乌斯·波利奥带着他的战利品前往港口。然后，女王连夜赶到了罗马。

……

女王谁也不见，据说是身体抱恙。但她给三十来位名人送去了华丽的礼物。

……

（10 月 5 日）

今天，女王在朱庇特神殿受到接待。她随从一行的壮观程度在罗马真是前所未见。远远看上去，我觉得她很漂亮。爱丽娜（尼波斯的妻子）在她位置上看得更清楚（可能是坐在赫斯提的女信徒中间）。出于女人的本性，她说女王长相平平，脸颊太丰满，会被人诟病是赘肉。据传，独裁者跟女王就其着装发生了激烈争执。埃及女王在典礼上的装束，显然和伊希斯女神一致，腰部以上没穿任何衣服。恺撒坚持要她按照罗马的习惯遮住胸部，她照做了，但只是稍稍遮了下。她用磕磕巴巴的拉丁文发表了简短讲话，然后又用希腊语说了一段更长的话。独裁者用希腊文和拉丁文做了回复。祭祀上出现了大吉之兆。

三十三（一）

西塞罗在罗马写给哥哥的信。

（10 月 8 日）

朋友，“埃及女王”这几个字有着强大的魔力，但我丝毫不受影响。

我和这位女王已经通信了好几年。我为她的使馆办的事不计其数。我推断，她了解我的兴趣、性情，以及我怎样服务于罗马共和国。她一到都城，就背着政府向每位教士分发了贵重到只适合皇室互赠的礼物。她也给我送了这样的礼物，都够西西里整个岛吃一年了。但我拿这些镶了珠宝的头冠巾和翡翠猫有什么用呢？不朽诸神作证，我告诉过她的管家——那个榆木脑袋哈木尼奥斯：我不是醉酒的演员，我更看重礼物是否恰当而非价值几何。“亚历山大港的图书馆连一本手稿也没有？”我问他。

近看一眼，这位女王的魔力就会大打折扣。我的理论是：我们每个人都会像铁屑注定要去北方一般，在某个年纪朝着注定的方向走去。马克·安东尼永远十六岁，这个年纪和他生理年龄之间的差异让他显得越发忧郁。我的好朋友布鲁图斯在十二岁之后，就变得像个五十岁的人一般慎重精明。恺撒应该年过半百，像是个两面神，一面望着青春，一面望着衰老，踌躇不定。照这个法则来看，克利奥佩特拉尽管年轻，也是个四十五岁的女人了，不管有着怎样的青春魅力，都显得尴尬。她丰满得像个生了八个孩子的女人。她的举止和走路的仪态倍受崇拜，但我不为所动。她的“年纪”是二十四，因为她走起路来像在努力强调自己只有二十四岁似的。

但是，我们必须随时保持警觉才能看清这些事。她的名号太有威望，她的穿着富丽堂皇，还有两个明显的优点——美丽的眼睛和动听的声音。她就是以此征服不加警惕的人。

三十四

克利奥佩特拉写给恺撒的信和提问。

（10 月 9 日）

亲爱的，亲爱的，亲爱的，鳄鱼小姐既不开心，又很开心。开心的是，她在 12 号晚上就能看到她亲爱的，看一整夜都可以。不开心的是，12 号晚上离现在还有一千年。我的爱人不在身边，我只能坐着哭泣。我把长袍撕成碎片，我疑惑为什么自己在这里，为什么不在埃及，来罗马做什么。大家都恨我，大家都写信给我说希望我去死。亲爱的，你就不能在 12 号之前来吗？哎，亲爱的，生命短暂，爱情易逝。我们为何不能相见？别人日日夜夜都能看到我的爱人。他们爱他胜过我吗？他爱他们胜过爱我吗？不，不，我在世上最爱的就是他，爱躺在我怀里的他，爱开开心心地躺在我怀里的他。分居两地太残酷，这是浪费时间，毫无意义。

但如果亲爱的希望如此，我会哭泣，我虽然不明白，但我会哭着等待着 12 号到来。可我就要每天写一封信。亲爱的，你也要每天给我写信。当黑夜降临，而我还没有收到你真正的信，我就睡不着。每天我都收到你的礼物和五个词。我亲吻它们，久久抱着不放。要是没有真正的信和礼物一起送来，我怎么可能喜欢。

我必须每天写一封信，告诉亲爱的我只爱他，只想他。但还有些无聊的小事，我必须要问他。我必须弄清楚这些事，才能成为值得他守护的、端庄得体的客人。请原谅鳄鱼小姐问这些无聊的小问题。

1. 在我的派对和聚会上，我要走到王座的最低一阶去迎接我爱人的妻子。我是不是也要走到最低一阶去迎接我爱人的姑姑？我要怎么迎接执政官和他们的妻子呢？

（恺撒的回答：迄今为止，所有的女王都会下到最低一阶。我的妻子和姑母会和我同行。你将在拱门处和我们见面。你的王座不会升高八阶，而是只升一阶。你要问候的所有其他宾客都站在你的王座前。也许这样的安排看似夺走了你八步高阶的尊荣，但对于那些必须走下去的人来说，八阶就不见得是一种尊荣了。你必须走下去迎接身为前任或现任君主的执政官。再想想看吧，你就会明白你的亲爱的是对的。）

2. 塞尔维莉娅夫人还没答复我的邀请。亲爱的，你知道的，我不能忍受这种事。我知道强迫她出席的办法，我必须用上。

（恺撒的回答：我不明白。塞尔维莉娅夫人会出席的。）

3. 如果那晚很冷，我会寸步不离我的火盆，不然我会死的。可我要从哪儿给观看水上芭蕾的客人们弄来足够的火盆呢？

（恺撒的回答：给你带来的夫人们提供火盆就好。我们意大利人习惯了寒冷，都是靠衣物来保暖。）

4. 在埃及，皇室是不接见舞者和戏剧演员的。有人告诉我，我应该邀请女演员赛色瑞斯，很多贵族都接见过她，马克·安东尼上哪儿都带着她。我必须邀请她吗？甚至，我还必须邀请“他”？他每天都来我宫里，眼睛放肆地乱瞅。我不习惯被人嘲笑。

（恺撒的回答：是的，你不仅要邀请她，还要去了解她。她是一名马车夫的女儿，但是，那些最有身份的贵族女子无不向她学习尊贵、美丽和举止为何物。

你很快就会发现我钦佩她的理由。此外，我还欠她一份人情：她和我的亲戚马克·安东尼的长久恋情让我多了一个朋友。我们男人多半是由女人塑造的，女人亦是，因为男人不能重塑一个本身就很劣质的女人。马克·安东尼曾是、也永远是省里最好、最招人喜欢的体育健将。十年前，他不喝酒的时候聊几句就会筋疲力尽，但是，诸如用下巴顶起三张桌子这样的事，他已干腻了。打仗只不过用了他那大脑的精力的一小部分。他一直在罗马搞恶作剧，比如向整个街区纵火，放走河边所有船只，偷走元老院议员的衣服等等。他没有恶意，只是缺乏判断力罢了。而赛色瑞斯重塑了这一切，她什么也没带走，只是将这些元素重新排列。我身边充斥着变革派的人，我对他们深恶痛绝，他们要建立秩序，只能靠那些抑制君主、把君主的快乐和野心消耗殆尽的法律。那个叫卡托和布鲁图斯的，想象出一个由勤劳的老鼠组成的国度，他们缺乏想象力，对我的控诉都一模一样。如果有人说我可以像赛色瑞斯那样驯服未经调教的马，却不夺走马眼里闪耀的火光和它对疾驰的热爱，那我会很开心的。赛色瑞斯自然也得到了公平的回报。马克上哪儿都带着她，这是有理由的，因为他再也找不到更好的伴儿了。

我必须就此打住。卢西塔尼亚的一个代表团来抗议我的残酷和不公，已等了半个小时。告诉查米安，把一切都准备好，今晚有位访客要去你那儿。他会穿着巡夜守卫的衣服，从亚历山大港口进去。告诉查米安，访客前去的时辰更接近日出前而不是日落后。越是迫切交战，就越要谨慎行事。让埃及伟大的女王、女中凤凰好好睡觉。会有一双温柔的手叫醒她。是的，生命短暂，分隔两地令人疯狂。）

三十四（一）

女演员赛色瑞斯书于巴亚。

西塞罗收于图斯卡仑附近的庄园。

（这封信写于一年前，能够进一步说明上一封信中的第四问涉及的话题。）

赛色瑞斯夫人向有史以来最伟大的倡导者、演说家兼罗马共和国的救星致以深切敬意。

尊贵的阁下，如你所知，统治者指示，要把你的妙语结集出版。我听说三年多前马克·安东尼在晚宴上对你表示祝贺的话，以及一些我说过的、现在看起来对独裁者不敬的言论，都会收录在合集中。

你曾多次和蔼地对我说过一些慷慨之辞，它们鼓舞了我，让我有勇气在此恳求你删去那些可能被人认为是出自我之口的言论。

确实，我在内战期间对独裁者有不同的看法。我的两个兄弟和丈夫跟他开战，我丈夫还丢了性命。然而，独裁者后来以他独有的仁慈宽厚饶恕了我的兄弟，他给了他们封地，他为我们动乱不安的国家带来了变革，他赢得了我们的真心和忠诚。

明年我会退休，不再上台表演。如果这些一时快语传播开来——写着你大名的作品注定广为流传——我的退休生活和晚年都会变得悲惨。

但你可以凭一己之力让我免遭此难。请收下我随信附上的手稿——米南德亲笔书写的《海难女子》的序。谨以此聊表我的谢意与敬意。

三十五

恺撒写给克洛迪娅的信。

（10月10日）

很遗憾，有很多人向我呼吁，要求将你逐出某个全罗马的尊贵女人都会参加的集会。目前，我收到的所有报告都没能证明这个诉求的合理性。

然而，还有另外一件事我必须告诉你。我读了很多本不是写给我的信，写信人和收信人都不知道我看过这些信。

我们不能指责一个接受着爱却不能回报以爱的女人。然而，在此情况下，女人明白如何加强或减少追求者的痛苦。我指的是诗人卡图卢斯，他的才华就像统治者的才华一般，对罗马极其重要，我觉得自己有责任让他保持平和的心态。

对于当权者来说，威胁是信手拈来的武器。我很少用。但有时当权者会意识到，无论晓之以理，还是动之以情，都不能纠正一个小孩或做错事的人的错误行为。若威胁无效，惩罚随后就到。

也许对你来说，现在正确的做法是离开都城一段时间。

三十五（一）

克洛迪娅回恺撒的信。

克洛迪娅·普尔喀夫人已经收到了独裁者的来信，她有些惊讶。克洛迪娅·普尔喀夫人请求独裁者允许她在罗马待到埃及女王克利奥佩特拉的欢迎会的后一天。过后，她就会退隐到乡村的庄园，直到 12 月。

三十六

恺撒每天写给克利奥佩特拉的信中的一封。

（10 月下旬）

（信是用埃及文写的。信上许多单词，如今已经无法读懂，只能加以揣测。这些词也许是亚历山大港之滨的酒馆里的暗语，是恺撒几年前到那儿的下层社会放纵狂欢时学到的。）

告诉查米安，开这个包裹时要小心。

这是我偷来的。我九岁后就再也没偷过东西，却一直体验着入室盗窃和抢夺钱包时的惊心动魄。我明白，我现在又开始闪烁其词，还扮演起罪犯的角色（此处暗示恺撒可能从他妻子的梳妆台上拿了一瓶香水）。

但为了美丽的埃及女王，还有什么事我不敢做呢？我不仅当了小偷，还变成了一个白痴。我脑海里只有她。工作时我粗心大意，忘记人名，放错文件位置。我的秘书们惊惶失措，我听到他们在我背后窃窃私语。我让访客久等，我把任务推迟——这些事我可以跟那永生的伊希斯女神、那偷走了我的心的女巫聊很久。没有什么事比那夜里的耳畔絮语更让我迷醉。世间种种，都比不上美丽的埃及女王。

……

（以下是由拉丁文书写。）

我聪慧的爱人，我的好爱人，我最聪明的爱人在哪儿？她为何如此失策、顽固而冷酷地对待自己和我？

我的珍珠，我的莲花啊，如果我们罗马的小麦面团不合你胃口，你为什么还要吃？

东方人都吃不惯它，你父亲也不喜欢。我们罗马人很野蛮，什么都吃。我祈求你、恳求你，明智一点好吗？我祈祷你没有受苦，但我很痛苦，真的。我的信使会一直等待，直到查米安寄给我关于你的消息。噢，星辰和凤凰啊，你要照顾好自己，要明智一点。

你把我派上门的医生赶走了。你就不能让他看看你？你跟他说会儿话都不行？你告诉我，你们埃及的医学已经有一万年历史了，我们罗马人相比之下就是小孩子。是的，是的，但我必须严肃地跟你说：你那些医生已经胡说八道了一万年。想想看，花点时间思考下医道。医生大多都是骗子。一个医生越老，越受人尊敬，就越要装作无所不知的样子。当然，随着时光流逝，他们会变得更糟。永远要找一个被最好的医生们讨厌的医生。永远要找一个年轻又聪明的医生，趁他还没染上胡说八道的毛病。亲爱的，告诉我你会见我派去的索斯特内斯。

我很无助。照顾好自己。我爱你。

……

哦，是的，我听埃及女王的话。她说什么我都会照做。

我的头顶一整天都是紫色的。

访客络绎不绝，他们都敬畏地看着我，但没人问我那是怎么回事。当一个独裁者就是如此：没有谁会问一个关于他本人的问题。就算我单脚跳到奥斯蒂亚打一个来回，也没人会向我提起这件事。

终于，一个打扫卫生的女人进来清洗地板。她说："噢，神圣恺撒，您的头怎么了？"

"老人家，"我说道，"世上最伟大、最美丽、最睿智的女人说，用蜂蜜、杜松子和苦艾制成药膏，涂在头顶可以治疗脱发。她命令我涂抹这种药膏，我什么都听她的。"

"神圣恺撒，"她答道，"我既不伟大，也不美丽，更不睿智，但我知道一件事：一个男人要么有头发，要么有脑子，二者不可兼得。先生，你已经很好看了。既然不朽诸神给了你智慧，我想他们没打算让你拥有一头卷发。"

我在考虑让那个女人当议员。

……

美丽的女王啊，我从未感觉如此无助。我愿意用其他所有能力来交换控制天气的能力，但我不能。我不能呼风唤雨。冰雨绵绵，使我恼怒，而我已经很多年没有因为任何事情发怒了。我变得像农夫一样：我的文员们扬着眉毛，面面相觑，他们看我不停地走到门口看天气。夜里，我起床走向阳台。我估测风力，寻找星星。因此，我还给你一床毛毯，你要把自己裹得严严实实。我得知，这残忍的雨还要下两天以上。整个冬季只会有几天出太阳。我朋友在萨勒诺有座庄园，那儿没有北方的坏天气。你 1 月份过去，我会去找你的。耐心点，找点事做，别太闲。要给我写信。

三十七

卡图卢斯给克洛迪娅的信。

（10 月 20 日）

我的魂中魂啊，早上收到了你的信，我哭了。

你原谅了我们。克劳蒂亚，你明白我们确实无心冒犯。我问自己，我说了什么才会让你如此生气。但我们不会再想了。既然你原谅了我们，就当往事已经随风。

但是啊，好克劳蒂亚，无与伦比的克劳蒂亚，你要准备好再原谅我们一次。我们不知道什么时候会无意中惹你不开心。不管现在还是以后，你永远要确信，我们绝对不是故意让你痛苦。这份声明永远有效。除了那件事以外，你还会感受到什么恶意或冒犯呢？但我们已经忘了它。

可是克劳蒂亚，我必须加一句：请你务必也要努力不去伤害我。你当着他的面说："瓦列利乌斯从没写出过一首从头到尾都很成功的诗。"克劳蒂亚，你难道不知道这就是诗人所害怕的事吗？有几句是自然挥洒，其余的就必须刻意雕琢。你说什么？我竟然从没写出过一首完整的好诗？竟然还当着他的面儿说！

至于接待女王一事，我当然会听你的。我也不是很有兴趣前往。我们社团的许多成员都会去，他们一直在催我写首颂歌。我已经写了几小节，但整体进展不好，我很乐意放弃。我听到的关于她的传闻让我觉得很难容忍，尤其是她无礼的穿着。

不，我没生病。

回聊。

正要寄出这封信的时候，我恰好听说你要去乡下待几个月？为什么？为什么啊？这是真的吗？不朽诸神啊，这不可能是真的。不然你会告诉我的。为什么呢？你从未在冬季离开过啊。这是什么意思？我不知道该怎么想。你从没在冬天离开过。

克劳蒂亚啊克劳蒂亚，如果这是真的，你得派人来请我到你那儿去。我们要一块儿读书，在海边漫步。你会告诉我天上有哪些星星。没人曾像你这样如数家珍地谈论星星。我一直崇拜着你，你就是我的女神。是的，去乡下吧，我最明亮的星星，我的宝贝儿，让我到那儿去陪你。

可我越想就越不开心。

这是什么意思？

我知道我不能提任何要求。我一定不能把你当成我的所有物。但一份像我对你这样的爱必然会表达，必然会呼喊。又好又坏的克劳蒂亚啊，你就听我一回劝吧。别去乡下。我是说，如果你非要去，就一个人去。我不敢再请求与你同去，但是至少，你得一个人去。

是的，我还是要说：我病了。人之间产生爱情以后，受到轻视的恋人就会假装他们病了，但我这次不是装病。你想杀了我吗？这是你的目的吗？我不想死。我向你发誓，我会抗争到最后一口气。我不知道我还能坚持多久。比我更强大的某种东西正躺着等我。它整晚都在我房间的角落里，看着我睡觉。我突然惊醒，似乎感觉它飘在我床上。

我现在告诉你，如果你跟他一起去乡下，我一定会死。你说我是孱弱的人，然而我并不是。我可以把你的朋友举在空中一个小时，掷到墙上，然后一口气也不喘。你知道我不是孱弱的人，只有强大的力量能杀死我。

我不想让这些话听起来很愤怒。如果你真的要去乡下的庄园，向我保证，你是一个人去。如果你不想我过去陪你，那我会做你经常催我做的那件事：回北方老家，直到你回到城中。

回个话吧。噢，克劳蒂亚啊克劳蒂拉，让我为你做点什么吧，只要我力所能及。别叫我忘记你或者不理你。别叫我不对你消磨时光的方式产生好奇。但是，如果我们要分开，你得给我布置一个任务，让我每天都感受到与你的羁绊。伟大的女王，你比所有埃及女王都更伟大，你睿智而善良，博学而亲切，你说一个词就能治好我。你的一个笑，就能让我，让我们，变成歌颂不朽诸神的诗人中最快乐的那个。

三十七（一）

克洛迪娅写给卡图卢斯的信。

由回程信使带回。

是的，没错，亲爱的盖乌斯，我要去乡下，自己去，全程都是一个人。我是说，只有天文学家索西琴尼陪同。城市生活已变得无趣。我会经常给你写信的。我会非常想你。听说你病了，我很难过。我想你应该回家。我会给你寄些礼物，送给你的妈妈和姐妹们。

你让我给你布置一个任务。除了让你好好运用你的天赋外，我还能布置什么任务呢？把我曾经对你的诗做出的评价都忘了吧，记住这点就好：你和卢克莱修仅凭二人之力就让罗马变成了新的希腊。你曾说，写悲剧不是你的工作。你还说过，也许你也可以写一部《海伦娜》。你写的任何诗句都会给我带来快乐，如果你写一部《海伦娜》，我从乡下回来后就能一起演了。在接待埃及女王的后一天早上，我就要启程，过几天就回，赶在那个（善德女神的）节日前。

照顾好自己的身体。别忘了你的“牛眼女”。

三十八

恺撒写给卡布里岛上的卢修斯·玛米琉斯·特瑞纳斯的日记体书信。

1008.（谈克利奥佩特拉对于卡布里红酒的赞赏。）

1009.（对于寄送包裹延迟的道歉。）

1010.（谈情诗。）我们都容易被乡下人和市集上的人唱曲子攻击。曾经，我在花园的墙边听到了一些曲子，或者是我的士兵在篝火旁唱的一些歌，一度折磨了我好多天。“别说不要，别啊，别啊，小比利时人”或者“月亮月亮告诉我，克洛伊如今在哪里？”但当诗句出自君主之手，它们就不是折磨，而是——大力神在上！——增益。我大步流星，气宇轩昂。

今天，我没忍住，对着全体访客脱口而出几句诗行——不必引用希腊的诗句——不朽诸神保佑——我们正在罗马创作我们自己的诗歌。

在我眼里，那个男人与神媲美，
那个男人超越了诸神——
如果我可以这样想。
他坐在你面前，
凝视你，聆听你，
笑容俊美……

这是卡图卢斯所写，那时候的他比现在幸福。我有理由怀疑，他现在是最不幸福的人。他用词曲描绘了自己的全盛时期。我正如日中天，而他让这光辉变得更加耀眼。

三十九

克洛迪娅给马克·安东尼的便条。
（10 月末）

今天宫里光芒万丈。罗马城墙最古老的部分已经轰然倒塌在这些入侵者面前：塞尔维莉娅、富尔维娅·曼索、瑟姆普罗尼亚·梅特拉。

陛下注意到你缺席了，他屈尊问起你，态度和蔼。但我现在认识她了，还看到了她噘起的嘴角。

告诉我亲爱的无与伦比之人（赛色瑞斯），女王在打听她，女王说独裁者非常景仰地提起过她这位无与伦比之人。

……

你走之后，尼罗河怒涛汹涌，淹没了两岸。她跟我嘀咕说，有一句埃及谚语："吹牛者的伤口全在他背上。"我表示不同意，然后她带我到闺房里，给了我些点心。我讲了你在法尔萨利阿的英勇事迹，跟阿里斯托布鲁斯打仗时有多勇猛。我毫不怀疑，你在西班牙时也很勇敢。但我不知道细节，所以我编造了你去哥多华之前的赫赫功勋。现在这已经成了历史。她突兀地换了话题，非常突兀。

……

（10 月 27 日）

一切准备就绪。

按我说的做，埃及肯定就是你的囊中之物了。你要抓住我所说的时机。时机决定一切。

早点来参加接待会，不要在意她。

城堡之主肯定会早早地跟他的妻子和姑妈回家。

我晚些到。我会告诉她，你打算向她表演罗马有史以来最了不起的大胆壮举。而我会劝她千万千万别答应去看。难道不就是这样吗？罗马有史以来最了不起的壮举？

可别忘了你的承诺。你可别爱上她。如果有这种风险，我会拒绝帮助你，所有的赌注就都没了。

毁掉这张便条，不然就交给我的信使，由我亲自毁掉。

四十

茱莉亚·玛西娅夫人写给卡布里岛上的卢修斯·玛米琉斯·特瑞纳斯的信。

（10 月 28 日）

亲爱的孩子，我收到了你的信。得知我可以写信给你，我真是太高兴了。何况我还可以去看你。让我在新年后不久就去吧。现在我所有的心思都在（善德女神的）仪式上。然后我必须回农场，整理好今年的账目，督办我们山村的农神节。这些事情办完后我就会去南方，真是太高兴了！

你说你有时间读长信，而我通常有大把的时间来写长信。我相信，这封信不会太长的，只是告诉你来信收悉，并且说说昨晚发生的事，我想你会感兴趣的。你向我保证说，你有渠道了解罗马发生的事情的概况，那么我就只跟你说一些我自己发现的、你不太可能从别人那儿听到的事情。

昨晚的接风会上，埃及女王把她宫殿的大门向罗马敞开。毫无疑问，有人会告诉你，那儿富丽堂皇的陈设、湖泊、演出、游戏、热闹程度、食物和音乐等情况。

我完全没料到，我居然在这种场合结交了一位新朋友。也许女王花了这么长的时间来迎合我是有所企图，但我想，要骗我可不容易。可以说，我们对彼此的兴趣并不是假装的。我们都对彼此感到好奇，我们很不一样。若有一丝不信任，这种反差也许会产生鄙夷和嘲讽，但若怀有些许好意，它就会产生愉快的友谊。

我是跟我侄子和他妻子乘船去的。女王在大门口迎接我们，这个门是仿照尼罗河上的菲莱神庙建造的。我们的台伯河被装点成埃及风格，散发出焕然一新的美，女王也是如此。当然有些人会否认这点，他们定是因为偏见而双目斜视。她的皮肤仿佛是最上等的希腊大理石，色泽优美，光滑细腻。她的眼睛是棕色的，大而有神。这样的面容和她那低沉又多变的嗓音，流露出她的幸福、健康、欢乐、聪慧和笃定。我们罗马的美女有不少都在场，我注意到沃露姆尼娅、莉薇娅·多拉贝拉和克洛迪娅·普尔喀都身体僵硬，仿佛即将暴怒似的，浑身不自在。

我听说女王是照伊希斯女神的样子来打扮的。她戴的珠宝是蓝色的，长袍上的刺绣是绿色的。她先带我们穿过花园，先把话头抛给庞培娅。很遗憾，庞培娅似乎有些惶恐，接不住话。女王的举止很干练，可以让跟她交谈的人放下拘束，我也不例外。她把我们带到她的王座那儿，向我们介绍她宫里的贵族和夫人。然后，她开始和那些排成长队的客人寒暄。之前她把注意力都放在了独裁者身上，这些客人一直在等。

我有意早点回去就寝，但我逗留了一阵儿，和同辈的朋友们观看各种各样的消遣活动，品尝那些非凡的美味（这让瑟姆普罗尼亚·梅特拉很害怕，她之前跟我保证说这些美食都有毒）。我突然感觉有只手轻轻碰了一下我的胳膊。是女王来请我跟她一起坐会儿。她带我走进一间闺房，火盆烧得暖暖的，她让我坐在她旁边的沙发上，对我微笑片刻，一言不发。

“尊贵的夫人，”她说道，“根据埃及的传统，两个女人相识之际要问几个问题……”

“伟大的女王，”我说，“我很乐意入乡随俗。”

“我们会问对方，”她回答道，“有几个孩子，分娩是否顺利。”

我们大笑起来。“罗马没有这个习俗，”我想到了瑟姆普罗尼亚·梅特拉，“但我认为这很明智。”我把自己为人母的经历告诉她，她也说了自己的情况。她从身旁的柜子里拿了几幅画给我看，是她两个孩子的作品，画得很好。“其他的一切，”她低声说道，“就像是沙漠里的海市蜃楼。我爱我的孩子们。我想要生一百个。世上有什么东西比得上那些可爱的、香香的小脑袋？但我是女王，”她说道，泪光盈盈地看着我，“我必须出行，还有一百件别的事情要忙活。你有孙子吗？”她问道。

“不，一个也没有。”

“你明白我的意思吗？”

“是的，陛下，我明白。”

我们静静地坐着。亲爱的孩子，这可不是我预期会和尼罗河女巫进行的对话。

我的侄子打断了我们，他带来了马克·安东尼和演员赛色瑞斯。看到我们在喧闹的乐队和高高的火炬之间泪水涟涟地坐着，他们着实吃了一惊。

“我们在谈论生死，”女王说道，她站起身，擦了擦脸颊，“谈完感觉我的聚会更开心了。”

她似乎无视了我的好侄子，但她对赛色瑞斯说：“高贵的夫人，有人告诉我，论拉丁语和希腊语，没人说得比你更美了。”

信已经很长了。在见到你之前，我会再写信给你。你上次的请求，我肯定会一五一十地照做。看到你的信，想到日后可以去拜访你，我真是非常开心。

四十一

女演员赛色瑞斯写给卡布里岛上的卢修斯·玛米琉斯·特瑞纳斯的信。

(10月28日)

亲爱的朋友啊，我一直满心欢喜地期待着12月去看望你。我们会聊天、阅读，我会再一次登上所有山峰，探入所有洞穴。严寒和风暴都不能使我却步。

昨晚发生了一件事，让这次旅途显得倍加愉快。我生命中一段长期的亲密关系走到了尽头，钟声响起，曲终人散。对你以外的任何人，我一个字也不会提。你已经听过这段关系的种种进展，你马上就会听到它的结局。我和马克·安东尼一起走过的十五年告一段落了。

在埃及女王到来的很久以前，马克·安东尼就一直嘲笑她狡猾、魅惑的恶名。他还向我吹嘘，他是如何向独裁者表现自己坚定的本性，不像其他男人那样为克利奥佩特拉的世俗魅力所迷惑，从而激怒了恺撒。很少有人能够像我一样，观察到独裁者对他这个侄子的耐心有多不可思议，不仅助长了他的轻率妄为，甚至还引发了比我要说的事情更加严重的后果——尽管没什么比这件事更气人了。

女王到罗马后，马克·安东尼经常去她宫里。我收到的报告称，他还向她献殷勤，让她不胜其烦，这真讽刺。显然，女王没用她所擅长的方式——高高在上地开玩笑——来应付他的无礼。有好几次，当着众人的面，她断然回绝了他，毫不掩饰自己的愤怒。罗马传得满城风雨。

昨晚，我们一起出席了她的接风会。他的兴致异常高涨。路上，我第一次发现，他对女王的评论暴露出他对她由衷的景仰，还带着一份惊奇和欣喜。那时我便知道，他已被激情所蒙蔽，自己却浑然不知。

见到你以后，我会跟你描述宫殿有多富丽堂皇，为我们准备的娱乐项目有多精彩好玩。我不知道亚历山大港的接风会办得怎样，但我怀疑，女王看到我们罗马人办大型聚会时有多疯狂，一定很吃惊。

和往常一样，女人们拘谨地退到小团体中，或坐或立。在其他角落，年纪较轻的男人们喝多了酒，变得聒噪起来，势必要比比胆子和力量，这是他们唯一的消遣方式。你可以想象，马克·安东尼带头。他们生起一堆又一堆篝火，排着长队，小跑着穿过花园，然后从火上跳过。我已经学会转头不看这些危险行为，但我很快就发现，我的朋友正在爬树，还从树枝上跳到房顶上，身后跟着一群受他挑唆的人。意外发生了，有人摔破了头，有人摔断了手脚，但那些醉汉们聒噪的歌声反而愈加响亮了。女王准备的一场精美的露天表演，便只有少数女人和老头在看。

到了午夜，男人们厌倦了这些活动，便躺在树丛里，醉醺醺地睡着了，篝火也渐渐熄灭。一个岛上有许多各色的火炬，芭蕾就在这儿上演，人工湖里满是游弋的女子。

我在看演出时遇到了独裁者，他坐在我旁边，我倍感荣幸。他的妻子晚上玩得不开心，一直在催他走。我现在确定，后来发生的事一定是克洛迪娅·普尔喀谋划的，尽管一切都已送上门来，她不费吹灰之力。和马克·安东尼一样，克洛迪娅几乎每天都去女王的宫中。后来她把自己当成了女王在罗马亲密而重要的知己，不知这是否合乎事实。克洛迪娅来参加聚会的时候，我正好看到了。她来迟了，陪着她的是她弟弟还有埃米利安努斯跳棋游泳社的几个风流男子。女王已经许久不在王座前站着了，她正混在客人之中。夜里大部分时间，独裁者都陪在他妻子身边，仅向女王致以最客观的敬意。他俩才在关野兽的栅栏那儿看了老虎和狮子打架，此刻正并肩走向大道。克洛迪娅看到此情此景，就知道这里永远没她的份儿：一个不用羡慕任何世人的女子，一个年轻了二十岁的独裁者，一份从笑声中流露的、对任何人都没有恶意的幸福。我认识克洛迪娅很多年了，我可以想象这幅画面给她造成的痛苦。

水上芭蕾结束时，恺撒一行人起身寻找女王，准备道别。

她不在湖边，也不在宫中。大道左侧搭了一个舞台，之前上演的一部由希腊历史改编的音乐剧将其用作布景，现已无人使用，一旁的宫殿火光闪烁，将舞台照亮。我已经不记得是什么把我们引向了那个方向。这处布景代表的是尼罗河岸的一处林间空地、一片棕榈树、灌木，还有丛生的野草。长话短说，我们看见女王正在那喝得烂醉、热血沸腾的马克·安东尼的怀里挣扎，看到我们，她吓了一跳。她的确实是在反抗，但从她反抗的程度可以推断出，她要逃脱明明不难，却已经持续反抗了好一会儿。夜色昏暗，灯光黯淡，我们也不确定自己看到了什么。

面子是保住了。女王的仆从查米安从舞台背后出现，带来了火盆，没了它克利奥佩特拉就抵不住我们这儿的严寒。女王斥责马克·安东尼毛手毛脚，独裁者斥责他喝得烂醉。那一刻显然就在笑声中打发过去了。然而，他们没有解释自己为何出现在那空无一人的地方。马克·安东尼有什么秘密都瞒不住我，我知道他此刻的感受和十五年前他对我的感受一样，只有那时他才会做出这样的异常行为。这对女王来说意味着什么，我并不知道，只是我身旁的这个伟大的男人已经露出些许端倪。没有哪个演员比得上恺撒，也只有演员才能发现，恺撒深受打击。我想，其他人都没有看出来。庞培娅在我们身后的路上徘徊。

我们离开了。轿子里，马克·安东尼把头贴着我的耳朵，抽泣着呼唤了我的名字一百遍。没有比这更明确的分手了。

我知道这一刻迟早会来的。恋人已经变得跟儿子一样。我不能违背自己的内心，装作不在意。我也不能夸大这份痛苦，在我不知不觉中，它几乎已经让我心如死灰。去卡布里的时候，我更加看重友谊——但和马克·安东尼在一起，我永远也不会懂友谊为何物，因为友谊之花只在意气相投者之间绽放。结交朋友的途径很多，但我是个女人啊。只有面对像你这样有着无尽智慧和耐心的人，我才能最后哭诉一次：友谊啊，就算是你我之间的友谊，也绝对比不上我失去的爱情。它曾让我的白昼绚烂多彩，让我的黑夜甜蜜无穷。十五年来，我完全没有理由问自己：人为什么活着，为什么受苦。那双爱意盈盈地凝视着我的眼睛，让我如梦似幻地过了好多年。而现在，我必须学会一个人生活。

四十一（ · ）

克利奥佩特拉写给恺撒的信。

（10 月 27 日的午夜）

亲爱的，亲爱的，相信我，相信我啊。我还能做什么？他把我带到那儿，假装他和他的同伴要给我表演全罗马最棒的武艺。他喝醉了，也很狡猾。我很糊涂。我不明白，那种事竟然也会发生。克洛迪娅·普尔喀那家伙肯定脱不了干系。是她煽动或者挑衅他这么干的。她事先把计划告诉了他。肯定是这样。

亲爱的，我是无辜的。在你回信说你能理解，说你信任我、爱我之前，我是不会睡觉的。我很恼火，又害怕又难过。

我恳求你，回信吧，让这名信使把你的信带给我。

四十一（二）

恺撒给克利奥佩特拉的信。

（从康涅利乌斯·尼波斯的家里寄出。克利奥佩特拉的信使在那儿找到了恺撒，他正坐在盖乌斯·瓦列利乌斯·卡图卢斯的病床边。）

睡吧，好好睡吧。

现在是你在怀疑我。我很了解我的侄子。我立刻就明白了是怎么一回事。别怀疑你爱人的判断力。

亲爱的女王，好好睡吧。

第三册

四十二

教宗恺撒写给维斯塔贞女院院长女士的信。

（8 月 9 日）

尊敬的贞女：

这封信谨由您过目。

去年春天，茱莉亚·玛西娅夫人向我复述了你跟她说过的一些很了不起的话。她不明白这些话于我而言有多重要，她对我正写给你的这封信也一无所知。

她记得你说过，在我们罗马宗教的崇高仪式中偶有一些粗野的成分，你对此感到遗憾。这些话让我想到我的母亲奥里莉亚·茱莉亚夫人也说过类似的话。你也许还记得，那年（公元前 61 年）我当选教宗后，善德女神的仪式在我府上举行，而我的母亲是凡俗女主管。奥里莉亚夫人是个极其虔诚的女人，通晓罗马的宗教传统。举行这些仪式的时候，作为教宗的我全力相助。但你大可放心，我对仪式过程的了解，仅仅是身处这等高位的男子应有的程度，没有半点逾矩。然而，母亲确实跟我说过，仪式中固有的一些环节古老野蛮，不免粗俗。她说，要营造出崇高的仪式感，这些环节也并非必不可少，她对此深表遗憾。你也许还记得，那一年（我只能知道这么多）她还主动承担了将泥塑蛇替换活蛇的责任，施行这项创举时没有任何人反对，如果我没弄错的话，它还沿用至今。

尊敬的贞女，我了解，按照惯例，维斯塔贞女从午夜的仪式退场后才是闭幕式。我想可以合理地推断出，那个让这些虔诚而纯洁的贞女们感到抵触的时辰一过，就会发生某些象征性的行为。在我的一生中，我不难发现我家族中的女性也曾抱有这种抵触情绪。但是，我更加深刻地感受到了这些仪式给她们带来的欢乐，还有她们全身心的投入。伟大的马里乌斯评价她们说："她们就像支撑起罗马的柱子。"但愿能用品达评价依洛西斯秘密仪式的话来评价她们和我们的罗马仪式的主体部分："她们将整个世界凝聚起来，免于分崩离析。"

高贵的贞女，请允许我强烈要求你，仔细思考我向你提出的这件事宜。若你认为可取，你可以把这封信寄给茱莉亚·玛西娅夫人。我想，你俩互相协助的话，完全有能力举行一个符合人民最高利益的标志性仪式。要大胆去改变这个古老而神圣的典礼中的一个词或手势，难免会让人心生畏怯。然而，我认为生命的法则在于，万物都会成长转变，褪去一开始保护它们的外壳，变成更加美丽和高贵的形态。这是由不朽诸神注定的。

四十二（一）

恺撒书。

茱莉亚·玛西娅夫人收于阿尔巴诺丘陵的农场。

（8 月 11 日）

随信附上我刚写给维斯塔贞女院院长的信的副本。希望我准确无误地表达了你心中的想法。

在这些事宜上做出任何创新，势必会遇到很多阻力。女人是满怀激情的保卫者，这既好也不好。男人很早以前就剔除了他们仪式中的粗野成分——比如阿尔瓦尔兄弟仪式等等。也许我应该说，他们将其废除，驱之一隅。对仪式来说微不足道的东西成了遗痕，成了无伤大雅的噱头，在主典礼的前后进行。

我怀着屈辱感研究了我国头等家族的名册，想找几个理智的女人来辅助和支持你完成这项必要的工作。在上一辈里找出几个这样的人也许不难。但现在，我只看到了一些会妨碍你的人：瑟姆普罗尼亚·梅特拉和富尔维娅·曼索，因为她们是不动脑子的保守主义者；塞尔维莉娅，她会由于不是自己发起了这项行动而怀恨在心；克洛迪娅·普尔喀，因为她骨子里就爱反驳他人。倘若庞培娅也试图唱反调的话，我完全不会吃惊。

亲爱的姑妈，昨天我让自己得到了一些微末的快乐。你知道的，我正在黑海建立几处殖民地。我在地图上找到了一个绝佳的位置，可以建立两个相邻的城镇。我将以你和你伟大的丈夫给它们命名，分别叫马里乌斯城和朱莉玛西娅城。我得知此地气候宜人，风景独秀。我会在申请移居的家庭中，挑出最为人推崇的那批派过去。

四十二（二）

恺撒写给卡布里岛的卢修斯·玛米琉斯·特瑞纳斯的日记体书信。（9月6日左右）

（关于对善德女神秘密仪式进行的改革。）最近有一封匿名信告诉我，独裁统治强烈地刺激了人们撰写匿名信。我还不知道有哪个时代像现在这样，竟有这么多的匿名信在流通。它们络绎不绝地寄到我家门口。它们源于激情，形同遗孤，不必承担责任，因而相比于合法书信有一个巨大的优势：可以在结论中暴露其真实想法，直抒胸臆。

据我所知（尽管不是很清楚），善德女神的秘密仪式中含有一些原始粗野的成分。我试图将其摈弃，结果就像捅了一个匿名信的马蜂窝。这些遮遮掩掩地和我通信的人当然是女人。她们不会怀疑是我在幕后策划了这次改革，而是仅仅把我当作教宗和最后裁决者来进行申诉。

在这二十个小时里发生的事情，必定会给信徒们留下深刻的印象，且影响十分巨大。大多数参加仪式的人都会达到一种狂喜忘我、极度恳求的状态，难以意识到仪式中的淫秽成分。对他们而言，这种淫秽是对真理和仪式魔力的强化。

在我看来，这些秘密仪式的目的在于避免不孕、畸胎和分娩悲剧。连医术最高超的医者也知之甚少的女性生育，在仪式中得以和谐化，或者说是圣洁化。我很清楚，仪式的影响不会仅限于此，而是会肯定生命本身、全体人类及万物造化。难怪我们的女人回到我们身边时，仿佛是来自另一个世界的生物，一度好像容光焕发的陌生人般在我们身边走动。她们被告知，是她们保证星辰在正确的星轨上运行，她们一直是罗马的铺路基石。一段时间后，她们将自己献给我们时，是怀着鄙夷和骄傲，仿佛我们男人不过是她们神圣任务中的临时工具罢了。

现在，我很难将这些仪式的力量和安慰效果减轻分毫。我只求扩大其影响力。然而，据我观察，这种积极效果只能持续几天。要是我们的女人能够更长时间地保持这种振奋状态，我会很乐意地承认：她们掌管着天上的星辰，支撑着罗马的路基。我比我见过的任何男人都更加爱慕典型的女性，我对她们的过失不那么挑剔，也最不容易被她们的异常行为激怒。但是——我真是幸运！——我惊讶地问自己："那个不能生活在伟大女人附近的男人，又必然会对女性持有怎样的看法呢？"仅仅因为自己是男人，他就会变得不可一世吧！他会残忍地对待相识的女人，从而简单粗暴地获得尊重吧！我每天都见到很多男人，不难挑出一些因为曾经接触过某个杰出女性才变成现在这个样子的男人。为了女性的地位和独立，我做过的事比史上任何统治者都要多。在这个方面，伯里克利未免迟钝，而亚历山大只能算个愣头青。很多人指控我轻视女性，这真是无稽之谈。我经常见到的所有女人里，我只有一个敌人。在我遇到她之前，她就已经选择了成为全体男性的公敌。我差点就战胜了她对自我的憎恶，差点把她从诅咒中解救出来，但只有神才能做到这件事。

我毫不怀疑，那个节日的积极作用之所以短促，是因为过度紧绷。参与者都尽力达到高度兴奋的状态，这抹杀了她们的思想。而正是那些淫秽成分造成了这样的放纵。我确信，这些成分在午夜开始的闭幕式上更有迹可循。那个时辰的惯例是：维斯塔贞女、未婚女子、孕妇都回到家中。现在我明白了，为什么我爱的科妮莉亚和奥列利娅即便要在仪式上担任要职，也会于午夜佯装生病，然后回到她们的住所，把管理职责留给塞尔维莉娅——想必那时她的举止和发酒疯的女人无异。

你很可能会说，试图打破仪式的善恶平衡的我，是在无知的黑暗中用功。可是，除了在黑暗中用功以外，我还做过什么别的事情吗？尤其最近几个月来，我走的每一步就像是蒙着眼睛摸索，但愿前方没有悬崖。我写了遗嘱，指定奥克塔维厄斯为我的继承者——这是踏入黑暗的一步吗？我要将马可斯·布鲁图斯任命为罗马执政官，让他伴我左右——我确定要走这一步吗？

写完这些字的两天后，我又把信读了一遍。我很惊讶地发现，我还没有从中提炼出最重要的结论。

善德女神是谁？

任何男人都不能知道她的姓名，任何女人都不允许叫出她的名字，也许她们自己也不知道吧。

她在哪儿？罗马吗？在我们的妻子分娩的地方？防止狼孩儿降生？也许我出生时她也在场，被医生从我母亲的身体上撕下。

哎，尽管信徒有各种想象，但很显然她并不存在。这也是一种存在，而且如我们所见，是一种有用的存在。

可是，如果我们的头脑可以创造出这样的神，并从神那里获得源源不断的力量——这力量不过是我们心中固有的罢了——那么，我们为何不能直接使用这份力量？这些女人仅仅用了她们力量中的一小部分，因为她们不知道这是自己的力量。她们认为自己无能为力，是邪恶力量的受害者，是这位她们必须恳求和供奉的女神的受益人。难怪她们振奋的精神很快就平息下来，难怪她们又堕落到对细节无尽的纠缠中，每个细节都能让她们着迷或是痛苦。这个无休无止的过程和绝望太像了，那是一种不自知的绝望，抑或是全心全意地履职，从而淹没了绝望。

让每个女人都在内心发现自己的女神——这才应该是这些仪式的意义所在。

要达到这个目的，至少，第一步就是清除淫秽成分。最保守地说，宗教意味着身体的每个部位都和心灵融合，而不是让心灵迷失或溺死在身体里。因为，无论是我们体内还是体外的诸神，都有一个首要属性——心灵。

四十三

克利奥佩特拉在埃及写给恺撒的信。

（8 月 17 日）

克利奥佩特拉（永生的伊希斯，日神之子，卜塔选中之人，埃及、昔兰尼加、阿拉伯的女王，尼罗河上下游女王，埃塞俄比亚女王等等）写给罗马教宗及独裁者盖乌斯·尤利乌斯·恺撒。

埃及女王随信递交其参加善德女神庆典仪式的申请。

四十三（一）

恺撒写给卡布里岛的卢修斯·玛米琉斯·特瑞纳斯的日记体书信。

975. 罗马的统治阶级应鼓励别国神明和我国神明的统一，这具有相当的重要性，这是你告诉我的。在我看来，它现在已是不证自明，我恐怕都快忘了这个想法是你给我的。在某些地区，实施起来很困难；在其他地区，则是惊人地简单。在多数北高卢人眼里，橡树和风暴之神（罗马人从来不会念他的名字——霍单 / 阔丹）很久前便和朱庇特合二为一。每天，我们士兵和文员与那些森林的金发女儿们结婚时，此神都微笑着赞许。我的女性祖先（指维纳斯。朱利安家族的血统可追溯到阿弗洛狄忒之子埃涅阿斯的儿子尤尔斯。）在东方的神庙，和阿施塔特、阿什脱雷思的神庙并立。如果我活得够久，或者我的继承者们也看到了统一信仰的重要性，那么世界上的所有人都会说自己是朱庇特的子孙，把彼此唤作兄弟姐妹。

最近，这种世界范围的统一进程产生了略微荒唐的后果，我在这个包裹中附上了一些说明。金字塔女王陛下——即埃及女王——已经申请加入我们罗马的善德女神秘密仪式。虽然你对系谱学和神学都有兴趣，但即便是你，也不会想要研究她用来自我论证的浩繁文献。克利奥佩特拉做事从不敷衍，我的接待室里已经塞满了她送来的成捆的文献。

她的申请以两个论点为基础：她是丘尔布女神的后裔，也是西布莉女神的后裔。

这样的文献，看上几页就叫人头晕，但我必须为你在这三百页的文献中摘出要点。虽然原文现在不在我面前，但下面的摘要似乎就是她的原话：

“两百年前，希腊神学家权威论证了丘尔布和西布莉的身份（详见附上的两百页文献）。滨海亚美尼亚的蒂克瑞思女王（公元前 89 年）访问罗马之际，礼仪长裁定西布莉和善德女神‘出身同源’（详见附上的第五和第六捆文献）。

“教宗应牢记，当埃及女王在亚历山大港将她的族谱放置在他面前时（鸡毛蒜皮的小事）——尽管当时她还没有公布她的埃及血统（确实没有）——她正准备宣布她对泰尔和西顿的所有权，原因是她的曾祖父迎娶了阿和利巴女王（她的曾祖父不管站着还是躺着都算不上强健）。因此，我是阿什脱雷思的后代和世袭大司祭，跟耶洗别女王和阿塔莉娅女王一脉相承。有了这层关系，耶洗别女王就是迦太基女王狄多的堂亲（注意这话里的威胁——我的祖父错看了她的姑姥姥），诸如此类，等等等等。”这都是千真万确。东方的君主们都是彼此的堂表亲，这种事屡见不鲜。我已经回信跟她说了，在接受了恰当的指导后，她将获允参加仪式的前一部分，但这并不是因为她声称自己是善德女神或其他神祇的后裔，而是因为善德女神乐于——在前半夜——接受所有愿意为她颔首低眉的女人。

我想再补充一句，上文那些冗长的废话似乎没有客观表现埃及女王的形象，这恰好反映出她心中唯一不太理智的地方。

我应该再补充两句，女王在论证她的请求时没有提到一件非常古怪的事。也许她对此毫不知情。在仪式上，善德女神的信徒要戴上一种既不是希腊式也不是罗马式的头饰，她们称之为“埃及头巾”。没人解释过个中缘由。宗教是普天之下的快乐与恐惧的混合物，其中的象征符、影响力和表达法，又有谁能解释得清呢？

四十四

茱莉亚·玛西娅夫人书于罗马恺撒府。

克洛迪娅收。

（9月30日）

此信绝密。

茱莉亚·玛西娅向她最好的两位朋友的女儿及孙女——克洛迪娅·普尔喀——问好。

我期待明晚出席你的晚宴，我期待初次见到你的弟弟，期待和马尔库斯·图留斯·西塞罗叙叙旧，也很期待看到你。

三天前，我回到都城去参加了某宗教庆典的女主管见面会。这个庆典非常古老，饱受尊崇，由怀着感恩与敬畏之心的信徒举办。这次会议上，我收到了八份要求禁止你参加今年的庆典的请愿书。我遗憾乃至于痛心地读了这些请愿书，但我认为那些指控还没有严重或确切到足以证明请愿的正当性。然而，我本人以及其他负责确保仪式的虔诚及和谐的女人都不能忽视这些请愿的存在。

我会提议采取一个折中的办法。我确信可以让大家接受它，再也不会有人呈交请愿书来提供罢免你的确凿证据。我提出这个让步之策，是不希望别人认为我在草率对待你的行为所引起的诸多抗议（不论是否与事实相符）。我的动机在于，要避免流言蜚语在这个体制中流传，毕竟，那些曾经深爱你的人如此深切地爱过这个体制。

我很确定地告诉你，埃及女王克利奥佩特拉很快就会来罗马，她已经提交了请愿书，请求参加我们所讨论的仪式。这份申请给出了许多论证、先例和类比，已经呈交给了女主管们和教宗。决定很可能是允许女王参加午夜前的仪式，因为按照惯例，维斯塔贞女、未婚女子、孕妇和（这里有一个术语，意为不属于各个罗马公民部落的人）要在那时退场。我会提议让你担任埃及女王的女指导，这样一来，你就必须在午夜陪同她前往她的宫殿。我敢肯定，要是你的敌人们知道你和客人一起离开后就不会再重返仪式的话，他们会很满意的。

克洛迪娅，你要好好考虑我这个提议，希望明晚你可以找个机会告诉我你会服从。如若不然，你唯一的选择就是质疑对你发起的请愿，并在我们的全体委员大会上直面你的控告者。倘若我们面对的是一些俗事，我当然会建议你这么做。然而，这些控告及其辩词涉及了礼仪、尊严和名誉方面的事情。公开讨论，就等于承认这些东西已经受损。

教宗还不知情。无须多言，我将全力避免他注意到这些议论。我只会禀告教宗，已给你提供了最终方案，是否采纳，取决于你。

四十四（一）

恺撒写给卡布里岛的卢修斯·玛米琉斯·特瑞纳斯的日记体书信。

（*10 月 8 日左右*）

1002.（谈克洛迪娅和帕克提努斯的一出滑稽戏。）让我感到挫败的往往是小事而非大事。我刚发现，必须要禁止人们将一出戏搬上舞台。我随信附上了这出戏的副本，那是帕克提努斯的滑稽戏《美德的奖励》。尽管我忘了告诉你，但你也许知道，针对那些由于举止仪态、孝顺父母、忠心事主等原因而受到邻居的最高赞扬的工薪阶级的女孩儿，我设立了一个奖励制度，根据奖金的不同，分为二十个奖项。我认为这种做法的效果还不赖。如同我采取的任何行动一样，它还顺带引发了一大波的调侃和讥讽。它为罗马人民提供了又一谈资笑料，每个街道清洁工都能调侃几句，你多半也会想到，他们当然不会放过我。

结果之一就是附件里的这出闹剧大获成功。你会发现，第四幕写的是克洛迪娅和她弟弟。观众反应可不慢，不难看出这种影射。有人向我报道，每当这一幕结束时，观众都会起立喝彩，掌声雷动，放声嘲笑，一派野蛮的欢乐。陌生人彼此拥抱，大喊大叫，有两次还上蹿下跳，扯下了走廊的扶手。

这部戏演过八场后，我下令禁演。刚演完第二场，克洛狄乌斯·普尔喀就来到我的办公室抗议。我让人传话说，我正忙于处理非洲事务，不能见他。我希望这对著名的姐弟可以喝上一盅他们自己酿制的苦酒。最后，他又来了，苦苦哀求，态度足够谦卑，我便如他所愿。

要停演这部戏，我有些苦恼。它在文学上一无是处，但迄今为止，我从未控制过公民表达的自由，就算观点再离谱也没有下令惩处过。并且，一想到很多人会推测我打压这部戏的原因是因为它含有很多针对我本人的调侃，我就不禁打起了退堂鼓。

在所有集会中，剧院的观众是最爱说教的。这些罗马人肩并肩地坐在一起，判断力似乎得以强化，在其他场合他们都没有这么好的判断。他们毫不犹豫地判定戏中角色行为的好坏，并以一个完全不会用来约束自己的伦理标准来要求这些角色。看着舞台上的皮条客，坐在观众席上的潘达洛斯[1]义愤填膺，身体战栗。十二个并排坐着看戏的妓女，甚至比维斯塔贞女还要一本正经。我常说，戏剧观众的道德伦理大概落后了三十年。身处群体之中的人会想到自己儿时从父母和监护人那儿得到的观点。因而，看着这出闹剧的观众群情激奋，疯狂地谴责我们的克洛迪娅。每个观众都感觉自己在道德上毫无过失。

这种高尚的情绪很可能持续了一个小时。噢，我们之间有一位阿里斯多芬尼斯[2]。他可以嘲笑恺撒和克洛迪娅，以让观众发笑为乐。噢，阿里斯多芬尼斯啊！

[1] 译者注：特洛伊战争的相关人物，帮助特洛伊罗斯与克瑞西达恋爱。

[2] 译者注：古希腊喜剧作家。

四十四（二）

出自帕克提努斯的滑稽戏《淑德的奖励》。

（一名评委正坐在办公室里面试申请奖励的人，这显然是在影射恺撒。他被刻画成一名狡猾而好色的老人，由一名文员照料。）

（剧是用韵文体写的，这里是第四幕。）

文员：有位漂亮的女孩等着见您，评委阁下。（拉丁文中“pulcher”［普尔喀］写作“pretty”［漂亮］。）

评委：什么？还会有漂亮的男孩儿来吗？（鸡奸是大量文学作品强加给恺撒的无数污名之一。）

文员：这是他的姐姐，评委阁下。

评委：那么，抓紧干吧，你知道我不挑。

文员：她在哭泣，评委阁下。

评委：你个榆木脑袋，如果她很贤惠，当然要哭泣了。贤惠的女人上半生哭泣，德行不淑的女人下半生哭泣，所以台伯河永不干涸。带她进来。

（一位衣衫褴褛的少女登场）

走近些，小女孩。现在我似乎什么也看不清了——除了蒂沃利的庄园。（恺撒在那儿查抄了最受罗马人民爱戴的庞培麾下的两位贵族的地产。）你想要获得淑德奖是吗，小可爱？

少女：没错，评委阁下。你在整个城里都不会发现比我更贤惠的女子了。

评委：（一边爱抚她）：你确定你没有走错办公室吗，我的小鸽子？嗯……让我想想，让我想想。呃哼，你已经不是少女了，对吗？

少女：噢，是的，先生。那还是在康那理惟士和穆米乌斯执政的时候呢（即公元前 146 年）。

评委：我完全相信。告诉我，小玫瑰，你的父亲还健在吗？

少女：（哭泣着）噢，先生，现在您向我问起这事儿可不太好。

评委：那么，也许你能告诉我你丈夫是否健在？

少女：评委阁下，我来这儿可不是为了接受最侮辱人的指责。

评委：嘘，嘘。我刚刚在想，我看到你手中有片雪花（坊间认为，杀人犯的手掌会因由于道德堕落而脱皮）。告诉我，亲爱的，你是否一直温柔地照顾了你的父母呢？

少女：噢，是的，是的。我一直在帮忙，直到他们咽气。

评委：真是个充满爱心的女儿。你对你可爱的兄弟们好吗？

少女：评委阁下，我对他们有求必应。

评委：希望你还在端庄的范围内（在罗马北边十英里处，有名为“端庄”的村落和神庙）。

少女：是的，先生，我们从来没有踏出过城门一步，所有事都是在家做。

评委：模范人物，模范人物啊！那么告诉我，小可爱，你为什么穿着破烂的衣服？

少女：好绅士，你可以去问问看。罗马已经没有货币流通了。我认为玛姆默拉把钱都带去了下高卢（前一幕中，玛姆默拉打扮成高卢女巫的样子，因“扫地干净”获颁淑德奖）。我大哥从不带回家一分钱，这当然了，因为他从“青筋鼻子”（即恺撒。恺撒因为私生活节俭，长期被人诟病吝啬）那儿领津贴。我的二哥也没钱，因为他的全部家当都被槌碎在了台伯河里（最近，恺撒派人挖走了梵蒂冈山和贾尼科洛山脚下台伯河河岸的一部分，以将河道改直。罗马民众深受吸引，因为这项工程使用了一台新的挖掘设备。它是恺撒在打仗时期发明的，立刻得到了“大槌”的名号。为台伯河工程牺牲的地区，是罗马最底层人群的居住地）。

评委：那你呢，小蝴蝶？我怎么听说你捞了很多个四便士呢[1]？

（诸如此类）

[1] 译者注：前文提到了人们写短诗讽刺克洛迪娅私生活不检点，陪人上床只收四便士的价钱。

四十五

庞培娅的女仆阿布拉写给柯苏蒂乌斯酒馆的服务生领班（克利奥佩特拉的一位情报人员）的信。

（10月17日）

照你所说，我将一条一条地回答你的问题。

1. 我为克洛迪娅·普尔喀夫人工作了五年。战乱期间，我们离开了罗马，住在她巴亚的宅子里。我还有两年就自由了。我已经在这儿工作了两年。我38岁了，没有孩子。

2. 这个月，他们不允许我离开宅子。每个仆人都不行。他们发现有人在偷东西。这是他们的说法，但我不信。我们都认为，他们是在监视那个从克里特岛来的秘书。

3. 我的丈夫可以每五天来看我一次。他离开时会被人搜身。小贩都不能进来。他们要去花园门口，我们就在那儿买东西。

4. 是的，每次那个叫作哈吉亚的产婆来的时候，我都要写信给克洛迪娅·普尔喀夫人汇报（据猜测，那个产婆在照顾恺撒家里的一位仆人）。她不会被搜身。我向克洛迪娅·普尔喀夫人汇报的内容有：埃及女王如何看望我的女主人，我的主人何时离家彻夜不归，从红酒管家那儿打听到的他俩在餐桌上的谈话，以及主人何时会发病。克洛迪娅·普尔喀夫人不给我钱。她帮我丈夫在亚壁古道上的莫普斯墓旁开了一家酒馆。如果你对我的信还满意的话，我和我丈夫想要一头牛。

5. 不，我很确定，还说不准呢。但我认为主人不喜欢我。六个月前，他们为我大吵了一架，两天前甚至吵得更凶了。但女主人不会让他把我打发走的，她会哭着求情。她总是不知疲倦地谈论着珠宝、衣服、头发等等，能陪她聊天的人就我一个。事情就是这样。

6. 关于女主人的信。去年，主人告诉搬运工说，所有寄给女主人的信都要和寄给他的信放在一起。信白天寄到后，先存在搬运工的房间，然后送到主人的办公室。但女主人每天都会去找搬运工几次，问问看有没有她的信，然后搬运工就会把信给她。她跟主人大吵了一架，哭哭啼啼，现在所有的信都交给她了。只不过，他说所有匿名信都要立刻销毁，不得阅读。大部分都是这样。有很多匿名信。有的让人激动，有的则不然。

下面进入正题：

主人对女主人非常好。他从办公室回来后，几乎把所有时间都用来陪她。如果有因公前来的访客，他就会在隔壁的屋子里跟他们谈话，房门敞开，并且尽快结束。她上床睡觉时，他会让朋友来拜访一两个钟头，因为他不喜欢睡太长时间，我是说，他不需要睡太长时间。因为他的这些朋友（比如希尔提乌斯、玛姆默拉和奥庇乌斯）会喝很多酒，笑很大声，所以他们会去到主人在河边悬崖上的工作室。女主人准备好上床睡觉要接近两个小时，所以主人回来时，她往往还醒着。经常，当她准备就绪时，他就和朋友们道别，坐到我们身边和她说话，而我正在给她梳头什么的。我现在想说的是：她几乎总能找到争吵的话题。她几乎总是在哭。他们在谈话的时候，他多次让我离开房间。她争吵的话题包括：反奢靡法啦，埃及女王送她的小花豹啦，没有邀请克洛迪娅·普尔喀夫人来府上啦，去内米湖的时间啦，去戏院啦……

两天前他们大吵了一架。女主人离开房间一会儿后，我想，主人迅速翻查了一遍她梳妆台上的瓶瓶罐罐，然后发现了一封好几周前寄给她的匿名信。我想，他看完信就把它放回了原处。女主人回来后，他假装重新发现了这封信。我认为这就是事情的经过。那封信上说，克洛狄乌斯·普尔喀——那个烧毁了西塞罗的房子并且威胁要杀掉所有元老院议员的男人——疯狂地爱着女主人，她必须要加以提防，因为他控制不住这份爱。主人很冷静，但我知道他气得脸都白了。他说，这封信显然是克洛狄乌斯·普尔喀自己写的，一个男人只有真心鄙视一个女人并且想要愚弄她时，才会写出这样一封信。女主人说她讨厌克洛狄乌斯·普尔喀，但显然那封信不是他写的。然后，我被赶出了房间。我回来时，她已经哭过了，她又开始哭诉，一直在说生活太难以忍受，她简直受不了了。

主人叫我过去，说是我把这封信带进来的。我按照他的指示发下毒誓，表示我对那封信一无所知，但我认为被他看穿了。但是，我不认为他会把我打发走。

你想让我写信告诉你，主人哪几夜没有回家吗？

红酒管家说，他听到主人跟巴尔拜斯和布鲁图斯——是德奇姆斯·布鲁图斯，不是好看的那个布鲁图斯——说到把罗马城搬到特洛伊。我想，特洛伊是在埃及吧。

西西里岛来的管家说，主人改变了主意，不会跟帕提亚人打仗了。克里特岛来的秘书说，你个傻瓜，肯定会开打的。我只知道这些了。

即将出台一则法令：十点后马车不得开进城中心，且只能逗留一个小时。

我忘了说，女主人坐轿子前往内米湖时，克洛狄乌斯·普尔喀骑着马跟她讲话，直到奥菲伊尔斯跑过来说，主人命令任何人都不能跟我们一行讲话。奥菲伊尔斯是农场之主，他负责我们的行程。他和主人一起打过很多仗，现在只剩下一条胳膊。

就说到这儿吧。

我想说的是，我不喜欢待在这儿，我很不舒服。我请求克洛迪娅·普尔喀夫人带我回去，但她说我必须待在这儿。我有办法离开这儿。如果这封信是你想要的，我会留下来再写几封。

我们想要的牛是茶色、带斑点的那种。

四十六

恺撒寄给卡布里岛的卢修斯·玛米琉斯·特瑞纳斯的日记体书信。（10月13日*左右*）

1012. 埃及女王在跟我吵架。不是那种卧室里的惯性争吵，不过往往还是以老样子收场。

克利奥佩特拉断言我是神。得知我不久前才承认自己是神，她很吃惊。克利奥佩特拉非常确定她是个女神，埃及人民每日的朝拜让她深信不疑。她向我保证，住在她身体里的神赐予了她识别神祇的特殊能力。正因为有这种天赋，她才能够向我保证道我也是神。

这让我们的对话变得像是谄媚奉承，其间穿插着一些滑稽的枝节：我捏了捏女神，女神便开始尖叫。我用手遮住女神的眼睛，她就什么也看不见了——不朽诸神作证。不管我怎么诡辩，她都有办法应对。然而，这是唯一一个女王不能理性思考的话题，我也学会了不让我们的谈话突然变严肃。也许仅仅在谈到这个话题时她才像个东方人。

仅凭这样就判定一个人具有神性，在我看来，再没有比这更危险的事了，不仅对于我们这些统治者来说是如此，对于那些怀着不同程度的钦佩来注视我们的人而言亦是。不难理解，很多人偶尔会感觉自己充满了非凡的力量，胸口激荡起莫名的正气。我年轻时常常会有这种感觉，然而现在它会让我惊恐战栗。通常是那些吹捧我的人，迫使我频繁地想起一个画面：我对着狂风暴雨中胆怯的船夫说“勇往直前吧，船上有恺撒”。一派胡言！生活中我也免不了受苦受难，跟其他人没什么两样。

还不仅如此。历史表明，把超越人类的属性强加给才华出众或地位显赫的人是我们根深蒂固的习性。我毫不怀疑，古代的半神乃至神明只不过是受人景仰的祖先罢了。这种做法裨益良多：让成长中的男孩得到更加广阔的想象空间，对良好仪态和公共制度给予了肯定。然而，它已经不再适用了，必须废除。每个曾经活过的人，仅仅是一个凡人罢了，应该把他的成就视作人类状态的延伸而不是中断。

我只能跟你聊这些，没法跟别人说。每年，越来越多的人把我推向神坛，让我不胜其烦。我羞愧地想起，曾经有段时间，我出于行政原因而努力煽动人民相信，有足够的证据表明我只是个凡人，而且是非常容易犯错的凡人，因为人类最大的弱点莫过于试图灌输“某个凡人是神”的观点。我做过一个梦，梦到亚历山大出现在我的帐篷口，举起剑要杀我。我对他说:“但你可不是神。”然后他就消失了。

亲爱的卢修斯啊，年纪越大，我就越能享受身为人的乐趣——做一个会犯错的、厚脸皮的凡人。今天，秘书怯生生地给了我一堆文件，上面有我犯下的各种各样的小错（我自言自语时称其为克利奥佩特拉型错误，那个魔女实在太迷人了）。我一个一个地改正，边改边笑。秘书们皱着眉头，他们想不通，恺撒竟会为自己的错误感到开心。秘书可不是讨喜的同伴。

“divinity”和“god”[1]这两个词，我们已经用了一段时间。它们有一千个意思，任何人都能发现一大堆。

前几天夜里，我发现夫人在深情地恳求诸神降下一个晴天，好让她前往内米湖。我的姑姑茱莉亚务农，她不相信神明会为了方便她而改变天气，但她确信诸神在守护着罗马，还派我来当统治者。西塞罗相信，神会毫不犹豫地让罗马陷入毁灭（他不愿和神分享平定喀提林叛变、拯救邦国的赫赫功勋），但他毫不怀疑，是神将正义的概念植入了众人心中。卡图卢斯也许相信，正义的观念来源于人与人之间为了财产和边境线而进行的争吵，但是他深信爱是神性的唯一体现，我们正是从爱中学习我们存在的本质，即便在爱情受到诽谤中伤时也不例外。克利奥佩特拉则认为，爱是最令人愉悦的事，对孩子的牵

[1] 译者注：这两个词都有“神”的意思。

挂是她体会过的最不能自已的情感，但这些情感肯定都不是神性的。对她而言，神性蕴含在人的意志力和性格能量中。这些说法在我看来都没什么意义，尽管我一生中屡次持有相同的看法。随着我一个又一个地否定它们，我体内充满了更多的力量。我认为，如果可以摆脱诸多错误观念，那我肯定就离那个正确观念更近了。

可我正在老去，时间不等人啊。

四十六（一）

出自《康涅利乌斯·尼波斯的摘录簿》。

独裁者颁布了一道法令：再也不能有任何城镇照着他的名字更名。我想，原因在于他发现自己受到的崇拜简直超出了他希望的程度。他已经停止向镇区和军团总部寄送礼物了，之前送的礼物都无一例外地被放在神龛里，变成了朝圣的中心，有很多人前来疗伤和祈祷。

毫无疑问，这样的事情正在上演，不仅是在共和国蛮荒的前哨地区和意大利的山区，都城也不例外。

据说，他的仆人们不断收受贿赂，偷走他的衣物、剪下来的指甲、剃掉的胡须和尿液——人们说这些东西具有魔力，因而将其保存起来崇拜。

有时候，狂热分子会闯入他的府中，然后被误认为是刺客。一天夜里，在恺撒的寝宫附近出其不意地抓获了一个小贼，他手上还拿着匕首。恺撒亲自审问，当场进行了即决审判。那个男人语无伦次，却又毫无惧色。审问还在进行中，他就躺在地上，入神地盯着独裁者的脸看，喋喋不休地念叨着他只想要“恺撒的一滴血，用来净化自己”。让在场的所有守卫和仆人惊愕的是，恺撒问了他很多问题，终于榨取出了他的整个人生经历。就连许多执政官也不能让恺撒这么感兴趣，于是那个可怜的男子对他的崇拜便上升到了一个更加神志不清的地步。最后，男子恳求恺撒亲手杀死他。

据说，恺撒转过身，笑着对旁观者说:“区分爱和恨往往是件难事。”

恺撒的医师索斯特内斯来参加晚宴了。

他谈起恺撒对他人的影响。

“这种故事，只有发生在他身上才能让人信服。

“不久前，晚上有不少病人被他们的家属抬过来，靠着恺撒府的围墙睡。他们已经被赶走了，但现在你又能看到，他们成群结队地躺在他的雕像下方或周围。他出巡时，农夫恳求他踩一脚收成不好的田地。

“还有那些故事！你会听到士兵把它们唱进歌里，你会看到它们存在于公共场合涂写的诗句和绘画里。据说，一道闪电劈下，他的母亲就怀上了他，他是从母亲的嘴巴或耳朵里生出来的，出生时没有生殖器官。后来，他在多多那的宙斯神庙的橡树林里遇到一个神秘的陌生人，把他杀了，然后移植了他的器官，才终于有了生育能力。还有种说法是，他的生殖器来自于菲狄亚斯雕刻的一尊宙斯像。没人指责他畸形，而且大家都相信，他跟朱庇特一样偏爱动物。人们普遍认为，他的确是国父，他在西班牙、英国、高卢和非洲留下了几百个孩子。

“这些迷信和民间信仰尽管相互矛盾，却没有丝毫衰减。也有说法称，他苦行禁欲，淫荡不洁的人在他经过时会感到无法忍受的痛苦。

“是什么样的人啊，仅仅作为人，就能让人民想象出这样一个传奇的身躯？既然克利奥佩特拉都来了，还有什么是我们没听说过的？——克利奥佩特拉，尼罗河的淤泥。酒馆和兵营她都去——只要想想看她跟多少人拥抱过，罗马人民的头都要晕了。我们要庆祝‘未被征服的太阳’和‘肥沃[1]土地’的结合。

“我是他的医师。他惊厥发作时我照料过他，还包扎过他的伤口。是的，那是凡人之躯，但我们这些医师学着聆听病人的身体，就好像乐手聆听手中各种七弦竖琴的音色。他的身体毛发稀少，日渐衰老，布满了多次战争中留下的伤口，但他的

[1] 译者注：Fecund（肥沃）也有“生殖力旺盛”之意。

每一寸肌肤都是有思想的，自我修复力非常出色。疾病是挫折，而恺撒罹患的疾病则让他过度热情，这跟他的心态不无关联。

“恺撒的心态，跟大多数人都相反。他以自我磨砺为乐。每天，我们都会遇到一系列的挑战，我们必须做出这样那样的决定，而这些决定会产生连锁的后果。有些人深思熟虑；有些人拒绝做出决定——这本身也是一种决定；有些人草草了事，咬紧牙关，闭着眼睛，这是一种绝望的决定。而恺撒对做决定这件事欣然接受，仿佛只有在他苦思冥想着重大的决策时，他才会感觉大脑在运转。恺撒从不逃避责任，而是把越来越多的责任扛在肩上。

“也许，他缺少点儿想象力。显然，他几乎不会回想过去，也不会试图看清未来。他不会感到懊悔，也不会沉溺于雄心壮志。

“他不时允许我给他做些体质测试。我让他进行剧烈运动后静卧，我再进行各种观测。有一次，他在保持静止状态时问我：‘如果我逃过了各种暗杀，活到很大岁数，会死于哪个器官的疾病呢？’我说：‘死于中风，先生。’他看上去很高兴。我知道他在想什么。他只怕两件事：第一是身体的疼痛，他对疼痛极其敏感，第二是不体面。

“还有一次，他问我是否有某种压力或做法，可以让人迅速了结自己的生命而不流一滴血。我跟他说了三种，我很确定，从那天起，他就对我产生了一种特殊的情感和感激。

“反过来说，我也从他那里也学到了很多。我之前认为，最好的做法是养成习惯，有规律地饮食、睡觉、行房。而现在他让我相信，在这些需求出现的第一时间做出响应，才是最好的做法。这样一来，我不仅有了更多可利用的时间，还解放了自己的灵魂。

“噢，他是个很了不起的人。这些传奇都来之有据，只不过在一点上有出入。恺撒不会爱，也不会产生爱。他散发出有序的善意的光晕，这是一种波澜不惊的能量，产生时没有狂热，耗尽时也没有自省和自疑。

“让我悄悄告诉你：我无法爱上他，每次离开他，我都松了一口气。”

四十六（二）

来自恺撒秘密警察的一份报告。

第 496 号调查对象：阿特米西亚·巴克希娜。产婆，治病术士，算命人，居于山羊城的郊区。经过审问，第 496 号调查对象承认参加了葬日兄弟会举行的仪式。称葬日兄弟会在罗马有十个或十二个分会（见第 371 号和 391 号调查对象）。经过高强度审问，终于承认兄弟会的头领是艾玛斯尔斯·伦特尔（第 297 号调查对象，于 8 月 12 日处决）。仪式开始时，他们将一头黑猪和一只黑鸡等生物慢慢折磨致死，结束时对一小瓶血进行崇拜，据说是独裁者的血。正将此人驱逐到西西里岛，并由当地警方监视。

四十六（三）

小普林尼的批注。

（大约一个世纪后所写。）

有意思。我的园丁称，老百姓大都相信下面这件事。我在路上问了葡萄园丁和小贩等人，他们的回答证实了他的说法。

老百姓相信，尤利乌斯·恺撒遇刺后，他的尸体并没有被焚毁（我们对此也深信不疑），而是被某个组织或神秘仪式教团夺得，切成了很多块，在罗马的每个区都埋下一块。他们宣称，恺撒知晓一个古老的预言：将恺撒谋杀和肢解，罗马就能千秋万代，繁荣昌盛。

四十七

埃及女王的公告。

（10 月 26 日）

听说维斯塔贞女院不能出席明晚的接风会，埃及女王（略去其他头衔）克利奥佩特拉深感遗憾。

然而，已经安排好明日三点整接见贵院。

教宗和贵院院长一致同意，届时会举行一些仪式，包括：

何鲁斯的诞生，

奥西里斯之美，

纳什梅特神船受袭，

阿比多斯之主前往宫殿。

仪式中不适合夜晚呈现的部分，将在下午为虔诚的客人们庄严举行。

届时，埃及女王将亲切接见尊敬的贞女们。

四十八

恺撒写给克利奥佩特拉的信。

（10 月 29 日）

全罗马都在谈论女王盛大的接风会，那些眼力不错的人回去后反复谈起她的皇家气度、待客艺术、周到考虑，还有她那令人着魔的美貌。

请允许我说，我对她的爱慕和钦佩永远不会减少分毫。

在接下来的一段时间内，我去拜访女王的频度将减少，但我恳求她，不要怀疑我对她的爱，我会一直关注她的国土昌宁。

能够在家里更频繁地接待女王，真是我莫大的快乐。我让女演员赛色瑞斯给我的夫人上课，教她在善德女神的神秘仪式上如何朗诵，要做什么手势。你也将参加集会，所以我想你会对这些课很感兴趣的——这可不是暗示女王需要提升她谈吐的美感和举止的高贵。

课程结束时，你要是想听赛色瑞斯朗诵埃及和罗马悲剧里的段落，她肯定有求必应。我们的后人一定会嫉妒我们有这样的福气。

克洛迪娅·普尔喀夫人要回她在乡下的庄园住一段时间。我想你应该知道，是我前些日子暗示她这样做的，不过她请求留在都城，等到你的接风会后的第二天再走。至于做出这个让步的原因，如果你想听的话，我日后再细说。

女王到访给我带来的幸福，让我可以偶尔将思绪从工作上抽离。我年轻的时候肯定常在工作中得到这样的幸福，会孜孜不倦地进行一项又一项工作。然而，随着年岁增长，我意识到自己必然没有无限的时间来策划和执行计划。

请允许我于周六召见女王，向她展示我起草的北非殖民地规划，这样一来，我的工作就有了幸福感。如果那天天气尚佳，我想带女王乘船前往奥斯蒂亚，指给她看我们的防洪措施和降低河水流速的办法。到了奥斯蒂亚，我们就能看到港口工程的进展，女王已就此向我提出了宝贵建议。

我还想跟伟大的女王说一件事。我希望她在意大利待的时间比她一开始计划的要长。为了鼓励她做出这个决定，我可以建议她派人去亚历山大港接来她的孩子吗？我将派出新造的一艘单甲板大帆船，这种船在海上的航行速度最快，它将听凭女王调遣，完成这件差事。我期待着和女王分享与孩子们重逢的喜悦。

四十八（一）

克利奥佩特拉写给恺撒的信。

（由回程信使带回。）

伟大的恺撒啊，你我之间产生了一个误会。

我意识到，不管我怎样抗议，都无法打消你正苦苦承受的误会。我很痛苦，只求时间和事实能够让你相信我的专一和忠诚。

然而，我必须再说一次，当时发生的事情——我的惊讶程度不亚于你——是心怀歹意之徒蓄意谋划的。

马克·安东尼说服我陪他走到花园的那个角落，去看他口中的“全罗马最了不起的大胆壮举”。他向我保证，是他亲自完成，还有五六个同伴会在场协助。我心想，是时候再绕场走一圈了，便应允了他的请求，还带着查米安一起。接下来发生的事你都知道了。

我会不停寻找证据，直到能够证明他是跟其他人串通好的。我知道，这些证据不会让你相信我是无辜的，除非我能够证明，我不知疲倦地关心着与你、你的兴趣和幸福有关的一切。仅仅是为了这一点，我就会同意你让我在罗马多待上几天的邀请。同时，我也心怀感激地接受你让我去你家找赛色瑞斯上课的邀请。

但是，我现在不想派人把我的孩子接过来，但我感谢你给我这个机会。

挚友啊，伟大的恺撒啊，我的爱人啊，现在我心里最大的牵挂，就是怕你被迫遭受你本不该承受的苦难。我对着命运之力愤怒地呐喊，那是任何人都无法打造的恶魔之器，它把我变成了一个令你失望的工具。千万别信呀。这是一场多么显而易见的横祸，别让你自己从中受害。记住我的爱。别怀疑我对你注视的目光，别怀疑我被你征服的快乐。我还是个年轻的女人，我不知道更有经验的女人会怎样抗辩自己的无辜。我该为你的不信任而愤愤不平吗？我该感到骄傲和恼怒吗？我不知道，我只能做到坦诚，就算以谦恭为代价也好。爱上你以后，我就没有爱过别人，也不会再爱任何人。谁能明白我的感受呢——感激和快乐交织，崇敬与激情共存？由于我们的年龄差距，这样的爱情才是合适的，不需要害怕与其他任何人比较。噢，记住，记住啊！你要相信我！别像你用帘幕隔开你体内的神一般，将我拒之千里。如果你相信我背叛了你，相信我不爱你，那就是最黑暗的帘幕！

这些话本不该出自皇室之口，却是我的肺腑之言。直到你允许我再次吐露真心前，这是我最后一次像这样表达自我。现在我要使用国宾的语气，我要遵照你的意愿，这是爱对我的统治。

四十九

康涅利乌斯·尼波斯的妻子爱丽娜书。

爱丽娜的姐姐、维罗那的普布利乌斯·色克森尼尔斯的妻子波斯杜米娅收。

（10 月 30 日）

你会看到我们寄出的、由独裁者的信使带给你和诗人一家的所有关于这个话题的信件。下面我补充一些细节，别给其他人看。我的丈夫正处于痛苦之中，仿佛丧子一般（乌鸦嘴！感谢诸神，我们的儿子们都很健康）。我爱盖乌斯（卡图卢斯），童年一起玩耍时我就爱上他了。但我可以坦诚地告诉你，我们不该被爱蒙蔽了双眼，对这凄惨而错误的生活中的教训视而不见。我不喜欢他的朋友们，当然，我也不喜欢那个邪恶的女人。我不喜欢他最近这些年写的诗，我永远也不会喜欢或赞美独裁者，这些天他在我们家进进出出，仿佛是我们家的老朋友一样。

我们经常邀请盖乌斯来家里住，但你也知道的，他很独立，会直率地拒绝我们。那天早上他出现在我家门口，请求住在我们的园亭里，身后的老富斯科带着他的被褥，我便知道他真的病了。我的丈夫当即向独裁者汇报了这件事。独裁者立刻派出他的医师——一个叫作索斯特内斯的希腊人，我见过的最自负的猪脑袋年轻男子。其实我自己就是个出色的医师，我想这是不朽诸神赋予所有母亲的天赋，但这个索斯特内斯一直不屑于使用那些自古以来就行之有效的药方。这说来话长。

波斯杜米娅啊，无疑是那个女人杀了他。三年来，她带他踏遍了地狱的每一条路，现在她却突然示好，她就是这样杀了他。她从不亲自现身，但每天都会寄去书信，赠送食物——都是些什么食物啊！——还有希腊文的手稿，和一天两次的问候。这让盖乌斯非常开心，但是开心有很多种，而这是一种受人蛊惑的、空洞虚假的开心。我想，一位丈夫在妻子突然对他好的时候都会被这种感觉欺骗。好多天过去了，她还是没有现身，我们看得出来，他正在放下所有康复的希望，放任自己坠入死亡。27 号下午三点左右，他的仆人富斯科——你还记得吗，他曾在加尔达湖看管船只——跑到家里，说他的主人神志不清，正在穿衣服，准备前往埃及女王的接风会。我赶到园亭，发现他吐了一大摊胆汁，昏倒在里面，失去了意识。我的丈夫马上派人找来索斯特内斯。他过来以后一直坐在盖乌斯身边，直到盖乌斯在黎明前一小时去世。他们不让我进病房。十点左右，独裁者竟然来了。他穿着华丽，一定是才从女王的接风会上溜走，毕竟从那儿过来不到一英里的路程。我们整晚都听到乐队的演奏，看到天空被她的篝火照亮。我无意中听到富斯科对我丈夫说，独裁者刚进屋的时候，盖乌斯用手肘把自己撑起来，狂暴地大喊，叫他走开。他把独裁者唤作“自由之贼”、“贪婪的怪物”、“杀死共和国的凶手”等等，当然这绝对都是符合事实的。我的丈夫之前去给香炉拿香料了，他差不多就在那时候回来，加入了他们的对话。他跟我说，独裁者沉默地听着这一切，面色如鬼魂般惨白。那时距离盖乌斯命令他出去可能已经有一段时间了，最后他还是离开了房间。

他在凌晨两点左右回来，已经换下了华丽的服饰。盖乌斯在睡觉，醒来时似乎跟他的访客达成了和解。我丈夫说，他甚至还笑道:“咋回事啊，伟大的恺撒，穗饰都不戴吗？”嗯，你知道的，我的丈夫崇拜他。（我们约定好了，在家里不怎么谈起他。）康涅利乌斯说恺撒自那以后就很擅长应对这种情况，他的沉默和答复都显示出了他的过人之处。恺撒见过的临终之人比任何人都要多。你知道那些和高卢有关的故事：受了致命伤的士兵们在将军夜巡探望前都不肯吐出最后一口气。噢，波斯杜米娅，我承认尽管他是个糟糕的统治者，但他本人的确流露出一种不做作的、打动人心的力量。我的丈夫说，他和索斯特内斯一起待在房间的一角，听不清恺撒和盖乌斯在说什么。显然，有一瞬间，泪流满面的盖乌斯差点滚下床来，他哭喊着，自己为得到一个妓女的青睐浪费了他的诗歌，浪费了一辈子。我不知该怎么回答他，但独裁者似乎可以。我丈夫说，恺撒的声音变得更加低沉了，但他猜测，恺撒在赞美克洛迪娅·普尔喀，夸她如同女神一般。盖乌斯不再痛苦了，但他越发虚弱。他躺在床上，盯着天花板，听着恺撒的话。恺撒不时沉默，有时候盖乌斯感觉沉默的时间太长，就会用手指碰下恺撒的手腕，仿佛在说："继续，继续讲。"而恺撒只是在谈论索福克勒斯罢了！盖乌斯死的时候，正跟他异口同声地念出《俄狄浦斯在科洛诺斯》的台词。恺撒把钱币放在他的眼睛上，拥抱了康涅利乌斯和那个可怜的医师，然后回家了。他没有带任何护卫，穿过了破晓的第一缕阳光。

你也许想跟诗人的父母说这些事情，但我认为这只会让他们更伤心。倘若我的儿子像这位诗人一样，为了一名女子神魂颠倒，我会感觉自己难辞其咎。我想，我只能靠家教让他们免遭此劫！

（信还没有结束，后文是讨论售卖某处房地产。）

四十九（一）

恺撒写给卡布里岛的卢修斯·玛米琉斯·特瑞纳斯的日记体书信。

（10 月 27 日—28 日晚）

1013.（谈卡图卢斯之死。）我在诗人卡图卢斯的床边，看着这位朋友死去。他时不时睡着，我一如既往地开始写信，也许是避免陷入沉思。（但是，我现在应该明白，写信给你就是从我的脑海深处唤醒我一辈子都在逃避的那些问题。）

他只是睁开眼睛，说出了普勒阿得斯七姐妹中六个人的名字，然后问我剩下的一个叫什么。

卢修斯，虽然你还年轻，但你却可以准确无误地看到，这一刻无法避免，这个结局无法避免。你没有浪费过一点时间来祈愿事情能够逆转。我慢慢地从你身上学到，有很多事情，不管我们多么渴望都无法改变，多么恐惧都无法避免。过去好几年，我固守着许多侥幸的想法，我相信我心中的炽烈可以让无动于衷的被爱之人传来消息，相信单凭胸中的义愤就能挡住敌人连连胜利的步伐。宇宙运行，自有其非凡之道，我们无力改变。你还记得吗，当你轻描淡写地说出这些话时，我有多震惊："希望从来没有改变过明日的天气。"而人们的谄媚却不停地向我保证：我已"完成了不可能之事"，"逆转了自然规律"。听到这些奉承之辞，我也有些飘飘然，但我多希望我最好的朋友也在场和我一起嘲笑这些可笑的话。

我不仅向必然之事低头，我也被它所强化。当一个人思考自己是在怎样的局限中努力时，他的成就便显得更加非凡。

死亡是必然的事。我记得很清楚，我年少时相信，自己一定是不受其影响的特例。先是我的女儿死去了，然后你受了重伤，我便知道自己也是肉体凡身。想想看，我不知道死亡可能随时降临的那些年好比是浪费掉了，毫无价值。现在我一眼就能识别出，哪些人没有预见到自己终有一死。他们就像孩子一样被我看透。他们认为，避免思考死亡就能把生活过得更有滋味。而真相却是相反：只有洞悉了自己的"无"，才有能力赞美阳光。斯多葛学派认为，思考死亡可以教会我们：人类的努力不过是一场空，生活中的快乐也是虚无的，我却不以为然。每一年，我告别春季的热情都更加强烈，每一天，我治理台伯河河道的决心都愈发坚定——纵使我的继承者们可能会允许它流入大海，毫无意义地消耗殆尽。

他又睁开了眼睛。一阵痛苦朝我们袭来。克洛迪娅啊！我看着卡图卢斯的每一刻都更清楚地知晓，她毁掉了怎样的伟大。

噢，世上运行的某些法则，我们猜不出个中含义。一种崇高的伟大引发了一连串的罪恶，而邪恶又产生了美德，这种事我们见得太多了。克洛迪娅不是普通的女人，和她碰撞的卡图卢斯迸发出来的诗歌也并非凡品。我们近距离地评判善恶，但世界却得益于善恶的强度。这背后隐藏着一种法则，但我们在世的时间不够长，只能窥探到链条上的两环。生命短暂，令人叹惋。

他在睡觉。

又过了一个小时。我们聊了会儿。对于将死之人的病床，我早就不陌生了。可以和痛苦的人谈论他们自己，也可以同头脑清醒者赞美他们即将离开的这个世界。离开一个可鄙的世界，毫无尊严可言，而将死之人往往惧怕的是生活不值得他们付出过往的努力。而我从不缺少可以赞美的事物。

在这最后一小时里，我还清了一笔老债。我行军十年中，屡次做了同一场白日梦。我在帐篷里来回踱步，做即兴演讲。我幻想自己面前有一群精心挑选的观众，有男有女，年轻人居多。我希望把索福克勒斯的戏剧献给我亏欠的所有人：男孩和男人，士兵和行政官，情人，父亲，儿子，痛苦的人和欢喜的人。在死之前，我希望能够再一次清空我的心，清空这迅速被感谢和赞美再度填满的心。

噢，是的，他是条汉子，干的是男人的事。一个困扰我很久的问题得到了解答。并不是说诸神拒绝帮助他，尽管他们显然没有给他任何帮助。这不是诸神之道。如果他们没有藏起来，他就不用这样凝目求索。我也攀登过阿尔卑斯山脉的最高峰，攀到没有前人踏足过的地方，可我却不像他这般镇定从容。他活着的时候，仿佛阿尔卑斯山就在那儿，这就够了。

现在，卡图卢斯也死了。

五十

恺撒写给赛色瑞斯的信。

（11 月 1 日）

优雅的夫人啊，你可以想象，坐在我这个位子上的人，在向他最尊敬的人提出请求时难免会犹豫一番，唯恐这个请求看起来会带有一丝并非出自他本意的郑重感。就当现在是我与你初识之际——那时你就点燃了我的仰慕之情，而且这份仰慕随着时光流逝变得愈发深厚。

我夫人一直在学习于 12 月举行的某些仪式上她该如何应对。我获允对她进行指导，但必须在仪式机密性许可的限度内。我可以请求你花几个小时指导她如何应对，并且在举止上体现出恰当的庄严吗？

埃及女王也要出席仪式的一部分。若你在指导我的妻子的过程中也允许她上几小时的课，我将不胜感激。

几天前，我听说你是卢修斯·玛米琉斯·特瑞纳斯的挚友，偶尔还会去卡布里岛上探望他，我非常开心。他希望我们尽量少提到他，即便是这几行字也让这封信有了一定的机密性。让我开心的不仅是你俩的友谊深厚，还有一点在于，他的才华——如果我可以这样表述的话——可以通过你（但愿还有我）在世界上产生影响，即便他不允许我们提到他的名字。任何人经受住了像他那样的绝境，忍受了一切后果，还能保持灵魂的坚定，都是十分了不起的。他的智慧已经出类拔萃了，还能承受这样的不幸，因而，他的灵魂之美也超过了所有人，这真是个奇迹。而这个奇迹的极限在哪儿，我还不知道。于我而言，卡布里岛上笼罩着令我肃然起敬的氛围。原来不只是我看到了他的天资，这不仅让我感到开心，也让我如释重负。我和他之间有种默契，很多事情不言自明。比如，我不会收到他的回信。比如，我可以去探望他，但一年只能去一次。这些限制有时会让我伤心，但随着时光流逝，我渐渐看清，这一切都体现出他一直在传授的出世的智慧。

既然我们在谈论伟大的人，我便附上盖乌斯·瓦列利乌斯·卡图卢斯留下的最后一些诗句的抄本，他在五天前的夜里去世了。

五十一

《埃及女王国务大臣备忘录》

（11 月 6 日）

埃及女王收到了你呈交的信息并表示满意。她专门赞扬了你于 10 月 29 日和 11 月 3 日的报道及其附件。

女王已经注意到，你已经评估了她不满意的重点事项。

（下面是克利奥佩特拉对于十二个有可能推翻政府或刺杀独裁者的个体或团体的评论。有可能进行叛乱的人不包括卡斯卡斯、卡西乌斯和布鲁图斯。第四册也涉及了本节中的材料。）

此外，女王让你注意以下事项：

1. 14 号情报源（阿布拉）的报告毫无价值。她是故作单纯。要提升报告的价值不难，只需威胁曝光她的身份，或施加其他压力即可。

2. 你确定你已经明白独裁者在我 27 号的接风会上消失一事的重要性吗？你说他跑到一个口出恶言、诗文拙劣的诗人的病床旁边，这个解释听上去不够充分。

3. 要不遗余力地在马克·安东尼家中安插眼线。你收集到的他对独裁者不忠的证据（公元前46年），在此随信退回。应该和其他重要文件一起存放起来，好好保存，不能被偷窃或没收。我要留着你在他家里找到的其他材料。

4. 那个叫莫普萨的裁缝。尽快为我取得一份翔实的报告，写清她的生活、出身、社会关系等等。还要获取她本月的日程安排。17号她会来见我，给我定做善德女神秘密仪式的长袍。

5. 你本周的工作是仔细调查克洛迪娅·普尔喀夫人及其弟弟的情况。人们对她退居乡村之举有何解读？她何时回城？索西琴尼（那个埃及天文学家）的报告差强人意。我希望你可以加以指导，让他明白应该重点观察哪些方面。

你说克洛狄乌斯·普尔喀正试图勾引独裁者的妻子，我也认同。我希望你密切关注此事进展。无疑14号情报源正在他俩中间传话。若你有关于如何利用这一形势的建议，要及时向我汇报。

在执行之前的艰难任务时，你工作勤奋，本领过人，为了表示感谢，我很高兴把瑟西本绿洲及其税收和关税永久转让给你和你的后人，只需遵从我执政期间发布的第44和47条诏书的规定（即有关地区官员和地主向农民征税，以及在泉水和水道里饮骆驼的收费额度的规定）。

五十二

庞培娅写给克洛迪娅的信。

（11 月 12 日）

我一直都在想你，我最亲爱的小老鼠。没人懂你为什么要在城里发生这么多事的时候去乡下。我问我的丈夫，你怎么会对数学感兴趣呢，他说你很擅长这些东西，你知道和星星有关的一切，包括它们的历史。

我给你十次机会，你来猜猜看是谁一直到我们家来，至少隔一天来一次，真是稀罕。是克利奥佩特拉！不仅有她，还有赛色瑞斯——那个女演员。是我丈夫安排的。这难道不奇怪吗？

一开始，赛色瑞斯是来教我的，教什么你懂的。后来克利奥佩特拉也开始来学习其中的一部分。快下课时，女王让赛色瑞斯朗诵一些让我心惊胆寒的东西：卡珊德拉疯了，美狄亚计划谋杀自己的婴儿，所有人都快死了之类的。那天我丈夫提前回家了，叽叽喳喳地念叨着希腊戏剧的词儿。他站起来扮演阿伽门农，赛色瑞斯演克吕泰墨斯特拉，克利奥佩特拉演卡珊德拉，奥克塔维厄斯和我只好当剧情解说员，然后我们共进晚餐。噢，我亲爱的克劳蒂亚，你应该在场的，不然都没人和我一起笑了。他们对待表演太严肃了。当我丈夫开始咆哮而克利奥佩特拉发怒时，我会觉得非常非常好笑。

我真的很喜欢女王。当然，她跟你我都不一样。我之前认为她很丑，但有的时候，她几乎称得上美丽。但说真的，我一点也不嫉妒。我丈夫对她跟对茱莉亚姑姑没什么两样。

昨天埃及女王问我丈夫你何时归来。她说希望你早点回，因为你是她参加仪式的女指导。我丈夫说他不清楚你有什么计划，但他料想你会在 12 月 1 号前回来。

我最亲爱的，我看到你弟弟了。我前往内米湖的时候，他骑着马向我走来。他跟你太像了，我总是很惊讶。人们都说他是个坏人，连你也这么说，但我知道他不是。克劳蒂亚，不许你用那种态度对他。如果你一直跟某人说他是个坏人，那么任何人都会变坏的。

看到这封信时，你一定认为我很快乐，但我并不快乐。我差点离家出走了，我想见的人一个也不来。我去了埃及女王那儿一趟，我还去看了布鲁图斯那临产的妻子波西娅。有时候我只是静坐着，希望自己死了。我想的是，如果人不在年轻时好好活，那还算活过吗？我爱我丈夫，他也爱我，但我喜欢人，他却不然。

刚听说波西娅流产了，那我是白跑了一趟。

五十三

赛色瑞斯写给卡布里岛的卢修斯·玛米琉斯·特瑞纳斯的信。

（11 月 25 日）

我的好友啊，罗马充斥着焦躁不安的气氛。罗马人的言论愈发尖锐挖苦，没了笑声。日常谈资往往是一些人的罪行和行为，虽不甚激烈，却是稀奇古怪，毫无逻辑。我一度认为只有我一个人心神不宁，但现在所有人都说自己心中不安。主上比以往更忙碌了，我们每天都会接到诏书。出台了有关高利贷的条例，还规定每个人都必须打扫自家门前的街道。法庭前的路面刻上了一张巨大的世界地图，由金雕挑选建立新城的地址。为人夫的年轻男子站在它前面，摸着下巴，思索他们的新家会建在冰雪里还是烈日下。

主上要我去他家指导他的夫人和皇室贵客在 12 月初的仪式上如何表现时，我正要接受你的邀请，马上前往卡布里岛。现在我们已经上了八节课，课程往往是以阅读我们（包括恺撒）都会参演的悲剧结束。我发现自己正陷入悲剧中的悲剧。

我渐渐弄清了恺撒的婚姻之谜。我现在懂了，恺撒并不是像那些冷嘲热讽之人所言，对年轻女子有种病态的偏爱。他好为人师，这是他的执念。他只会爱上他能够指导的人，而他想要的回报是，对方可以取得进步，得到启迪。他对这些年轻女子的要求不过是皮格马利翁对大理石的要求罢了[1]。我想，他已经获得了三次回报——科妮莉亚、他的女儿、埃及女王，同时，他也被抗拒了多次。现在他正遭受巨大的、毁灭性的抗拒。庞培娅并不是个傻姑娘，可恺撒为她采取的办法太笨了，把她拥有的全部智慧都吓跑了磨没了。“以爱为教”是世间一种伟大的力量，但它摇摇欲坠，难以实现和谐，好比感官刺激难以维系爱情。“以爱为教”一旦受挫，就会造成更大的破坏，毕竟它是一种狂热，和所有爱情无异。恺撒爱庞培娅，一方面因为她是正在成长的脆弱之物，也是个女人（恺撒凝视女人的目光和任何男人都不一样），另一方面又因为她也许有潜力变成奥里莉亚和茱莉亚·玛西娅那样的人。在他心里，罗马就是个女子。他娶庞培娅，是为了把她塑造成伟大的罗马国母的又一个活雕像。

克利奥佩特拉也让他失望了。我们只能猜测，她必定满足了恺撒对于爱徒的各种要求，迷得恺撒神魂颠倒。她现在仍旧如此。我崇拜这位伟人，可我是个老女人了，不再是可教之材。但我很清楚她是带着怎样的迫切与狂喜去接受从他嘴里吐出的每一个字。然而，他发现自己教不了她什么实质性东西，因为他所授之物的本质是道德和责任，而克利奥佩特拉连最模

[1] 译者注：希腊神话中，雕刻家皮格马利翁对凡间女子丧失了信心，便用大理石雕刻出他理想的女子。

糊的是非观都没有。恺撒不知道自己这么好为人师，他看不到那些显而易见的事。所以他是个很糟糕的老师。他以为每个人既是老师也是好学的学生，每个人都会活力充沛地追求道德的生活。看来女人的为师之道比男人更巧妙。

偶尔看到伟大的男人努力达成一桩不可能的婚事，然后继续为品行低劣的妻子耗尽他那已经受挫的温柔，我总是心生感动。他们学会的耐心，跟妻子对丈夫表现出的耐心截然不同。那份自然流露出的耐心，就像诚实之人的诚信一样，不应单独拎出来予以赞美。这些受辱的丈夫最终往往独善其身，他们已经学会了做人的根本孤独，而他们那些生活美满的兄弟却永远学不到这一点。

恺撒就是这样的丈夫。他还有一个新娘，叫作罗马。对于这两位妻子来说，他都不是个好丈夫，恰恰因为夫妻过度恩爱。

让我再说几句。

我最近才明白了你几年前说的话："缺德也许是人对自由的探索"——是这样说的吗？ 还有"缺德可能是探寻人尊重的底线"。我亲爱的王子，我之前没能领会这两句话，真是太蠢了！我在演美狄亚和克吕泰墨斯特拉时应该用上的。是的，从这个角度看，我们所谓的"缺德"，其中很大一部分不正是美德用以探索其本质的法则吗？安提戈涅，我的安提戈涅，我们的安提戈涅说："谁又能否认，他的（缺德）行径在阴间也许看上去并无过错呢”（出自索福克勒斯的戏剧。克瑞翁断言，她那被杀害的“好人”兄弟不会希望体面地下葬她那缺德的兄弟时，安提戈涅以此回应），不就是这个意思吗？是的，这是对克洛迪娅之乱的解读。恺撒若放松警惕，庞培娅就会开始探寻自己好奇心的底线。火灼烧我们的手指，我们的内心阻止我们跑上山坡，是自然让我们感受这一切，而唯有诸神否决了我们心灵的冒险。倘若诸神不选择加以干预，我们就注定要设计自己的法则，或者任凭我们那可怕的自由留下一片无路可走的荒芜，再惊恐地漫游其中，寻找上闩之门或禁忌之墙来自我安慰。妻子以遭到丈夫殴打为乐，这是闹剧作家反复使用的玩笑。但这反映出了永恒的真理：知道爱你的人足够爱你，甚至愿意犯下不被容许之错，这能让人得到莫大的慰藉。丈夫们经常犯错，但犯错是双向的。恺撒是个暴君，作为丈夫和统治者都是如此。但他不同于其他吝于予人自由的暴君。相反，他自己有着高高在上的自由，却完全不了解其他人获得自由、行使自由的方式。他总是误会，给他人的自由要么太少，要么太多。

五十四

克洛迪娅给弟弟的信。

（从内图诺寄出。）

（11 月几乎每天都有信件，节选如下。）

不要过来，蠢蛋。我不想再见到你。

我过得挺开心。西塞罗在隔壁，发着牢骚写下他称之为哲学的虚伪悲叹。我们见过几次，但现在只是彼此送些水果和点心。他不能让我对哲学感兴趣，我也不能让他对数学感兴趣。他是个非常风趣的男子，但不知为何，他在我面前却并不风趣。我让他语塞。

我整天无所事事，不能好好陪你。我在研究数学，有好几天都废寝忘食。我在研究中发现，“无穷”的某些属性超过了所有人的想象。我给索西琴尼看，他吓了一跳，说这些东西很危险。

你呼吁老鹰嘴禁演那部戏，我很生气。我们一旦在意这些事情，就意味着屈辱开始了。你什么时候才能明白，恶人们要是得知他们的言论伤害到了我们就会格外开心。

如你所说，被人指控了一千桩自己没犯过的罪，真是不胜其烦。当然，虽然我尽早地离开了我亲爱的父母，但我从未主动惹怒过他们。我不仅没有杀我那可怜的丈夫，我还跪下来求他别吃得太多把自己撑死。对你和多铎，我从未动过一分情。实际上，看到那些觉得你有几分迷人的骚河鼠，我常常震惊不已。

至于最后这件事（卡图卢斯之死？），我希望你不要再提。这太复杂了，没人会懂。我再也不想听人提起。

然而，被扣下这些罪名的最可怕的一点在于，它让人备受责难，永不安宁。当然，只有巨大之物——大到遮天蔽日的地步——才能做出这种事。

如果人们说是他命令我到乡下去，我当然会生气。虽然是无稽之谈，但它比其他的所有谎言加起来还气人。但我不会为了反驳这个说法专门回城。

（11 月 27 日）

来内图诺吧，普布利乌斯。我再也受不了了，但我还没准备好回城。

看在老天的份上，到我这儿来吧，别带任何人。

无所事事的最糟糕之处在于，它使人沉思时光的流逝。我开始回忆往事，像个老女人一样。昨晚我睡不着，便起床烧掉了所有的数学笔记，扔掉了十年来收到的所有信件。索西琴尼在一旁像个老蛾子似的舞动，想要制止我。

你一收到这封信就立刻动身。我有个想法。马克·安东尼没能完成“罗马有史以来最大胆的壮举”，但我还有办法。

莫普萨正在这儿给我做用于“啦啦啦啦游戏”的新长袍和头巾。

（11 月 28 日）

希望你已经上路了，收不到这封信。如若不然，即刻上路。

我刚收到了独裁者的来信，要我回罗马开始指导埃及女王。他邀我参加 2 号的晚宴。

五十五

克利奥佩特拉给恺撒的信。

（12 月 5 日）

伟大的恺撒，我深知你可能会误解我的动机，但我还是要为你提供以下信息。要是在一个半月前，我会立马告诉你，想到这点我现在才下了决心。

克洛迪娅·普尔喀夫人为 11 月 11 日晚的仪式定做了两套长袍和头巾。她想让她弟弟穿一套，以便把他带进你家。你妻子知道这件事，因为我手上有她寄出的一封信，信上表明她知情。

五十五（一）

恺撒给克利奥佩特拉的信。

（由回程的信使带回。）

谢谢你，伟大的女王。我欠你很多。你告诉我这个坏消息，也是我欠你的人情。我对此事感到难过。

五十六

康涅利乌斯·尼波斯的妻子爱丽娜书。
爱丽娜的姐姐、维罗那的普布利乌斯·色克森尼尔斯的妻子波斯杜米娅收。
（12 月 13 日）

我在这儿长话短说，亲爱的波斯杜米娅。全罗马都炸开了锅，从未有过这么大的骚乱。官厅都关门了，商人甚至连店都不开了。收到这封信前你一定听说了吧：克洛迪娅·普尔喀把她弟弟打扮成信徒的样子，带到了善德女神的秘密仪式上。他被发现时，我就站在几英尺外。他们说，最早发现他的是茱莉亚·玛西娅夫人。我们已经唱诵了一个小时，也进行了“应对”。有的女人冲向他，拔掉他的头巾和缎带。你绝对没听过这样的尖叫声。很快，女人们使出了浑身力气，从各个方向击打他。其他人跑过去把神圣之物盖上。当然，除了他以外，没有任何男人身处于能够听到我们的喊声的范围内。之后不久，一些守卫过来抓住了血流不止、呻吟不断的他，把他拖走了。

末日到了。我真的不知道该说什么。每个人都说末日到了。大家甚至还说要让恺撒迁都到拜占庭。我要赶紧写完，等会儿要去参加庭审。昨天，西塞罗针对克洛狄乌斯和克洛迪娅发表了演讲，言辞激烈，大快人心。各种各样的人都被叫去作证，流言四起。有人认为埃及女王也有份儿，因为克洛迪娅是她的女指导，但女王身体抱恙，连仪式都没去参加。

最奇怪的是恺撒的举动。作为教宗，他应该指挥调查，但他从一开始就拒绝与此事扯上关系。毫无疑问，他的夫人跟这两人同罪。这是不是糟透了，糟透了，糟透了？

我丈夫刚进来。他说庞培娅家族的二十个人昨晚去找恺撒，劝他帮她说几句话。他一语不发，静静地听他们讲了一个小时。然后他起身说道，他无意出席庭审，庞培娅不可能跟这件事毫无牵连，但像她这种地位的女人，完全可以端正言行，以免遭人怀疑。他说，人们的怀疑所造成的伤害已经够多了，他次日就会离婚——也就是今天。

亲爱的，我要赶去参加庭审了。可能我还得作证。急急忙忙地穿过这座城市的街道，感觉真奇怪。仿佛城市本身已经蒙羞，我们都应该搬出去似的。

第四册

五十七

塞尔维莉娅在罗马写给其子马尔库斯·朱尼乌斯·布鲁图斯的信。（8月8日。布鲁图斯在马赛收到这封信时正要返回罗马，结束他作为内高卢总督的任期。）

回来吧，马尔库斯，回到这个满城人民都关注着你的地方。

你名字里的英雄（驱逐了塔尔奎斯人的朱尼乌斯·布鲁图斯）就活在你的体内，倘若不是血脉相连，也精魄同在，他的任务由你肩负。

回到都城来吧，它的安康就是你的安康，它的自由也是你的自由。罗马人再次呼唤布鲁图斯的名字，所有的目光都聚焦在你身上。

激怒全罗马的这个男人可不是个小人物。这个正让罗马窒息的人在各方面都伟大，而最大的就是他犯下的过错。杀人者必须和被杀者旗鼓相当，否则罗马就会受到双倍的奴役。只有一个罗马人和他势均力敌，因而所有的目光都聚焦在你身上。打倒他的手必须像司法一般不带有个人情感。诛弑暴君是神圣的任务，后世会感激涕零地将之牢记。

过来看着他，给他应得的“荣誉”，像一个伟大的儿子看着伟大的父亲那样看着他，给他致命的一击——拳头不是由你一人挥出，而是数以千万计的人民的合力——手刃他吧！

想想你那即将出生的孩子，出手进攻！

五十七（一）

布鲁图斯给塞尔维莉娅的信。

（同时将她的信寄还。）

这是你的信。我看过了，但不代表它是我的。

你指示我谋杀一位朋友和恩人，已经说得足够清楚。但你议论我血统的话没讲清楚。

夫人，每个男人在二十岁时就足以担当自己的精神之父了。生父的血脉铸就了他的身躯，这固然重要，但相比他的精神之父仍是次要的。然而，议论他人血统的人，一定要发誓——以最庄重的誓言起誓，表达也要绝对清晰。

可你没有做到。我虽理应尊重你，但这两件事让你失去了我的尊重。

五十七（二）

《康涅利乌斯 ·尼波斯的摘录簿》

（记录西塞罗的话。）

我想，现在是时候问出那个全罗马三十年来都想问的问题了。“朋友，告诉我，马尔库斯·朱尼乌斯·布鲁图斯是尤利乌斯·恺撒的骨肉吗，你有什么看法？”

他马上就醒酒了。

“康涅利乌斯，我们必须谨慎使用‘看法’二字，如果有很多证据，我才敢说我清楚某事，证据不那么多的情况下，我只敢说我有点自己的看法；证据再少一点的话，我只敢猜想。在这件事上，我的证据太少，甚至还不足以进行猜想。但是，假设我有某种猜想，我该告诉你吗？你肯定会写进书里。一旦写在书上，猜想往往就会盖过事实。事实可以被反驳，一句评注就能证伪，但要打消猜想却不容易。我们读的历史不过是一串串伪装成事实的猜想罢了。

“马尔库斯·朱尼乌斯·布鲁图斯是恺撒之子吗？这么说吧：布鲁图斯、恺撒和塞尔维莉娅是否相信这段父子关系存在，我是否知晓答案，或者略知一二呢？

“布鲁图斯是我最好的朋友之一。恺撒是……恺撒是我三十年，不，四十年来观察得最仔细的人。至于塞尔维莉娅呢，曾经有人建议我娶她为妻。我们来分析一下。

“我多次看到布鲁图斯和恺撒在一起，我可以向你保证，我从未见过他们之间有任何细微的迹象可以被解读为他们承认这层父子关系。恺撒很敬重布鲁图斯，对他有感情——长辈对能力出众的晚辈的那种心照不宣的感情。也许应该说是不情不愿的感情——也就是说，就像是忌惮他似的，或者至少是……想想看吧，康涅利乌斯，我们这些老年人知道后世会出现杰出的历史学家和演说家，但我们是否总是以此为乐呢？难道我们不觉得后人应当比不上我们吗？再说，恺撒总和那些无法收买的人保持距离——对那十二个人以及那六位都是这样。如果身边有太多能者——或者说，德才兼备的人——恺撒就会不开心，这件事再说多少遍都不为过。他喜欢寡廉鲜耻的才能，也喜欢毫不实用的美德，但他就是容不下德才兼备之人。他让自己身边布满恶棍，他喜欢恶棍说的话，喜欢他们的玩笑——奥庇乌斯、玛姆默拉还有麦洛，无一不是恶棍。工作时，他就跟阿西尼乌斯·波利奥这样老实忠诚的庸才共事。

“布鲁图斯对待恺撒的行为，跟他对待我们这些长辈的行为无异。布鲁图斯对谁都没有感情，从未有过，以后也绝不会有——当然，他的妻子除外。也许是因为她，布鲁图斯对他的岳父也有一点感情。你知道的，他那英俊的脸庞神情漠然，说话深思熟虑，行事恪守礼节。倘若他认为恺撒是或有可能是他的父亲——不，我不信！我见过他感谢恺撒帮他的忙，我见过他跟恺撒产生分歧，怎么可能呢，我还见过他把妻子介绍给恺撒认识。恺撒演技太好，我们永远不知道他在想什么，但布鲁图斯是完全不会演戏的人。他从未想过自己可能是恺撒的儿子，我愿意为此发誓。

“至于塞尔维莉娅怎么想，我们只能猜测。

“但是，在说到这点之前，还应该再讲一件事：三十年前，很多人都坚信布鲁图斯和恺撒有这层关系，认为这是不容置疑的事实。也许有人会说，时间上的巧合佐证了这层父子关系。那时，恺撒虽然已婚，仍故意与一些有夫之妇通奸，以此来巩固他的政治成就。那时女人在共和国里扮演的角色比现在重要得多，而塞尔维莉娅不管跟贵族阶级的男人还是女人相比，都是政治头脑最精明的人之一。她可以左右二十个举棋不定的大富豪的决策，而她需要做的，不过是告诉他们接下来该忌惮什么。不要用今天的塞尔维莉娅来评判当年的她。现在，她只是个策划阴谋的疯女人，手忙脚乱地遵从着荒谬而矛盾的原则，让全城都泛滥着一眼就能看出作者是谁的匿名信。对于女人来说，罗马的气候恶化了。甚至也不能用今天的克洛迪娅来评判十年前的她。二三十年前的罗马是魄力女性的竞技场——想想看恺撒的母亲，庞培的母亲，还有恺撒的姑姑。她们一心从政，别无他念，也不允许她们的丈夫、情人、客人和子女有二心。现在，谁要是知道自己的母亲和祖母多次结婚离婚仅仅是政治上的权宜之计，都会装作一副震惊的样子。他们忘了，新娘不仅为他们带来了财富和家族人脉，而且，其实人人都知道新娘本人就是位政治将领。哎，马里乌斯和苏拉之争到了紧要关头时频繁发生下毒事件，就算是去亲姐姐家吃饭也要三思。

“你可以想象，恺撒要偷偷爬上爬下这些交战中的克吕泰墨斯特拉们的床，需要怎样的技艺！从来没有人说过个中玄机。神奇之处在于，虽然他接二连三地换情妇，她们至今都还崇拜着他，无一例外。一遇到这些曾经当过恺撒情人的半老徐娘，我便话锋一转，开始赞扬这个男人，却发现我的听众变成了呼吸急促、意乱情迷的少女，坚信正是自己当年的鼓舞助恺撒成就了大业。”

说到这儿，西塞罗大笑起来，他笑呛了，只好让人拍背。

“现在注意，”他接着说，“恺撒在婚姻中仅得一子，婚外却做了很多事情来证明自己担得起‘国父’的美誉。”我想，毫无疑问，他曾不遗余力地利用孩子的羁绊来束缚这些有影响力的情妇。并且，时常有人说，当他中意的女人告诉他自己怀孕的时候……你懂我的意思吗？……当他确认自己确实是这个……胎儿的父亲时，他总是给予丰厚的回报。他会送礼给那个情妇，而且出手阔绰。

“然而，别忘了在我们谈论的那些年期间，恺撒身无分文。是的，在对他事业最关键的二十年中，恺撒都没有收入，却挥霍无度，浪费着别人的金子。”

（西塞罗跑题，谈到了恺撒和钱的故事，详见第十二号文件。）

“无论如何，朋友们闲置的钱已经足够恺撒买下阿佩利斯的《安德洛玛刻》[1]送给沃露姆妮亚（用它送情妇真合适），这是世上最伟大的画作，但是有些褪色，看不到原貌了。你会怀疑她的双胞胎女儿是恺撒的骨肉吗？鼻子是不是像一个模子刻出来的？而且，塞尔维莉娅在每次建城纪念上都虔诚地佩戴着恺撒送的那颗玫瑰色珍珠。这是世上的第一颗珍珠，当时还是罗马最热门的话题。托着珍珠的那倒胃口的胸脯——我的朋友啊（这违背了反奢靡法）——曾经和那颗珍珠一样美。这是对她生下马尔库斯·朱尼乌斯·布鲁图斯的奖励吗？我们永远不得而知，永远不得而知。”

---

[1] 译者注：安德洛玛刻是一位忠贞的妻子。

五十八

恺撒书于罗马，布鲁图斯收于马赛。

（8 月 17 日）

（由私人信使寄送。）

很多人都向我报告说，你已顺利履行要职，堪称模范，我实在太满意了。我相信你也会满意我的举荐，原因有二。其一，这个建议来自于一位对你所做的一切都感到骄傲和快乐的朋友。其二，更重要的是，我也是罗马的仆人。她受伤，我会痛苦；她得到周到的服务，我会开心。不朽诸神作证，我希望罗马的所有省区都秉持公平正义，孜孜不倦地关怀着她的所有臣民，尽心竭力地执行她的法律。对于成千上万个正从野蛮之梦中醒过来的人而言，是你为罗马赢得了爱戴和荣誉，也让人们对她心怀敬畏，因为我们所有人都应敬畏公正。

归来吧，亲爱的年轻人，回到这个请求你付出更多辛劳的国度。

我现在写给你的信，只有你可以看，我命你阅后即焚。至于回信，你想什么时候写就什么时候写，我的信使会等到你方便的时候。

我认为，共和国的领袖没有暗示或指定继承人的职责。同理，我认为，共和国元首也不应被赋予独裁的权力。但我是独裁者，我确信我有义务行使这份权力，这对国家来说是必要的。我也确信，只有靠我指定继承人，才能让这个国家不再陷入长久的内战。关于政府的本质以及罗马公民此刻能有多大程度的自治，你我曾长谈过多次。至于公民能够实现多大程度的自治，你我的意见不总是一致的。之前，我将你现在卸任的职位指派给你，是为了让你在日常管理中意识到老百姓对管理者有多依赖。现在我想让你在都城中担任类似的职务，由你自己来发现一个类似的关于我们的意大利公民的真相。

我想让你当裁判官[1]。我会派你的连襟卡西乌斯担任你的左右手。我希望你成为都城裁判官。都城中有两份要职，其中一个在公众视野里曝光更多，另一个则离我本人更近。给你的职位是这两个里面难度更高的那个。

如上所言，我相信，鉴于我们公民的性情及半岛[2]的政治形势，我有义务指定继承人。诚然，坐在我这个位子上，只能任命一个继承人，却无法巩固他的地位。有一个东西，所有人对它都一样无知——也就是未来。继承人必须巩固自己的地位。但是，不管是死是活，我也许都有办法为接班人提供帮助。比如，向他介绍治理天下的方法，和他分享独家的信息和

[1] 译者注：地位仅次于执政官的高级地方法官。

[2] 译者注：指意大利半岛。

经验。作为都城裁判官，这些都任你遣用。

每天，周围的人都让我意识到，我的生命随时可能终结。我雇佣这些守卫，是为了对抗敌人，保护我的生命安全，但代价是他们使我行动不便，心神不宁，这不是我的本意。每天有好几个时辰，刺客要杀我都不难。认识到这种危险，我便不得不考虑接班人的问题。我一死，不会留下子嗣。即便我有儿子，我也不认为父亲该把领导权传给儿子。只有热爱公共利益、有治人之天赋并受过相关训练的人才有资格当领袖。我相信，你有这份热爱，有这样的天赋，我也能为你提供必要的训练。你可以自行决定是否接受这至高指挥权。

请告诉我你对此有何看法。

五十八（一）

布鲁图斯给恺撒的信。

（立刻回复。）

感谢您的举荐，感谢您在我任职期间提供的帮助。我接受都城裁判官一职，希望我的表现能够不辜负您对我委此重任的认可。

您指派的下一步的职位，我不愿考虑。至于我拒绝的理由，您的信上已经写了。请允许我引用您的原话：“我认为，共和国的领袖没有暗示或指定继承人的职责。”恺撒的位子只有恺撒能坐，倘若空缺，那个职位及其集权必将走向终结。愿不朽诸神保佑您健康长寿，独自一人便可领导国家。若您不再任职，愿诸神保佑我们不会爆发内战。

另外，我拒绝这个官职也是出于个人原因。年复一年，我对哲学研究越发着迷。我作为都城裁判官服务您和国家一段时间后，我将请求您放我卸任，这样我就能全心全意地做研究了。希望我可以在研究中竖起一座丰碑，无愧于罗马的精神和您的认可。

五十九

恺撒给身在罗马的波西娅（马尔库斯·朱尼乌斯·布鲁图斯的妻子）的信。

（8月18日）

几天前，我将你的丈夫召回了都城，我一定要告诉你这件喜事。夫人，我把他召回，也不是没有遗憾的，因为爱罗马的人很可能会希望他永远留在内高卢，继续提供出色的服务。请允许我向你重复一句我最近在信中跟他说过的话：

“不朽诸神作证，我希望罗马的所有省区都秉持公平正义，孜孜不倦地关心着她的所有臣民，尽心竭力地执行她的法律。”

你家发生的任何事情都与我息息相关，请允许我这么说。不管有多少分歧，都不会动摇我对于你的血亲怀有的深切敬意（波西娅是小卡托的女儿）。听说你在等待着孩子的降生。夫人，不仅是你，甚至全罗马都在等待着这个名门之后降生。想到孩子的父亲会亲眼见证这吉福时刻，我很开心。

五十九（一）

波西娅写给恺撒的信。

（8月19日）

马尔库斯·朱尼乌斯·布鲁图斯之妻波西娅向独裁者盖乌斯·尤利乌斯·恺撒致以深切谢意，感谢他好意写信并促成了信中所写的最大的喜事。

五十九（二）

恺撒寄给卡布里岛的卢修斯·玛米琉斯·特瑞纳斯的日记体书信。

（8月21日左右）

947. 嫉妒之情，人皆有之。我在三件事上有嫉妒的冲动——如果可以用这个词来描述那三件让我钦佩沉思的事物的话。我嫉妒你的灵魂，卡图卢斯的诗歌，还有布鲁图斯的新媳妇。前两件事，我已经相当详尽地跟你聊过，但我日后肯定还会再提。

第三件事是我最近才想到的。在她跟我那自负无能的朋友毕布路斯（马库斯·卡尔普尔尼乌斯·毕布路斯）做夫妻的时候，我就注意到了她。懂得沉默的女人是多么罕见啊，我说的不是那种心不在焉和茫然不解的沉默——尽管这也够少见了——而是全神贯注地默默聆听。我的科妮莉亚就是这么优雅，我称之为“会说话的沉默”，我的茱莉亚也是这样，她会长时间地保持沉默，甚至在我梦中也一语不发，卡托的波西娅亦是如此。

但当她们动容开口，那是多么无与伦比的雄辩和风趣啊！她们就算谈到最琐屑的家务事，也比西塞罗在全员到齐的元老院中的讲话更加动听。我怀着羡慕之情仔细思考了一番，才懂得了个中缘由。琐屑之事，只有从刻意强调的嘴里说出来，才让人无法忍受。但我们的生活充满琐屑，重要的事情往往被大量琐屑的细节包围。而琐屑的尊严在于：它存在且无所不在。女人的天性，就是监管大量的重要而无意义的琐事。对一个男人而言，养育子女似乎是比养育动物更加烦人的劳役，是比在埃及沙漠里与虫子相伴的露宿更加恼人的事情。而沉默的女人是在心里区分，哪些细节必须消散无踪，哪些细节值得他人注意。

通常没人会心平气和地嫉妒其他男人有个好妻子，但我却是例外。毕布路斯在世时，我经常待在他家，羡慕地看着他夜里回到家中，他妻子却明智地保持着平静。他死的时候，我思考了很久，但这是不可能想通的。布鲁图斯无疑也考虑了很久，他跟克劳迪娅（阿比乌斯·克劳狄乌斯的女儿，克洛迪娅的远亲）在多年的婚姻生活后离婚，因而饱受诘难。但我可以理解他，全罗马都在关注这份幸福，连最冷峻的苦修者也会羡慕，甚至连警觉的独裁者也会纵容（这场婚姻增援了贵族中唯一的反对派，可以说，该派已经得到了广泛的舆论声援。布鲁图斯跟他的堂妹结了婚，他的母亲塞尔维莉娅是波西娅父亲——也就是小卡托——的姐姐。卡西乌斯和莱皮杜斯娶了布鲁图斯同母异父的姐妹，她们是塞尔维莉娅早年嫁给执政官西勒诺斯后生下的女儿。这两个女人都声名狼藉）。她是不是和你的母亲、我的母亲和姑姑一样呢？我不知道。也许，她刚直不屈，让她那郁郁寡欢的丈夫和父亲都相形见绌，因反感恶浊的环境而苦行禁欲，真让人不禁唏嘘。人要变得挑剔和自满，并不是个漫长的过程。想起我年轻的朋友布鲁图斯并不总是这样一位冷酷的哲学家，我感到些许快乐。他曾在那“无与伦比之人”（女演员赛色瑞斯）身边憔悴枯萎，他曾靠压榨卡帕多西亚人和塞浦路斯人来积蓄财富。当年人们群情激奋，要求审判他的敲诈勒索行为，我正居于执政官之位，才勉强将他救下。

是的，这些卫道士通过厌恶来表现自己的品德，所以才会顽固刻板。但愿这“会说话的沉默”对高贵而俊美的布鲁图斯有所裨益（这里是在玩文字游戏，因为“布鲁图斯［brutus］”意为“粗野而丑陋”）。

六十

阴谋集团的抨击文。

（公元前 45 年的 9 月上旬，有好几千封这样的抨击文或连环信在整个半岛流通。第一封是 9 月 1 日在罗马境内出现的。）

“二十人委员会”向每个无愧于先祖的罗马人宣布：准备推翻让共和国痛苦呻吟的暴政吧。我们的父辈用生命换来的自由，现在却被“那个男人”剥夺。我们成立了“二十人委员会”，已在祭坛前立下誓言，并得到诸神的确认：本会伸张正义，必定成功。每个收到这份公告的罗马人必须誊抄五份副本，并秘密地将其送到另外五个可能有此想法或可能被说服的人手中。收到副本的人必须继续抄写副本。

接下来还会有更多公告发布，我们会逐步提出更加确切的措施。

恺撒必死！为了国家和诸神，保持静默，意志坚决。

“二十人委员会”

六十（一）

阿西尼乌斯·波利奥写给恺撒的信。

（自9月18日起波利奥从那不勒斯向恺撒提交报告［即本书中的第十四号文件］，这是最后一封。）

我将过去六天中收到的十三封抨击文的副本转交给将军您——有三封在我波斯利波的住处，有十封在这儿。将军您会发现，其中五封虽试图伪装出多种笔迹，实则出自一人之手。昆图斯收到了十六封，卢修斯·梅拉收到了十封。

他们还针对这一带不会读写的普通民众发起了相应的运动。一些鹅卵石和贝壳正在流通，上面写着“XX/C/M/（杀掉他）”。我的勤务兵已经缴获了很多件。他向我保证说，人们义愤填膺但对这些东西热情不高，他们便开始扩散另一种带有“XX/M”标记的石头。不难发现，路面和墙面等都涂写了这两种字样。

我不敢向将军您建议应该采取何种措施来镇压这项运动。但是，我在此给出科塔、梅拉、安尼乌斯·特尔巴提乌斯和我本人在办公室的讨论结果。

1. 该运动始于罗马，十五天后，才在这儿首次出现。

2. 有三个奴隶在投递信件时被抓获，我们进行了拷问。其中两人宣称，他们在公共场合（一个老妇在她卖无花果的托盘里发现了一封）发现了这些写有我们地址的抨击文，他们把信投递出去是想获得报酬。向传递消息者付费的习俗促进了信件流通。第三个奴隶说，寄给我的那封信是岸边一个蒙面女子花钱让他投递的。

3. 发起这项运动的人，似乎不是克洛狄乌斯·普尔喀一派，他们不够狡猾，缺乏耐心；应该也不是卡西乌斯和卡斯卡之流的不满分子，他们只会小团体谋反。对于大范围招募拥趸的渴望，相对较少的暴力倾向，以及宣称已获得宗教许可的做法，都指向一个有学究气的、很可能上了年纪的团体。但我们也不排除西塞罗或卡托也有采取这种手段的可能性。

4. 很难看出一个连环信运动会如何从被动转向主动。但我们一致认为，这项运动可能会产生不利于政府的结果，我们等待着接受日后发布的镇压指令。

六十（二）

第二封抨击文。

（这封抨击文传遍了整个半岛，扩散范围更广了。9月17日，罗马境内也首次出现了副本。）

“二十人委员会”向每个无愧于先祖的罗马人宣布：这是第二封公告。每个收到这封公告的罗马人必须抄写五份副本，并秘密将副本交给收了上一份公告副本的五个人手中。

我们的指令如下：

自本月（9月）第十六日起，每个罗马人要尽可能在双号带家人到城中购物，在法庭前露面，参加所有的公共活动，直到本月结束。

此外，身在罗马之人在独裁者现身时欢呼喝彩，当他的长队在公共场合出现时要伴其左右，要用心表现，尽量惹人注目。言谈中要表现出自己热切支持恺撒的所有计划，尤其是迁都东方、出兵印度和复辟王政这三件事。

我们会在下一封公告中提出更加确切的措施。

恺撒必死！为了国家和诸神，保持静默，意志坚决。

“二十人委员会”

六十（三）

《康涅利乌斯·尼波斯的摘录簿》

（这一篇写于恺撒死后。）

公元前45年的整个秋季，人们主要在谈论所谓的连环信和克利奥佩特拉的到访。实际上，很多人都认为埃及女王是连环信的始作俑者，因为他们认为，这些信上带有一种罗马人不可能有的邪恶的东方思路。民众小心翼翼地遵守着当月双号不得公开进行买卖活动的禁令。一开始，大多数的活动都在单号进行。后来，氛围逐渐变得宽松，事态逆转明显。

六十一

恺撒写给卡布里岛的卢修斯·玛米琉斯·特瑞纳斯的日记体书信。

（附有阴谋集团的第一封抨击文的副本。）

（9月8日—20日）

有人想出了一个让人民准备好推翻国家并将我杀死的新法子。

我附上其中一封公告的副本。数以千计的副本在整个意大利传播。

去年，我几乎每天都收到有关各种阴谋活动的翔实的新证据。有人给了我这些人的名单和聚会记录。我常常拦截信件。大多数阴谋组织都外行到了难以置信的地步，往往都会有一个急于出卖情报来换钱或办事的成员。

每个新的阴谋都唤起我强烈的兴趣——我本来想说“让人开心的兴趣”，但我失望得太快。

首先，我毫不怀疑自己迟早会死于诛杀暴君者之手。我选择不让武装守卫持续保护，也不会整天提心吊胆。我希望死于爱国人士的匕首，但我也同样有可能遭到疯子和嫉妒者的攻击。同时，我抓捕了已知的谋反者，并将其监禁、流放，加以警告或公之于众。

如我所言，我饶有兴致地关注着他们。在计划杀害我的人中，我总有可能发现一个人在某些事情上是对的而我是错的。世上有很多人比我好，但我还没见过谁可以比我更好地统治我国。若此人存在，我想他可能正在策划如何杀掉我。我一手塑造的罗马——我不得不这样塑造她——对于一个有天赋号令天下的人而言，并不是个舒适的地方：倘若我现在不是恺撒，我就是恺撒的刺客（直到此刻我才萌生了这个想法，但我看这么想没错，这是我给你写信时的诸多发现之一）。

但是，我想要知道杀我的那个人是谁（尽管只有在生命最后一刻才能得知），还有更深层的原因。这又让我回到了那个让我愈发困扰的问题：在宇宙之中或之上，是否还有某种智能在注视着我们？

我经常被称作是“命运的最爱”。若诸神存在，是他们把我放到了现在这个位置。他们让人人都待在自己应有的位置上，但诸神对坐我这个位子的人有更了然的安排——比如，诗人卡图卢斯是这样，你也如此，庞培亦然。杀我的人很可能会给我们一些关于神之本性的启发——因为这个人是他们选中的工具。可当我在写这句话时，笔竟从我手中滑落。我很可能会被一个疯子用匕首杀死。即便只是选择工具，诸神也会隐藏自己。我们都可能被一块坠落的瓦片砸中。想象一下，朱庇特拆下瓦片，瓦片落下，砸中了一个卖柠檬水的小贩或者恺撒。判苏格拉底死刑的陪审团并非威严之器，害死埃斯库罗斯的老鹰和乌龟也不是。世界在无意义中行进，好比溪水载着落叶流向远方，我已经多次确认了这个想法，很有可能在我意识尚存的最后一刻还会进行最后一次确认。

我这么急切地调查每个新阴谋，还有一个原因。要是发现一个人是因为无私的憎恨才想让我死，难道不是绝妙的发现吗？要找到一份无私的爱已经够难得了。目前，我发现恨我的人不过是怀着愤愤的嫉妒，往上爬的野心，以及自我慰藉的坏心罢了。也许我在最后一刻才能看到某个一心为罗马着想、一心视我为罗马公敌的人。

980—982.（见第八号文件。）

983.（谈论天气。）

984.（谈拉丁文的书面语和口语之间日益凸显的差异，变格词尾的陈朽，以及俗语中的虚拟语气。）

985.（再谈长子继承与财产继承。）

986.（附上了第二封抨击文。）

随信附上“二十人委员会”的第二封公告。我还不知道始作俑者是谁。感觉像是某个尚未被发现的不满分子。

自童年起，我就很关注民众对于地位比他们更高、可以限制他们活动的人持有怎样的态度。顺从和忠心的面具下掩饰了怎样的轻蔑和恨意啊！有了地位更高的人，他们就不必承担责任或经受做出重大抉择的恐惧，因而心怀感激，表现出顺从和忠心。而轻蔑和恨意则是因为怨恨限制自己自由的人。每日 每夜的某些时候，即便最温和的人也会燃起隐秘的杀意，想干掉那些逼他臣服的人。我年轻时常常错愕地发现，不管是睡是醒，我都容易梦到我父亲、我的家教和地方长官的死亡。我对他们的爱虽然断断续续，可也是真情实意啊。因此，以前听到我的士兵们围坐在篝火旁唱歌，我会感到莫名的愉悦，因为每出现四首把我捧成神的歌，就有第五首歌把我贬低成白痴、缺德老头和腐朽之人。这首歌他们唱得最响亮，整个树林里回荡着幻想我死去的欢声笑语。我发现自己并不生气，也跟着笑了几声。后来，我发现就连马克·安东尼和多拉贝拉也曾经参加过一个密谋杀掉我的组织，这些人一度分不清谁是他们深爱的主上，谁又是他们之前仇恨过的主人。这时，我仿佛加快了衰老的速度。只有狗才永远不会咬主人。

各种冲动会组合在一起，这是世界运行之道的一部分，这由不得我们。所有基本冲动经过组合后，就产生善与恶。借此，我进一步确认了我坚信的观点：心灵的核心活动是对无拘无束的自由的渴望，并且总有其反面相伴——对于自由的后果的恐惧。

六十二

恺撒的秘密警察发现的卡图卢斯的笔记。

（独裁者于9月7日过目。）（这些草稿有的写在石片上，有的写在含有诗歌片段的书页的背面。不论石片还是书页上都有草率擦除的痕迹。）

……十人委员会成立了……

……二十人委员会在诸神的祭坛前发过誓……

……从下个月——也就是9月——的第十二天开始……

……在该月的单号，要避免所有的……

……要积极出席独裁者公开露面的场合……欢呼喝彩，说各种奉承话……

六十二（一）

恺撒写给卡图卢斯的信。

（9 月 27 日）

我已经注意到，你的某些朋友传播了一系列意图推翻罗马共和国政府的文件。

我认为这种手段是幼稚、错误的，但还算不上犯罪。你的朋友们必须按我的法子装成无害又可笑的样子。然而，已经有人向我施压，要我公开惩罚为非作歹之徒。

很难相信你也插手了这样一个极其笨拙的舆论引导活动，但有证据表明你至少是知情的。

为了我和你父亲之间多年的友谊，我愿意宽大处理这些做错事的年轻人。我把他们的命运交到你手上。若你能告诉我：他们不会再参与信件的传播，我就会当作此事已经了结。

我不希望听到你为他们的行为进行辩护。你只要做出肯定回答就够了。后天我会参加普布利乌斯·克洛狄乌斯·普尔喀和克洛迪娅·普尔喀举行的晚宴，据说届时你也会参加，我们见面时你可以给我答复。

六十二（二）

卡图卢斯写给恺撒的信。

（9 月 28 日）

你所说的信是我一手策划的，第一批副本也是由我一人散播出去的。根本没有什么二十人委员会。

我也许用了一种在独裁者看来颇显笨拙的方式来让他们注意到罗马人的自由越来越少了。他有着无限的力量，对他人的自由也有着无限的妒忌。他的力量已经膨胀到了搜查公民私人文件的地步。

这种信不奏效，我现在已经不写了。

六十二（三）

阴谋集团的第三封抨击文，尤利乌斯·恺撒所写。

（卡图卢斯说的“不奏效”是指：现在全国上下都泛滥着各种仿造的信件，让公民摸不着头脑，兴致寥寥，所以这项运动很快就平息了。第三封抨击文出现在第二封传出的几天后，它的扩散范围是所有信里最广的。）

“二十人委员会”向每个无愧于先祖的罗马人宣布：这是

第三份公告。

“二十人委员会”现在认为，这些信的流传范围已经够广了。数十万封的传播量，已经让大家燃起了对压迫者的爱国主义仇恨，都盼着他早日死去。

同时，你们收到了让民众为这件喜事做好准备的指令。因此，你们要把握每个机会，好好嘲笑这个暴君所谓的成就。

蔑视他的征服吧。记住，国土是由他麾下的将军征服的，而他把这些人说得一无是处。虽然他号称“未被征服之人”，但众所周知，他打了很多代价惨痛的败仗，并对罗马民众隐瞒消息。坊间还流传着不少关于他临阵退缩的故事。

记住内战，记住庞培。提醒民众他上演过多么热闹的大戏。

分配土地时，他让大地主承受了更大的不公，示意老兵只能分到石地或泥沼地。

“二十人委员会”已经起草了关于控制公共秩序和财政的详细计划。老迈的独裁者起草的诏书会即刻废除：反奢靡法、历法改革、新货币、分配粮食的人头系统、浪费在灌溉上的财政支出，以及水路控制等都要废除。富饶繁荣就在前方。

恺撒必死！为了国家和诸神，保持静默，意志坚决。

“二十人委员会”

六十三

盖乌斯·卡西乌斯书于帕莱斯特里纳。

其岳母塞尔维莉娅收于罗马。

（11 月 3 日）

（下面这封信的字里行间有弦外之音，是在讨论何时有机会刺杀恺撒，以及如何诱导布鲁图斯参与此次谋反。）

试图向我们的朋友致敬的同伴正逐日增多。许多人的名字我们都不知道。我们的努力没有白费，已经探明上月的仰慕者的名字（问：是指 9 月 27 日袭击恺撒的人？）。

很难找到一个致敬的机会，因为必须要让被致敬者始料未及，同时要尽量给旁观者留下深刻而愉快的印象。计划实施得不错，本该在埃及女王的接风会最后完成致敬。然而，我们的贵客却从集会上神秘消失，大家都认为他已得到消息，知道人们接下来会为他喝彩。

我越发相信，这件喜事应当延迟，至少要等到这位朋友的又一位亲信加入致敬者的行列。我们非常感激您为此付出的努力。我所说的这个人对我避而不见，甚至还托词说他不能在家见我。

尊敬的夫人，您主张速战速决，我们明白这很重要。我们也收到警告，可能会有其他人抢先一步完成大业，而他们只会造成灾难性的后果。我希望下次进城时可以去看望您。

祝独裁者健康长寿。

六十四

马尔库斯·朱尼乌斯·布鲁图斯之妻波西娅写给其姑母及岳母塞尔维莉娅的信。

（11 月 26 日）

夫人，我很尊重您，当我必须坚定地请求您别再来我家了。我的丈夫对我没有隐瞒：他很不情愿接待您，您离开时他如释重负。您不会没有注意到，他从不去您家拜访您，您可以此推测出他在自己家接待您只是为了尽孝罢了。在您到访后，他举止焦躁，睡不好觉，因此我才写信给您。我也许早该这么做了，因为你们会面时竟要把我请出房间，作为他的妻子，我觉得这样很不合适。

您已经认识我很多年了。您知道我不是个喜欢争吵的女人，我之前也承认过我欠了您很多情。虽然我的姐姐们也不得不采取这个做法，但我依然很纠结（说的是她的嫂子们，显然卡西乌斯和兰图拉斯的妻子也对她们的母亲闭门不见）。

我丈夫不知道我在给您写这封信。如果你想告诉他，我也不反对。

谢谢您写信对我的重大损失（流产）表示同情。如果您以别的方式向我表明我也是这个家的一员，有资格参加您和我丈夫那令人不安的会面，那么我就更能感受到您对我的喜爱和尊重。

六十四（一）

铭文。

（一块铭刻着下文的金碑和其他类似的纪念碑一起，嵌在波西娅和犹尼亚家族的祭坛后面的墙上。直到罗马覆灭时这些碑牌才被移走。）

波西娅——尤蒂卡的马尔库斯·波尔齐乌斯·卡托之女——嫁给了诛戮暴君者马尔库斯·朱尼乌斯·布鲁图斯。她意识到丈夫向她隐瞒了他在反复考虑的解放罗马人民的计划。一天夜里，她把匕首深深扎进了自己的大腿。好几个小时内，她没有发出一声呻吟，也丝毫没有表现出她正在忍受着痛苦。第二天一早，她向丈夫展示了这处伤口，说："既然我都能对它绝口不提，难道您还不相信我会保守您的计划吗？"话音刚落，她的丈夫就抱着她大哭起来，随后将他藏在灵魂深处的想法和盘托出。

六十五

茱莉亚·玛西娅夫人书于统治者位于罗马的府中。

卢修斯·玛米琉斯·特瑞纳斯收于卡布里岛。

（12 月 20 日）

亲爱的孩子，我们正在经历一段痛苦的日子。如果我说得不够详细，还请见谅。这件坏事（对善德女神仪式的亵渎）震惊了我们所有人。我们尽量少出门。我们面面相觑，宛如鬼魂。我们料到会有某种惩罚降临——我想说的是，我们希望受到某种惩罚。但是，我们当然已经受罚了。你可以想象，这件事让整个罗马都没了欢度农神节的喜悦（农神节自 12 月 17 日开始），我的管家写信告诉我，连山村都是愁云惨淡。我尤其为小孩和奴隶感到心痛，对他们来说，这些天本该是一年中最好的日子呀。

最近的消息让我满心惶恐，丝毫不亚于那件丑闻。那对邪恶的姐弟被无罪释放了。毫无疑问，克洛狄乌斯花了重金贿赂法官。还能说什么呢？尽管在这个城市里金钱可以压倒民意，我们也必须在这儿生活。他们告诉我说，法官的家门口整天都挤满了人，站着朝墙壁和门柱上吐口水。早上我跟西塞罗聊了几句。他悲痛欲绝。他在审讯时说的那番话，是他到目前为止最好的演讲。我也这么跟他说了，可他却只是摆摆手，泪如雨下。

我侄儿拒绝起诉此事，这是可以理解的，但我对此深表遗憾。有些事情，他作为一个丈夫不愿做，作为教宗却不能免。还有个细节，虽然是机密，但我不吐不快。我的侄儿事先就知道那个可怕的男人要溜进仪式。恺撒明明可以在门口就把他抓住，但他希望以当时那种方式曝光此事。

亲爱的卢修斯，我多希望你在这儿啊。他现在心神不宁。他让我去陪他待一会儿。在我的力劝下，我们待在了公房里（教宗通常住在圣道上的公房里，公房的地址是他选的。恺撒在妻子卷入丑闻后，本来想搬到他位于帕拉蒂尼山的房子里）。他工作起来甚至更加忘情了。现在看来，我们肯定要跟帕提亚人开战了。运河会穿过科林斯地峡。战神广场将搬到帕拉蒂尼山脚下，空出来的那块地上会启动一个庞大的住房工程。人民图书馆即将开馆，有六座，建在城中不同的地方。这是我们吃晚餐时的闲聊，并不是压在他心上的事情。噢，桌上曾有个能让他感到自在的朋友。他不会邀请酒肉朋友。布鲁图斯和另一个姓布鲁图斯的人不时前来一起用餐，但算不上愉快。我们的朋友只会和主动热情示好的人建立友谊。正如我丈夫过去常说的那样，某些人“在爱情上大胆，在友情上羞涩”。

让我再和你分享一个秘密。竟然是埃及女王提前向我们警告说克洛狄乌斯会做出亵渎神明、厚颜无耻的举动。城里的人普遍相信他会娶她呢。这种可能性为她揭露那可怕的计划提供了充分的动机。然而，我跟你打包票，这个谣言纯属无中生有。他们俩之间确实有事发生，但我不清楚是什么事。我想，这跟他现在的颓丧状态有很大干系。我知道她很痛苦。人们普遍认为，我们这些上了年纪的女人非常善于勘探身边的人有什么感情史。但我是例外。我只能说，这场愉快的谈话被某个愚蠢的障碍打断了。我注意到我的侄孙（马克·安东尼）已经去东岸旅行了。

恺撒独居于此，真是荒谬。我们一直在讨论这件事。他现在已经过了找年轻美女的年纪。还有谁比我们优秀的凯尔弗妮娅更适合当他的妻子呢？我们都认识她这么久了，她沉静高贵地挺过了这么多磨难。我想，你很快就会听说她嫁了进来，婚礼会是历来最低调的。

狗开始叫了。他回来了。我听到他跟家里人打招呼。只有深爱他的人才会明白，他那轻快的语气是装出来的。我对自己感到惊讶：在我这漫长的一生里，我爱过很多人，也失去过很多人，但我从来没有对他人的痛苦感到如此无能为力。我甚至不知道它源起何处，或者说不知道它背后诸多疑似的起因中哪个才是主因。

第二天。

我亲爱的卢修斯，下面这些话写得很仓促。但除了你我还能跟谁说呢？

奇怪的事情在发生。他也憋不住了，便故作轻松地告诉了我。他说，最近陆续发现了很多意图推翻国家并暗杀他的阴谋。他把手头的文件折上又展开。“去年是马克·安东尼，”他说，“现在看样子朱尼乌斯·布鲁图斯也在打这种算盘。”我心里一惊，向后打了一个趔趄。他探过身子，脸上浮现出诡异的笑容：“他都不愿等我这把老骨头先安息下来。”

哎，要是你在我们身边该多好。

六十六

克利奥佩特拉写给身在阿尔巴诺丘陵农场的茱莉亚·玛西娅夫人的信。

（1 月 13 日）

你告诉我说你的小病已经痊愈，我非常开心。我每天都派信使去你家，但愿这没给照顾你的人带来负担。

我一直在等你康复，想问你一个非常紧急的问题。我身边敌人成堆，但幸运的是，你并不是我唯一的求助对象，可最适合给我建议的人是你。

尊贵的夫人，我之所以来罗马，是为了让我所统治的伟大国度获益。初来乍到时，我是个对罗马风俗一无所知的外乡人，随时有可能犯下危及我使命的错误。为了自保，我组建了一个观察团，这样一来，就会有人告诉我城里的动向。我从未以任何有损罗马公民权益的方式来使用过我收集到的信息。很多时候，我都恪守公共秩序。

有一个意欲推翻国家政权、刺杀独裁者的组织，我勤加调查，再加上一些好运，从而得以密切跟进他们的计划。我所说的这个组织，不是我见过的首例了，但它是最为决绝的。我不能把这些造反者的名字写在这封信上，这样做不太明智。

最尊贵的夫人啊，我现在很难把这些信息传递给独裁者。首先，此事跟他利害攸关，若由一个外国女人告知，那他很可能会感到气恼。其次，发生了一件令人痛心的恶事，让我失去了他的信任和信心。唯一让我欣慰的是，他知道我对他在罗马共和国的统治地位忠心耿耿，我的忠心不曾动摇也不会动摇。

我所说的那个谋反团伙打算于 1 月 6 日的午夜在独裁者监督完市参议员选举后回府的路上谋杀他。他们计划躲在特贝塔神庙旁的河桥周围或下方等待时机。此前，我向他们中的四位成员寄了匿名信，说恺撒已经得知他们的打算。现在，他们计划在他 1 月 28 日看完比赛离开时袭击。你懂的，我再给这些谋反者写信不是明智之举，而且我已经向我的线人（他也是谋反团伙的一员）承诺不再写信了。

尊贵的夫人，请你给我建议，这非常紧急。我意识到，最容易想到的办法就是找独裁者的秘密警察长求助，向他提供这一信息，再由他向独裁者呈递报告。但这样一来，他会虚报事实来掩盖自己的渎职，会把个人偏见说成定论，还会截留重要信息，同时放大琐碎细节。

请回信。

六十六（一）

茱莉亚·玛西娅夫人给克利奥佩特拉的回信。

（由回程信使带回。）

谢谢你，伟大的女王，谢谢你的信，也再次感谢你在我生病期间的多次关心。

关于上一封信：我的侄子已经大体上了解了你所说的这个团伙。正是他知道成员姓名的那个组织。我之所以这么肯定，是因为他讨论过桥边的埋伏。然而，我毫不怀疑你的信息比他得到的更加详细，且至关重要。伟大的女王啊，他镇压这类谋反时投入的心血远不及他花在国家风险上的精力，我一直很焦虑。

我会确保他知晓这个意图于 28 日袭击他的计划。在恰当的时机，我会让他知道你的警告之恩。

我们正在经历一段充满痛苦和迷茫的日子，我和你一起度过的欢乐时光已恍如隔世。愿不朽诸神恢复罗马的平静，愿诸神不会迁怒于我们。

六十七

恺撒寄给卡布里岛的卢修斯·玛米琉斯·特瑞纳斯的日记体书信。（下文貌似写于 1 月和 2 月期间。）

1017.（讨论是否应该打通科林斯地峡修建运河。）

1018.（谈高卢境内对罗马奢侈品日益增长的需求。）

1019.（新公共图书馆的藏书需求。）

1020. 你曾经笑着问我，是否做过虚空之梦。我说有过，从那时起我便在做这种梦了。

起因也许是某个巧合的睡姿，也许是消化不良或精神错乱，但心中的恐惧感依然非常真实。并不是像我曾经所想的那样，会梦到死亡和骷髅狞笑的画面，而是一种能看透一切事物结局的状态。然而，这种虚无出现在我们面前的形象并不是一片空白和寂静，而是摘下了面具的至恶。它既是笑声，也是恐吓。它嘲笑所有快乐，让全部努力都枯萎凋零。这个梦和我在发病期间看到的幻象是一对。那时，我似乎感受到了世界的公平和谐。我心中充溢着无法言说的快乐和自信。我想对所有生者和死者大声呼喊：宇宙的每个角落都沉浸在极乐之中。

（下文是用希腊文写的。）

这两种状态都源自体内的妄想，可我的心却认为：从现在起我懂它们了。不能仅仅把它们视做错觉而不加以思考。它们都能被记忆中很多或灿烂或悲哀的片段佐证。没人可以割舍其一而留下另外一个，我也不能像个乡野和事佬一般调节两个竞争方之间的分歧——让双方各退一步。

最近几周，我不是在梦中而是在清醒时思考生活的徒劳，以及所有信仰的轰然倒塌。噢，应该说比这还要糟：死者穿着寿衣，讥笑着呼唤我；尚未出生的后代大声疾呼，说不想来到尘世，如同小丑般走一遭。但即便心中如此苦涩，我也无法否认回忆里的幸福。

生活啊，生活有着让我们不敢妄下定论的谜团。它是好是坏，毫无意义还是井然有序？我们对生活的各种评价，恰恰证明这些事物只存在于我们的内心。我们这劳碌的“生活”，没有色彩，也不露痕迹。正如你所言：宇宙并不知道我们身在其间。

那么，让我抛却“我有责任搞清楚生活的本质”这个幼稚的念头吧。让我别听从内心想要随时评价生活善恶的冲动，因为，无论是在不幸时宣判生命邪恶，还是在幸福时宣判生命美好，都是可鄙的做法。让我不再被安康或满足所欺骗，愿我的经历提醒我：每个时代里，世间总有无数悲愤的咒骂，人类的快乐总被榨取。

还有谁能比你更好地教会我这个道理？除了索福克勒斯以外，还有谁总是让人想到生活的两个极端，还有谁活了九十岁，一直被视作希腊最幸福的人，却又了解一切黑暗的秘密？

生活是无意义的，是我们赋予其意义。生活既不支持人类，也不羞辱人类。虽然我们逃不过心灵的痛苦和极致的欢乐，但这些状态本身当然没有任何信息要传达给我们。天堂和地狱都等着我们赋予其意义，就好比所有生物粗野而不安地等待着丢卡利翁和皮拉为它们赐名。想到这一点，我终于敢回首过去那些天赐的阴霾了，我到目前为止都还认为，那是无常人生的牺牲品。我敢要求我的爱妻凯尔弗妮娅生下的孩子说出：在无意义的生命中，我选择创造意义；在不可知的荒芜里，我选择为人所知。

我赖以生存的罗马，本身是不存在的，只是一些或大或小的结构叠加在一起，抑或是比别的城市里的人或多一分或少一分勤奋的公民凝聚在一起。洪流和火焰、愚昧和疯狂随时都可能毁掉它。我认为自己对罗马的感情来自于传承或家教，但这种感情和我从脸上剃下的胡子一样，没有多少意义。元老院和执政官呼吁我守卫罗马，正如韦辛格托里克斯守卫高卢一般。不，只有在我像许多前人那样选择赋予它意义后，罗马对我来说才变成了一座城。于我而言，罗马也只能按照我心中的形象存在。我现在明白了，多年以来我一直幼稚地相信：因为我是个罗马人，所以我爱罗马，我有责任去爱它，仿佛爱上堆砌的石头和拥挤的人群是值得敬佩的、力所能及的事。我们不会与任何事物建立联系，除非我们将它包裹在意义之中；我们也不能确切地知道那份意义是什么，直到我们努力地为其赋予了意义。

1021.（谈重建迦太基，谈建造奕尼斯湾的防波堤。）

1022. 今天，我听说有个女人等着见我。她进我办公室的时候，用面纱把脸捂得严严实实，直到我让秘书都出去了，她才向我表明身份——克洛迪娅·普尔喀。

她来警告我说，有人正在密谋造反，准备要我的命。还向我保证，她和她弟弟都与此无关。然后，她说出了这些谋反者的名字以及他们正从哪几天中挑选刺杀我的日子。

感谢不朽诸神，这些谋反者都没有考虑到女人们都把我当宝。这些美丽的线人每天都为我提供新的帮助。

我正要告诉这位访客说我已经知道此事时，又把话吞了回去。在我看来，她像是个坐在篝火边想起自己拯救了国家的老妇。

她还向我透露了一件我不知道的事：这些人还企图刺杀马克·安东尼。如果这是真的，那他们比我想象中还要愚蠢。

日子一天天过去，我迟迟没有采取措施来恫吓这些诛弑暴君者，我也无法决定该拿他们怎么办。迄今为止，我试着促使所有这些麻烦事发展到白热化阶段，这样一来，我就能通过事情本身——而不是惩戒——来教育民众。我不知如何是好。

我们的朋友选了一个错误的时机向我动手。城中已遍布我的老兵（是为加帕提亚之战二次征募的）。他们跟着我走在街头，喊声嘹亮。他们将双手拢在嘴边，兴高采烈地喊出我们打下的胜仗的名字，仿佛这些战役只是无忧无虑的赛跑一般。我曾命令他们出生入死，也曾无情地鞭策他们。

至于这些谋反者，我对他们太善良了。其中大部分的人，我已经宽恕过一次。他们从庞培的衣角边爬过来亲吻我的手，感谢我饶他们不死。感激之情会在小人腹中发酵变酸，非得吐出来不可。我就站在冥河的岸边，却不知道如何处置这些人，我一点也不在乎。他们虔诚地凝视着哈尔摩狄奥斯和阿里斯托革顿（希腊历史上“经典的”诛弑暴君者）的肖像——而我却在浪费你的时间。

六十八

公共场合的题字。

（写有以下文字的卡片被贴在老朱尼厄斯·布鲁图斯的雕像上。）

噢，布鲁图斯，愿此刻你与我们同在！

……

噢，愿布鲁图斯还健在！

（下面的文字贴在身为都城裁判官的布鲁图斯的专用座椅上。）

布鲁图斯！你睡着了吗？

……

你不配姓布鲁图斯！

六十八（一）

《康涅利乌斯·尼波斯的摘录簿》

（12月后，尼波斯用密文记录下所有事情，包括和罗马早期历史有关的那些事。）

今天周五。来了位焦躁的访客。他说“长腿人”（特波尼尔斯？德西摩斯·布鲁图斯？）去找过他。这个计划简直太疯狂了，都用不着讨论。我抑制住自己，只给了他一顿臭揍，然后又嘲笑了这个阴谋一番。我向他点明，我妻子和她的朋友知道所有谋反者的姓名，但凡找他参加的谋反都注定失败，因为大家都知道他是个管不住嘴的人。他来找我，就证明他对这次起义信心不足，还不敢参加。除了提供资金以外，他也做不出什么贡献。一个需要集资的谋反行动，还没开始就注定会失败，因为钱从来买不到保密，也买不到勇气和忠诚。倘若这个阴谋得逞，他的钱不出五天就会被挥霍一空。无疑，恺撒掌握的情报极其详尽，随时都会有头脑发热之徒被人从家里拖出来，锁到阿文提诺山下的洞穴里。他们试图加害的那位伟人很可能不会屈尊处决他们，而是把他们贬到黑海边去。在那儿，他们会整夜无眠，想起亚壁古道上的高月，还有卡比托奈山上的朱庇特神殿台阶上的烤栗子的香味，心绪难平。是的，他们还会想起，他们自以为能够除掉的那个男人拾级而上，站到高台转身向罗马守护者们致辞时脸上的表情。

……

全城屏住呼吸。（2 月）17 号风平浪静。

……

现在，大家都从同一个角度来解读每个公共事件。人们又开始密切关注每天的兆象。西塞罗回城了。有人看见他对“长腿人”粗鲁地说话，经过“铁匠”身边也不打招呼。

恺撒再婚后，埃及女王突然变得很有人气。公共场所满是写给她的赞美诗。她已经宣布要离开了，但公民代表团来到她的门口，请求她延长停留时间。

……

这一波谣言已平息。会有新警长上任，纪律会更加严明？老兵涌入城中？

六十九

恺撒寄给卡布里岛的卢修斯·玛米琉斯·特瑞纳斯的日记体书信。

1023. 不朽诸神作证，我很愤怒，但我会享受自己的愤怒。

当我指挥罗马军队的时候，从来没人控诉我是自由之敌。但是，大力神作证，我对士兵的活动有很多限制，他们甚至不能离帐篷一英里以外。早上，我让他们起床，他们就起床；夜里，我下了指令，他们便躺下睡觉；没有人抗议。现在人人都在谈论自由，但从他们使用这个词的方式来看，谁都不曾自由过，也永远不会获得自由。

在我的敌人眼里，我把别人的自由偷来给了自己。他们认为我是个暴君，把我比作东方的君主和总督。他们没法说我抢了任何人的金钱、土地和工作，只能说我夺走了他们的自由。可我没有夺走他们发声和思考的权利啊。我不是东方式的君主，不会让人民对他们理应知道的事物一无所知，我也不曾对他们撒谎。罗马的公知宣称，我向全国公布的信息多到泛滥成灾，人民已厌倦。西塞罗说我像校长，可他没有指控我歪曲课程啊。人民既没有被无知所奴役，也没有遭受欺骗的暴虐统治，却说我夺走了他们的自由?

没有责任就没有自由可言。我无法夺走他们尚未拥有的东西。我从未停止给他们获得自由的机会，但正如前辈们的经验之谈：人们不知道从何下手。我很高兴高卢的前哨部队能够肩负起我给予他们的繁重的自由。堕落的是罗马。罗马人现在已经很擅长通过耍些小聪明来逃避政治自由的义务和代价。我欣然给予人民自由——我很乐意做出并维持这个决定，我也愿意与每一个甘愿承受自由之重的人分享自由——但罗马人已变成了靠这份自由为生的寄生虫。我一直在关注我的裁判官们（卡西乌斯和布鲁图斯)。他们带着文员般的勤勉去履职，他们念叨着“自由啊自由”，却从未着眼或谈起比现在更好的罗马。相反，他们给我提了一大堆建议。这些建议既会为他们添一分尊贵，又会让罗马少一分美好。卡西乌斯希望我让那些在公共场合日复一日地抱怨我以及我国法令的狂热分子闭嘴。布鲁图斯则希望限制人民获得公民身份的权利，以此捍卫罗马血统的纯洁性。他那非洲裔的守门人潜心钻研过卡斯托和波利克斯，见解比布鲁图斯高明。这是在拒绝自由，因为只有跳进未知之境，我们才会知道自己是自由的。嫉妒是拒绝了自由的人的明显标志，直到将卑鄙的动机强加给那些不接受自由而是创造自由的人，他们才会停下艳羡的目光。

但我已提醒自己，心灵是自由的，愤怒便随之消散。心灵容易疲惫，容易受惊，但它可以创造出无限的憧憬，让我们朝着憧憬蹒跚而行。我常说，尽管人们在跑步、游泳、盖塔和挖坑方面都存在极限，但我从未听闻智慧有限。总有比荷马更好的诗人，比恺撒更好的统治者。而犯罪和愚蠢却没有边界。这个事实也让我感到快乐，我称之为谜团，因为它让我无法对人性盖棺定论。未知之境，方有憧憬。

七十

恺撒写给布鲁图斯的备忘录。

（3 月 7 日）

（秘书的笔迹）

现已确定以下日期：

我将在 17 号动身（参加帕提亚战争）。

如果合适，我将在 22 号回罗马待三天，跟元老院谈选举制度的改革。

正在给部队安排住处:（参战的新兵和老兵的）人数超过了我的预期。八座神庙（除营房外，这些神庙也分配给士兵驻扎）也许不够。明天，我们将从公房出发，前往帕蒂尼山。公房至少能容纳两百人。

（下文由恺撒亲笔书写）

我和凯尔弗妮娅希望，你和波西娅可以于15号下午到山上来跟我们共进晚餐，为我送别。我们还请了西塞罗、两位马库斯（安东尼和莱皮杜斯）、卡西乌斯、德西玛斯、特波尼尔斯，以及他们的夫人。人就这些。埃及女王会在晚餐后来。

你和波西娅的陪伴，让我非常开心，我甚至希望只请你俩参加我们的晚宴。既然还有别的客人前来，就让我借此机会向你颁布一道命令。我们是老友了，你也常常主动帮我的忙，因此这项命令合情合理。

我要跟爱妻分开，这对我和她来说都不容易。明年秋天，我将和她在达尔马提亚或卡布里（我们不会通知公众）团聚。同时，如果你向我保证你和波西娅会好好照顾她，便是对我最大的慰藉。她和波西娅从儿时起就是好朋友了，她也敬佩你的为人和对我的忠心。常去你家对她来说裨益良多。我甚至比她还想念你们家呢。

七十（一）

布鲁图斯写给恺撒的信。

（3月8日）

（下文是一封没有寄出的信稿，尚未写完。）

我已经知道你做了这样的安排。

很遗憾，我必须说我15号无法参加你的晚宴。我越发习惯把每晚为数不多的几个小时用来做研究。

你不在的时候，我肯定会尽己所能为凯尔弗妮娅·庇索做点有用的事。但是，我想你应该把她托付给除了我以外的人，他们的社交生活更活跃，也不像我这样公务缠身，更能照顾好她。

伟大的恺撒，你在信中提到了我对你的忠心。这让我很高兴，因为我由此看清，你对于“忠心”的定义和我无异。你肯定不会忘记，我曾对你举起武器，然后又得到了你的宽恕，你允许我在很多场合发表跟你相左的见解。我由此看出，你接受那些把忠于自己放在第一位的人的忠诚，你也了解，这种忠诚可能会不时陷入矛盾。

伟大的恺撒，你在信中提到了我对你的忠心。你这样做，真是……

很遗憾，我必须回复你，我的妻子身体不适，所以我们不能……

……在你离开前，我要表达对你的感激。你的恩惠，我无以为报。自孩提时代起，我就受到了……

我已经知道你做了这样的安排。

忘恩负义的野兽，什么都想，什么都……

（下文是用古丁语写的。看起来像是法庭上的宣誓词。）

“噢，朱庇特啊，无人见过却无所不见的朱庇特，看穿人心的朱庇特，现在请见证我所言属实，若有半点虚假，愿……”

三码的羊毛，中等重量，织成科林斯样式；单针，剪裁精良；三根宽灯芯。

我和我妻子一定会欣然记住那棵大橡树，不会忘记他那双大眼睛最后的目光。我们会惊喜地铭记于心，永不忘怀。

七十（二）

布鲁图斯写给恺撒的信。

（寄出的版本）

我已经知道你做了这样的安排。

我和波西娅很乐意在15号去见你。

放心吧，伟大的恺撒，不管为你还是为她，都请放心。我们爱凯尔弗妮娅不亚于爱自己，等她把我们家当成自己家的时候，我们才会开心。

七十一

恺撒寄给卡布里岛的卢修斯·玛米琉斯·特瑞纳斯的日记体书信。

1023. 近来有些懈怠，没给你写信，一直忙着准备离开。

我等不及了，想马上就走。我的离开，对都城来说是一份大礼，因为人民和我一样已厌倦了这持续不断的关于叛乱的谣言。我一走，这些人就无力发动政变了，等我过了里海，他们就只能回去继续干他们该干的事，这真讽刺啊，难道不是吗？

似乎元老院的五十多个成员也在叛党之列，很多人在城中身居要职。我已审慎地考虑了这件事——它值得好好考虑，但我毫不动摇。

雅典人对伯里克利投了谴责票，还流放了阿里司提戴斯和地米斯托克利。

同时，我合理地安排守卫保护我，并继续履职。

我的儿子（暨其侄子奥克塔维厄斯，恺撒9月份立下遗嘱，将其正式收养，但此事尚未公布）会在我离开后不久回到罗马。他是个很棒的年轻人。让我尤其开心的是，他写信告诉我说，他很敬重凯尔弗妮娅。我告诉她，他会像长兄般——不，像叔父般——陪伴她。奥克塔维厄斯花了一年时间告别了青春时期，现在已有中年人的沉稳。他的信简洁精炼，丝毫不亚于《忒勒马科斯书信集》里的信（广受学校推崇的“写信范文”）。

伟大的埃及女王要回国了，她对我们的了解程度超过很多在这儿待了一辈子的人。很难说她会如何利用她了解到的东西以及如何利用自己，她总是令人吃惊。我总认为，人和动物的区别比很多人料想的都要小。虽然她拥有动物和人类最稀有的天赋，但她完全不知道是什么品质把我们和最迅捷的马儿、最自负的狮子、最狡猾的毒蛇区分开来，她不知道如何使用自己的天赋。她太聪明，不会满足于虚荣；她太强大，身为一国之主也不知足；她太豪气，不适合做妻子。只需再加“伟人”这一特征，她便能达到完美的和谐。因此，我确实对她非常不公。我应该允许她把孩子带到这儿的。但她还没完全明白：她是所有国家最尊崇和敬畏的人——她是女神一般的母亲。所以她才拥有这么多让我花了很长的时间去解释的美好品质——她没有恶意，也不焦躁。美女往往不怀好意、躁动不安，我们虽然厌倦，却也习惯了这个事实，而她却与众不同。

明年秋天，我会带着我心爱的凯尔弗妮娅去看你。

七十二

凯尔弗妮娅写给姐姐露西娅的信。

（3月15日）

他临走前的每一天都显得愈发珍贵。我很惭愧，此刻我才清楚地意识到士兵的妻子需要有多坚毅。

昨天下午，我们和莱皮杜斯还有瑟克丝缇莉亚一起吃饭。西塞罗也在场，他们的陪伴让我们很开心。后来，我丈夫说他从未发觉他和西塞罗之间有这样的友谊。他们互相调侃，牙尖嘴利，莱皮杜斯都不知道该往哪儿看了。我丈夫说起喀提林的革命，说得像是鼠群在反抗一只名叫西塞罗的忧虑的猫。他起身离开饭桌，在房间里飞奔，眼睛盯着相反的方向。瑟克丝缇莉亚笑得肋疼。我丈夫每天都带给我新鲜感。

我们走得早，天还没黑。我丈夫问我，能不能让他去他喜欢的地方。你可以想象，要走小路去偏僻的地方，我肯定很紧张，但我已学会不再唠唠叨叨地劝他小心。我知道，他很清楚这样做的危险，但还是清醒地选择承担风险。他走在我的轿子旁边，有几个护卫跟随。我叫他留意一个似乎在跟着我们的大个子埃塞俄比亚人。他解释说，他曾答应过埃及女王，他再也不会抗拒这位来无影去无踪的仆从。这人有时整夜都站在我们家门口，有时跟着我丈夫到处走，曾经跟了三天。他的确很吓人，但我丈夫似乎很喜欢他，还频频说起他。

狂风大作，眼看暴雨就要倾盆而下。我们下了山，进了广场，停停走走，看这看那，他回忆起他亲身经历的某个历史时刻。他把手放到他的深爱之物上，凝视着我的双眼，确保我和他的回忆有所共鸣。我们走进黑暗而狭小的街道，他用手抚摸自己年轻时住了十年的老房子。我们站在卡比托奈山脚下。即便风雨大作，行人像落叶般从我们身边逃窜而去，他也不肯加快脚步。他让我喝一口瑞亚泉里的水（据说喝下泉水就一定能生孩子）。我明明是最幸福的女人啊，为何我心中却充满了不祥的预感？

这次踏青实在很不明智。夜里，我俩都心烦意乱。我梦到风雨掀起房子的三角墙，猛地砸到路上。我醒了，发现他在我身边痛苦地呻吟。他也醒了，然后紧紧抱住我，我都能感觉到他扑通扑通的心跳。

噢，愿诸神保佑我们。

早上，他身体有些不适。他穿戴整齐，正准备前往元老院，又忽然改变了主意。他回到书桌旁，靠着桌子睡了会儿，他的秘书们说以前从没见过他这样。

现在他已经醒了，终于出门了。我必须加紧准备，晚上要接待客人。这封信太婆婆妈妈了，我很惭愧。

苏维托尼乌斯的《罗马十二帝王传：第一册》

（可能写于大约75年后。）

他一就座，谋反之徒便围拢过来。提利尔斯·泽姆贝尔第一个动手，他走近恺撒，像要提问一般。恺撒做了个手势，试图让他保持距离，泽姆贝尔趁势抓住了他托加长袍的双肩。恺撒喊道："这就是动武了！"这时，站在他身旁的卡斯卡兄弟之一用匕首刺向他，刚好刺到咽喉下方。恺撒抓住卡斯卡的手臂，拿笔刺穿了它。可在他试图起身时，又被刺了一刀。他发现自己已被手持匕首的人包围，便用长袍裹住头，同时用左手把袍子的褶层盖在脚上，这样一来，他倒下时下半身就会被得体地盖住。

他就这样被刺了23刀。他一句话也没说，只是在第一刀刺中时发出了一声痛苦的呻吟。但某些作家说，当马尔库斯·布鲁图斯扑向他时，他用希腊语说了一句："居然还有你，我的儿子！”

所有谋反者都逃走了，留下他的尸体在原地躺了一段时间。最后，三个奴隶把他抬上轿子带回了家，他的一只手从身侧垂下。

医师安提斯提乌斯说，所有伤口中只有胸口第二刀是致命伤。

后　记

概述

1930 年，桑顿·怀尔德用《圣路易斯雷大桥》的版税在康涅狄格州纽黑文市的郊外为全家人盖了一栋房子，但他没法儿在那儿写自己的东西。用他喜欢的话说，他必须“靠逃离才能写作”。这一次次的逃离真是了不起！研究怀尔德写作习惯的人可以尽情欣赏他遍布世界各地的足迹：他曾扬帆横渡大西洋（他喜欢说“船是写手的天堂”），曾在欧洲、美国和加拿大的酒店和客栈里小住，曾出没于新罕布什尔州彼得伯勒镇上的艺术家酒馆，也曾待在新墨西哥州陶斯镇上的玛拜·道杰·鲁汉的大农场里。1945 年 9 月 23 日，怀尔德中校退伍。他服了三年多的现役，其中两年是在海外的南非和意大利度过的。他曾经想多去国外几次，但很快便打消了这个念头。他身心俱疲，焦躁不安，渴望远离人群，便决定重新认识自己的祖国。他选择了自驾旅行——数以百万计的美国人，包括他在内，都对这种新鲜的出行方式青睐有加。

因此，那年 10 月，他看了牙医和其他医生，买了一个新的便服衣柜，参与管理了他的文学作品，尤其是《我们的小镇》和《九死一生》在国际上的演出。然后，怀尔德一头扎进他于1939年买下的克莱斯勒敞篷汽车，驱车前往佛罗里达。但车的轮胎不太靠谱——战时的橡胶定量配给政策余波未尽。在他的写作计划中排第一位的是《阿尔切斯达》——这部戏他在战前就已经动笔了。11月，他大概在开到南卡罗来纳州的美特尔海滩一带时变了主意。他写信给姐姐伊莎贝尔说："我开始用书信形式写关于恺撒—克洛迪娅—卡图卢斯—西塞罗的小说，纯粹是为了好玩，这是我迄今为止写过的难度最高的东西。"

"好玩"很快变成了一部正儿八经的作品。1946年1月，伊莎贝尔写信给怀尔德家族的其他成员，说她正计划在家里搞一场聚会，想请26名客人听桑顿读他越写越长的恺撒小说的手稿。到了5月份，他去罗德岛新港和新泽西州的大西洋城进行了短期的旅行，到他最爱的几个写作地点小住了几日，然后完成了小说的前两册，还念给朋友们听。

怀尔德的母亲在6月底逝世。怀尔德需要处理家事，小说的创作便停滞了下来。他还为三部在暑期上演的《我们的小镇》的戏剧兢兢业业地担任舞台总监一职，因而，写作进度再次被打乱。许多个月过去了，到了1947年1月，他又一次放飞了自我。这次他给克莱斯勒汽车装上了新轮胎，然后驱车前往墨西哥湾沿岸和新奥尔良。一个月后（终于乘船旅行了！）到达尤卡坦半岛的梅里达市，随后愉快地驾车回家。小说又有了新进展。回家途中，他在华盛顿哥伦比亚特区从4月末待到5月初，这两周他都在国会图书馆里阅览和谋逆恺撒有关的作品。因为，正如他在写给演员朋友乔·莱顿的信上所说，“这部分我不能凭空想象。”他也在华盛顿写信告诉律师，他已经决定把这部作品命名为《三月十五》，还说“我预计，它的反响会很热烈。它是与众不同的”。1947年秋，他交付了这部小说。

这本“书信形式的关于恺撒—克洛迪娅—卡图卢斯—西塞罗的小说”，怀尔德从1945年11月就动笔了——其实，当时他在戏剧创作方面遇到了瓶颈——这本书背后的故事说来话长。怀尔德的父亲是一位新闻编辑，他笃信古典语言的功效，还写了一篇名为《逝去的拉丁文》的社论，据说这篇社论“迫使耶鲁管理工会（的董事们）打消了把拉丁文典籍移出学校必修课程的念头”。而怀尔德的母亲学过意大利语，还翻译过卡尔杜齐和但丁的作品。怀尔德就在这样一个家庭里长大。他遗传了母亲对意大利文学和文化的喜爱，这为他日后接受以拉丁语言文学为基础的正式教育拉开了序幕。

怀尔德初次接触《三月十五》的主角尤利乌斯·恺撒，是在1910年到1911年，那时他十三岁，正在中国烟台的教会学校念书（据1911年冬季学期的成绩单显示，他的“恺撒作品选读”课的成绩在 23 名学生里排第六)。尽管他总是对自己的本科成绩（读大学期间，怀尔德经常写作、阅读、参演戏剧，但悲哀的是，他从中拿不到任何学分）闭口不提，但他的拉丁文学得不错。他在耶鲁上的六门拉丁文课中，有四门成绩都不低于 B+，只有两门语法课较差，其中一门的成绩是灾难级的，另一门则近乎灾难。

1920 年到 1921 年间，他那（总体）还不错的拉丁文成绩，为他在罗马美国学院的古典系（考古流派）为期七个月的“访学”生涯打开了大门。诚然，家人送他到该学院就读的原因之一，是想提升他的资历，以便他日后能当上一名中学拉丁语教师。

这两年旅居罗马的经历给了他创作第一部小说《卡巴拉》的灵感——一个以 20 世纪的罗马为背景的故事。之后，他在 1965 年接受一名澳大利亚记者的采访时说，他也是在这个地方“萌生了虚构尤利乌斯·恺撒自传的想法”。尽管为了创作《圣路易斯雷大桥》和《安德罗斯岛的女人》，他把这个想法搁置了一段时间，但他显然没有将其抛诸脑后。例如，1931 年，他给身兼翻译家及古典学者的爱德华·霍华德·马什爵士写信说：“以后我想写一本对话体小说，写那次著名的善德女神秘密仪式亵渎行为，会涉及克洛狄乌斯、克洛迪娅、卡图卢斯、恺撒和西塞罗。”1935 年，这本小说出现在他的计划表上，书名暂定为“世界之巅——恺撒、西塞罗、卡图卢斯、克洛狄乌斯、克洛迪娅”。怀尔德在稿纸上用传统叙事体写了几段，也在 1939 年 1 月 9 日的日记里也谈到了它：

想必我写了《世界之巅》和这样的序言：“我在这本小说中把多个时代的多名作家的说法集中起来，放进尤利乌斯·恺撒的嘴里。他跟卡图卢斯谈论自然的那段话，来自于 1806 年出版的歌德的《浮士德片段》。恺撒跟西塞罗谈论灵魂不朽的那段，源自沃尔特·萨维奇·兰多，而兰多的很多论述也是受到柏拉图和西塞罗的启发。”

20 世纪 30 年代，《三月十五》还有一段亦真亦假、朦胧不清的“前史”。事实是：《三月十五》出版后，怀尔德在访谈和信件中多次强调，本书的主题要归功于一次对话——他和格特鲁德在 20 世纪 30 年代末期对于“伟大”和“领导力”的本质的探讨。这次讨论也许让怀尔德对身处“世界之巅”的领袖（及领袖身边的人）的行为产生了极大的兴趣，进而关注他们如何与过时的宗教体系和政府行为博弈。可以说，鉴于当时的历史语境，讨论这些话题的时机正好。

猜想是：正是怀尔德和斯泰因的对话让他相信，如果这本小说采用传统的叙事形式（由一位全知的作家讲述），那么，它作为与现代人对话的媒介就会失去活力。未来——至少是他当时构想的未来——是属于戏剧的，这种艺术形式潜力巨大，唯独还没能取消“故事讲述者”的存在，无法做到“不带评论的纯粹的动作”。至少，怀尔德于1935年11月从欧洲回到纽约，走下远洋邮轮上岸后，对《纽约太阳报》的一名记者表达了这样的观点。当然，怀尔德在创作《我们的小镇》（1937）和《九死一生》（1942）这两部高度试验性的作品时信守了这个承诺。他在创作《三月十五》这本由信件和其他文字片段组成的作品时也恪守此诺。不管是信件还是其他文字片段，从定义上来说都是“不带评论的纯粹的动作”，因而，这本书以一种现在时的、舞台剧般的、亲近可感的手法，让观众一次只观看一个人物。并且，怀尔德甚至不把《三月十五》叫作小说，而是称其为“幻想作品”，根据《韦氏词典》的定义，“幻想作品”意为：“作者任由其幻想自由驰骋而创作出的作品（比如诗歌或戏剧）。”

第二次世界大战期间，怀尔德正在海外服役，于陆军航空队警报局的战略策划部门担任参谋，一开始是驻扎在突尼斯，后来又去意大利南部的卡塞尔塔待了将近一年时间。战争期间，他的职责与教书、演讲或写作无关，而是要参与一项宏大的工程，包括制订入侵西西里岛的计划。这些行动带来了直接的、立竿见影的、改变人生的后果。

1944年9月，怀尔德去罗马休假一周，他又开始深入思考恺撒的故事。他的思绪回到了另一个战争时代里的另一位战士身上。1941 年，国务院赞助怀尔德前往拉丁美洲国家展开友好访问期间，他接触到了革命战士西蒙·玻利瓦尔的信件，难以忘怀。后来，在 1948 年的一次采访中，怀尔德表示“玻利瓦尔的思维方式和恺撒有点儿像”，还说玻利瓦尔的幻灭也没有愤世嫉俗的意思。怀尔德回忆道，在和格特鲁德·斯泰因谈论“实干者的创造力的本质不同于思想者”时，他对恺撒和玻利瓦尔的对比“显现出了更清晰的轮廓”。

怀尔德故意选择不对战争加以直接描写。“但是，”他在当时的个人日记中写道，“上帝要求我所写的一切都必须反映我在那儿的经历。”他的亲身经历——即第一次直面死亡和毁灭——以一种前所未有的紧迫感升华了他用所有作品发出的叩问：当世界以最可怕的方式对待我们，我们还有什么赖以生存的手段呢？

战后，桑顿·怀尔德又义无反顾地投身于新兴的存在主义思潮中，这股思潮已经席卷了大洋两岸的期刊论文、宣传手册、戏剧和书籍。怀尔德几乎可以说是扑向书店和耶鲁大学图书馆期刊阅览室里的相关材料。战后，并不只有他一个人如此热衷于存在主义的创始人和后来的理论家们。但桑顿·怀尔德和存在主义的交锋影响深远，这点值得注意。他在多部哲学论述中写下了不计其数的注释，由此可见一斑。并且，他和研究克尔凯郭尔的学者华尔泰·劳锐及让－保罗·萨特私交甚好，他还帮后者翻译了《死无葬身之地》，这本书后来被改编为1948年的外百老汇戏剧《胜者》。

这段时期，怀尔德的信里洋溢着兴奋之情。比如，1946年2月，怀尔德初识萨特后，便写信给他的兄弟阿摩司（诗人、研究《新约》的学者及文学批评家，也在钻研欧洲思潮）：

天哪——我跟萨特畅谈了五个小时。累，但是开心。是的，我们现在惺惺相惜……是的，我们可以拥有自由，正是由于我们的缺陷和苦难。我们会死去，我们也知道自己终有一死，这是超验的事实。罪孽是对自由的拒绝，而只有入世，只有用责任束缚自己，才能获得自由。

一个月后，他还给友人乔·斯蒂尔写信谈萨特的存在主义思想：

宝贝，坐好了。上帝是不存在的；要承认人类理性的荒谬性，宇宙不能用理性来解释；但意志的自由是存在的，这首次得到了宗教外的论证。

与克尔凯郭尔和萨特的思想交锋为他提供了《三月十五》的哲学框架。克尔凯郭尔的道德伦理世界观对怀尔德的影响不小——甚至在战前就是如此，他由此想到了如何刻画恺撒。《大都会》（*Cosmopolitan*）于 1948 年 4 月刊登的一篇访谈中，怀尔德很好地总结了他当时的思想航程，就像在说一件家务事：

（打完仗）回来后，我开始创作一个我在战前就已经部分构思好的主题。差不多写了一年，却发现我对于人类处境的基本想法有了巨大转变。我自己无法确定这个转变究竟是什么，直到我的神学家兄弟让我留意到克尔凯郭尔的文章。我一生都在不断地产生激情，不断地心生感激。可以说，我的新小说《三月十五》就是在克尔凯郭尔的启发下写成的。

桑顿在《三月十五》里表达的到底是什么？据 1948 年 3 月的《波士顿先驱报》刊载，怀尔德谈论此书付梓时如是说：

现代人探索心灵，并引以为豪，忘记了必定有一些法则在约束这种探索。不论是通过宗教、伦理还是纯粹的判断，我们都必须要发现并尊重这些法则。否则，心灵会把人类径直带向自我毁灭。因此，我这本书写的是恺撒在他那无尽的权力汪洋中摸索指导他的首要原则。

这本书的卷首语（怀尔德称其为“格言”）虽然看上去更

像是出自克尔凯郭尔之手，但其实是怀尔德对于歌德的《浮士德》中一些诗行的注解。也可以认为，这是以一种更加文学化的手法来塑造恺撒及其圈层的形象："带着恐惧之情与敬畏之心，人类认识到'不可知'的存在。尽管这种认知往往误入歧途，变成迷信、奴役和自负，但正是它催生了人类最好的心灵探索。"1948 年 6 月，在接受《培克郡鹰报》(《三月十五》位列其畅销书榜单）的采访时，怀尔德用更通俗的语言，从恺撒的领导力出发，解释了他的"格言"的含义：

尤利乌斯·恺撒是天才统治者的原型。他创造了这么多的好法律，罗马人都厌烦了。全天下都在他的掌心。但他自己太自由了，忘了也该允许他人行使自由。自由是一种累积性的训练，必须让人民在选择中加以实践。

怀尔德把《三月十五》献给了两个人，他们代表的是两种不同的个体模型，在重重困难中勇敢地做出选择，从而行使了他们"存在"的自由。这两者都是怀尔德的私交。1920 年，他在罗马美国学院结识了诗人劳罗·勃瑟斯（1901—1931)。后来，勃瑟斯担任了《圣路易斯雷大桥》的意大利文译者。为了抗议墨索里尼和法西斯主义，他学会了驾驶飞机，并买了一架飞机。1931 年 10 月 4 日，他开着飞机把四十万份反法西斯的小册子从罗马上空扔下——然后飞往大海，音讯全无（怀尔德写墨索里尼派飞机去追他，但事实是，他的飞机只是失踪了）。怀尔德还把《三月十五》献给了爱德华·谢尔登（1886—1946）。这位非常成功的剧作家从 29 岁那年开始渐渐失明失声，还变成了严重残疾。现在看来，可能是由强直性脊柱炎引起的。尽管他的身体状况很差，但他死前对于包括桑顿·怀尔德在内的一批作家和演员来说，一直是令人难忘、倍受喜爱的朋友、批评家和导师。怀尔德向这两位致敬的方式是把他们的性格特征放到《三月十五》的人物上：勃瑟斯化作卡图卢斯（以及针对恺撒的抨击文），而谢尔登则化作卢修斯·玛米琉斯·特瑞纳斯——住在卡布里岛上的严重伤残的士兵。

1948 年 1 月 16 日，哈珀兄弟公司出版了《三月十五》。在最后一刻，怀尔德终于同意让出版商把书交给“每月一书俱乐部”考评，进而被选为 1948 年 3 月的推荐读物，这让他很惊讶（怀尔德心系纽约知识分子界，总是担心该俱乐部选中的书会蒙上一层中产阶级的文化阴霾）。

那么，对于怀尔德的第十五部小说——也是十四年来的独一无二的作品，评论家们怎么看？不少人关注这本书的纪实形式，称赞怀尔德写出了一部“力量之旅”（这个短语的使用频率很高），也有人表扬这本书“功力非凡”。除了关注形式以外——怀尔德在这本书的无题序言里阐明了他的写作意图和本书的时间顺序，很多人又用自己的话重讲了一遍——给出好评的书评人赞赏他通过对历史背景的使用，探究了具有永恒伦理性和高度哲学性的有关权力与腐败、艺术与生活的问题。怀尔德虽然博闻强识，但在本书中并没有卖弄学问，这一点也收获了不少积极评价。爱德华·威克斯在《亚特兰大月刊》上说出了很多人的心声:“《三月十五》是我在今年冬天享受到的最丰富的阅读体验，无与伦比。”克利夫顿·费迪曼在“每月一书俱乐部”的《新闻》里给这本书的评价是“开化”。另一位批评家则指出，这本书“给人上了一堂历史小说写作课”，“它唤醒过去”，而不是“挖掘过去”。

负面评价（只占少数）往往都认可作者的精湛写作技巧，但同时又认为《三月十五》是“冰冷的”、“理性的”、“说教的”、“做作的”。奥维尔·普莱斯考特在《纽约时报》的每日书评里说，《三月十五》有很多值得敬佩的地方，但他的结论是:“这本书就像一座罗马的半身雕像，冰冷，精准，技法巧妙，却缺少艺术珍品散发出的神圣火光。”也有饱学之士挑剔瑕疵：怀尔德对罗马人姓氏的处理有误，他对歌德诗行的翻译过于随意等等。尽管怀尔德在前言中明确表示重塑历史不是他的主要目标——作者的声明就像一则童叟无欺的广告——但有些书评人依然吹毛求疵，说他玩弄史料。“为什么会错成这个样子，荒谬、自大，而又毫无目的？”一名加拿大书评人在多伦多的《周六晚报》上如是说。“这是一本引人入胜、令人动容而又异常乏味的书：严肃的作者靠在船桨上，展开了一场讨喜的力量之旅。”伦敦评论家菲利普·托因比凭借这句话在《世界评论》上获得了“名褒实贬奖”。

怀尔德本人对这些书评做何感想？小说出版一个月后，他对密友西比尔·科勒珐珂斯说，这些评论“几乎全都很糟——要么不温不火，要么不怎么样”，但一个月后，他又跟她说，有些评论“只有被宠坏的男孩儿才想要”。怀尔德不会沉湎失败，也不会吹嘘成功，但他显然很失望：这本让他异常自豪的书，这本他在1946年4月对律师宣称“与众不同”、“反响会很热烈”的书，竟没有获得高质量的关注。怀尔德在心底是否希望，作为一则故事又兼具研究形式的《三月十五》，能够激起与实验性的《我们的小镇》和《九死一生》同等的轰动？是否希望它引发人们激烈讨论将史料用于虚构（艺术）的做法？很有可能。但事与愿违。1948年，公众把热烈的反响留给了诺曼·梅勒的处女作《裸者与死者》。但即便是梅勒的小说，也无法撼动大众读者心中的首选——劳埃德·C.道格拉斯的《渔夫》——一本没有让任何人失望的、非常舒服的历史小说。

不管批评家们怎么说，《三月十五》在1948年收获了众多读者，雄踞畅销书榜首数周。不过它不像怀尔德的前三本小说那样成为当年销量的前十名。直到90年代绝版时，《三月十五》

的精装版和四种平装版已经卖出 45 万多册，最后一版是哈珀与罗公司永久出版社（Harper & Row Perennial Library）推出的 1987 年版。这本书深受拉丁文老师喜爱，怀尔德总是对此很得意。

怀尔德反对将他的小说改编为现场演出的戏剧，这曾是铁则一条。但由于《三月十五》中深深扎根着一份戏剧感性，怀尔德便破例请求身兼演员及剧作家两职的杰罗姆·柯尔提于 1962 年将其改编成舞台剧（怀尔德在学生时代就知道柯尔提了，非常崇拜他 1960 年在百老汇上演的大热戏《亲爱的骗子》）。尽管 1962 年，《三月十五》的舞台剧请到了德国知名演员，在柏林还算成功，但 1963 年在伦敦由约翰·吉尔古德扮演恺撒、艾琳·沃思饰演克洛迪娅的版本却反响惨淡。

这本小说在国外大获成功，这是它在过去半个世纪的历史中最浓墨重彩的一笔。《三月十五》至少有 23 种语言的译本（仅次于被译为三十多种语言的《圣路易斯雷大桥》）。不少海外批评家和学者一直将其视作怀尔德最重要的小说，许多美国同行也不例外。

这些年来，很多外文版本当然都停印了。但有意思的是，自 1990 年起，新版本出现在了希腊、保加利亚、匈牙利、意大利、西班牙，还有德国。在这些地方，这本小说自 1948 年后一直没有停印，1957 年播放的完整电台版又重播了，1988 年还发行了 CD。怀尔德笔下这个像神话般永远站在权力和伦理的十字街头的人物，似乎在苦难记忆经久不逝的国度里获得了特别的共鸣。

塔潘·怀尔德[1]

于马里兰州切维蔡斯

阅读材料

罗马的来信，1920 年

桑顿·怀尔德于 1920 年至 1921 年在罗马美国学院学习期间第一次产生了创作一部有关恺撒的小说的想法。下文摘自他 1920 年 10 月 21 日写的家书，从中我们可以窥见这位年轻人的想象。日后，他会创作一部他称之为“幻想作品”的小说，写恺撒生前最后的日子。

待在这儿真好！在巴黎、伦敦或是纽约待一年都不如待在这儿！罗马的古老、丰富和壮丽令人神迷，我不禁想说，她的的确确是“永恒之城”啊！那天我跟一个考古队去看一座新发现的墓。墓大概建于公元一世纪，就位于市中心附近的一条街道底下。我们借着烛光凝视着颜料斑驳的画作。画的是姓奥瑞

[1] 译者注：桑顿·怀尔德的遗著保管人。

里乌斯的一家人，以象征性的笔法描绘出家族的老老小小：有的被长翅膀的精灵抱着飞走，有的在花园里玩耍，有的整理着自己的罗马式长袍。此刻，现代的汽车正从我们头顶上呼啸而过。我们对这处遗址进行分析，试图还原奥瑞里乌斯家族往昔的亲情、信仰和习惯，而同时奥瑞利亚家族也在我们头顶传承着这些元素。它们如同对两千年前历史的探究一样意义重大，而且令人欣慰，充满人性的光辉。

《这是我最好的作品》，1950 年

这篇随笔的全文与《三月十五》的节选一同收录在《世界最佳》（1950）这本选集中，选集共收录了 105 位作家的作品节选。怀尔德在这份随笔中探讨了这部小说的风格以及他这样写的原因。塞缪尔·理查德森（1689—1761）是爱情小说《帕米拉》的作者，该作品开创了书信体小说的先河。

19 世纪的小说家似乎从未对全知视角的使用感到困扰，因为这是他们艺术创作的基础。福楼拜和图格涅夫的作品第一次体现出作家对全知视角的不适；后来，这份不适在亨利·詹姆斯作品里表现得更为强烈；如今，它以不同的形式动摇着所有叙事者的自信。读者相信我们的故事是“真”的吗？我们自己又在多大程度上相信呢？

这是小说的危机。剧作家就不会面临这样的问题。

戏剧写作中也大量使用了全知视角，但是，一旦演员开始表演，我们就不会注意到还有一位呈现故事的叙事者存在。可以将小说理解为“与我们对一个动作或一系列动作的理解相关的一切事物”，我们在阅读小说的全程中都会意识到，有一个全知智能在向我们叙述相关事物。但是舞台上的一切都发生在“现在”，不受编者之言的干预。从戏剧的角度来说，眼见为实。

我试图在《三月十五》中抛却虚构叙事者。如果用全知视角来讲述恺撒、西塞罗或卡图卢斯等人物的想法，这会非常可笑。所有艺术都是伪装，但是历史小说的伪装尤其让人难以接受，于是我换了一种方式伪装：我假装发现了这些大人物所写的大量信件和文件。我试图运用历史研究的方法来迫使读者信以为真。如此一来，小说“看上去”就比充斥着“恺撒想起他们的第一次见面”或“克利奥佩特拉隐藏起自己的愤怒”这类平铺直叙的句子要可信得多。这种写法不仅让人称视角变得可信，而且，更重要的是，它创造出了近似剧场的效果。所有信件和文件都用了现在时，没有叙事者的声音让动作听起来像是发生在过去。如同舞台上的演员即刻地、自发地说出台词——如同他们的舞台“时间”成了观众的“时间”——书信体小说中的每一份文件都仿佛在说一段话，发出一声惊叫，而我们都身临其境。

这还算不上是小说问题的解决之道。书信体小说有其他的难点，这些难点非常棘手，因而这种文体适合的故事类型非常有限。时间是一种感觉，我没有像理查森[1]那样正儿八经地尝试解决时间的问题。我为我的作品罩上一层反讽的薄纱来戏仿历史研究，以此回避这个问题。我要读者和我一起“玩这个游戏”，而并非“相信”我，这也是我的回避之道。

事实与想象

《纽约时报》戏剧批评家布鲁克斯·阿特金森（1894—1984）曾写下《三月十五》的重要书评，刊于 1948 年 2 月 22 日的周日书评版中。他在收集背景资料时向怀尔德问及小说中的素材，专门问到哪些是真实、哪些是想象的。1947 年 12 月 20 日，怀尔德回信答复了他，这封信便是节选自此处。阿特金森在他的书评中几乎没用到这封信，但是，他后来重印了信的大部分内容，收录在他为“哈珀 1950 年现代经典丛书”版的《三月十五》所作的序中。

亲爱的阿特金森先生：

很难区分真实与想象。我在前言中提过，我做了一处重大改动，并随之做出了一系列小改动。

[1] 译者注：理查森是英国著名的物理学家，凭借理查森定律获得了 1928 年的诺贝尔物理学奖。

我想，让您了解我如何运用素材的最好方法就是向您列举一些重要人物和事件，并向您说明我的创作过程：

住在卡布里岛上的伤患：完全是根据内德·谢尔登的形象来想象和塑造的。《高卢战记》的叙事有着钢铁一般的客观性，但作者在记叙一位和他并肩作战多年的朋友如何死于敌手时，客观性有所下降。

克利奥佩特拉：已知的史实仅有，她的住处在哪儿，人民普遍对她怀有敌意，西塞罗曾因没有收到合心意的礼物而恼怒。历史学家一致认为，她在访问罗马期间肯定经常和安东尼见面，因为那是安东尼最后一年担任执政官。

赛色瑞斯：广受喜爱的女演员。西塞罗详述了和她在一次晚宴上相识的过程。即便在行军期间，马克·安东尼也让人用轿子抬着她，因而饱受诟病。但是，也许她只是一位舞女。没有证据表明她是一名“高级的”悲剧女演员。

卡图卢斯：我想，普鲁塔克说过，恺撒（在表示那些辛辣的讽刺短诗会“永远玷污他的名声”后）邀请了卡图卢斯参加晚宴，然后两人达成和解。19 世纪末，一位德国学者通过收集资料证明著名的克洛迪娅·普尔喀就是卡图卢斯诗中的莱斯比娅。此后，大部分学者都采信了这一观点。

克洛狄乌斯和克洛迪娅：我们掌握了不少关于他俩的信息，甚至还有秘密仪式丑闻发生后西塞罗在法庭发表谴责的部分演说词。民间叫她“四便士女孩”，人们也普遍指控她谋杀和乱伦。卡图卢斯的早期诗歌将她描绘成一名为了麻雀而哭泣、害怕“老男人”会窥视她亲吻麻雀的“小”少女。后来却诗风一转，明确地将她描写成一股重要而残酷的政治力量和一位寡廉鲜耻的荡妇。

茱莉亚姑妈：全都是我的想象。这显然违背了时间线。恺撒年纪轻轻就在她的葬礼上致辞，从而奠定了他的政治地位。

谋反阴谋：大多数历史学家都深入阐述了谋反的保密工作做得有多好。但是，有 70 名议员啊！要知道，罗马人往往都是话痨，还有记载说这些人在行刺当天的上午非常紧张。所以，我在小说中的设定是，公众和被害者事先知道这个阴谋的一部分。也许我错了吧。

疑似恺撒之子的布鲁图斯：我问过深受爱戴的耶鲁名誉教授、研究罗马共和国晚期历史的专家亨德里克森先生。他说：“我们不清楚。也许是吧。人们猜测，每个死去的人都是死于中毒，每个人的生父都另有其人。我们只能说，在两代以后才有人开始提及布鲁图斯可能是恺撒的私生子。”但他相信，恺撒无疑跟布鲁图斯的妈妈有过一段情，时间也差不多能对上。

恺撒：他的那些传记要么盲目崇拜，要么猛烈报复。但是，经常有人指出，即便是试图撰写反恺撒的政治宣称册的苏维托尼乌斯想要谴责他，也只能挑出他犯下的一些微不足道的过失。但凡仔细考量过恺撒的人，都无法否认他那不同寻常的仁慈宽厚。在一个积怨深重、政治残酷的时代，许多接受过恺撒慈恩的人都对此感到困惑。此外，士兵们非常崇拜恺撒，这件事屡经证实。无疑，他年轻时生活拮据，却又指挥着千军万马，还潇洒地系着“罗马最宽的紫带”——一副大贵族的派头。我对恺撒的看法很大程度上都源于这三件事。这位恺撒是我在本书中最个人化的表达，我还没意识到有哪处违背了“史实”（当然，除了他历任妻子的时间线外）——后世对于“那一天”的重构是最为丰富的。

至于风俗礼仪的大背景，我希望可以说我的行文调性来自于西塞罗那浩如烟海的信件。是它们让我确信，人性古今不变，并且，不难发现，风俗礼仪正是人性的产物和延展。从这个意义上来讲，塞维涅夫人和霍勒斯·沃波尔所处的世界跟罗马并无不同。我只是偶尔复习下我于 1920 至 1921 年期间在罗马美国学院学习考古时研究过的材料。战争期间，我在意大利待了一年（从我住的地方走一下午就能到加普亚！），感受乡村的天空、阳光和雨。这一年对我的创作的激励甚至更大。

同时，我给了自己极大的创作自由。为了好玩，我在这部“幻想作品”中嵌入了许多严谨但次要的史实：在恺撒遇刺身亡的前一晚，他和凯尔弗妮娅还有莱皮杜斯共进晚餐（谋逆者把这件事解读为恺撒对其计划毫不知情）；西塞罗的妻子曾经吃醋，怕他陷入克洛迪娅的情网；卡图卢斯曾把诗作献给他那来自波河以北的同胞——历史学家尼波斯；恺撒确实挖掉了梵蒂冈山的一部分来修正台伯河的河道，当时的河流流速可比现在快多了（但那出低俗的淑德奖滑稽戏是出自我手）。

桑顿·怀尔德的注解

怀尔德赠予友人、外交官特伦斯·凯瑟尔曼的英文版《三月十五》里，对于材料出处、情节、文风、主题等做了近百条旁批。下面呈现其中三张图片及其文字转写。还有几个别的例子。

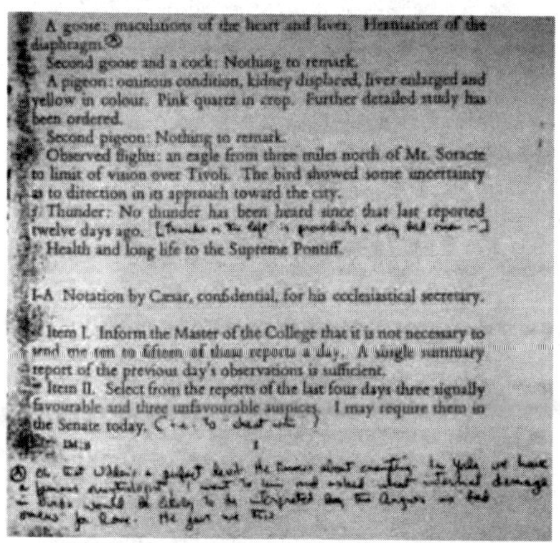

A goose: maculations of the heart and liver. Herniation of the diaphragm.

Second goose and a cock: Nothing to remark.

A pigeon: ominous condition, kidney displaced, liver enlarged and yellow in colour. Pink quartz in crop. Further detailed study has been ordered.

Second pigeon: Nothing to remark.

Observed flights: an eagle from three miles north of Mt. Soracte to limit of vision over Tivoli. The bird showed some uncertainty as to direction in its approach toward the city.

Thunder: No thunder has been heard since that last reported twelve days ago.

Health and long life to the Supreme Pontiff.

I-A Notation by Cæsar, confidential, for his ecclesiastical secretary.

Item I. Inform the Master of the College that it is not necessary to send me ten to fifteen of these reports a day. A single summary report of the previous day's observations is sufficient.

Item II. Select from the reports of the last four days three signally favourable and three unfavourable auspices. I may require them in the Senate today.

1

这一页的注释表明，怀尔德在描写小说第一页的占卜场景时咨询了专家。他很可能跟1950年退休的斯坦利·C. 鲍尔教授谈过。

Ⓐ 噢，怀尔德真是个人精。他什么都知道。耶鲁有一位著名的鸟类学家，我去拜访他，问他鸟类受到怎样的内伤才可能被占卜师解读为罗马的“凶兆”。他给了我这个答案。

“雷”的注释:“众所周知，左方响雷是大凶之兆。”

Ⓐ 我虚构的一切，都只是单纯的虚构罢了。但以这种机关枪般的笃定呈现出来，读者就会不由得信以为真。我在搭建一个立体的、具象的罗马。其他所谓的历史小说，满篇都是奇

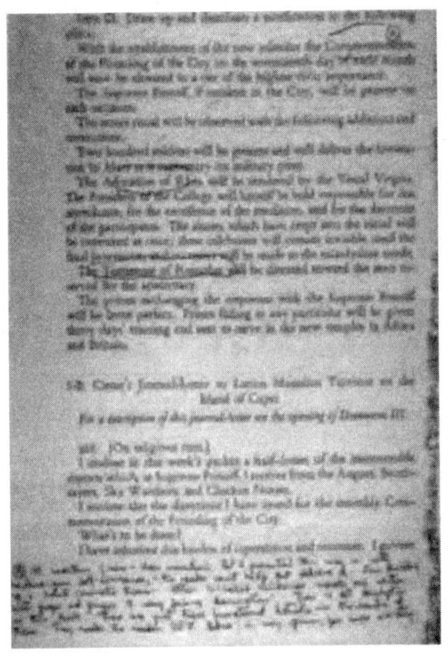

这条注释讲的是怀尔德虚构的仪式，同时也抨击了传统历史小说。

谲的“描写”。而这本书里没有任何描写，只有这类功能性的细节——多达几千处。它们能让读者看见罗马，在我看来，这种呈现方式要比“描写”生动逼真得多。

Ⓐ 现在我开始写一个阴谋（我要写的多个阴谋之一）了。一个善于社交的贵妇人在策划一场盛大的晚宴。注意，怀尔德从不含糊其辞。他的笔头倾泻出具体的细节，这样就能让读者

II The Lady Clodia Pulcher, from her villa at Baiæ on the Bay of Naples, to the Steward of her Household in Rome.

September 3, 45 B.C.

My brother and I are giving a dinner on the last day of the month. If any mistakes occur this time I shall replace you and offer you for sale.

Invitations have been sent to the Dictator, and to his wife and aunt; to Cicero; to Asinius Pollio; and to Gaius Valerius Catullus. The entire dinner will be conducted in the old mode, that is to say, the women will be present only in the second part of the dinner and will not recline.

If the Dictator accepts this invitation, the strictest protocol will be observed. Start rehearsing the servants now: the reception before the door, the carrying of the chair, the tour of the house, and the leave-taking. Make arrangements to hire twelve trumpeters. Inform the priests of our temple that they are to perform the ceremony suitable for the reception of the Supreme Pontiff.

Not only you, but my brother also, will taste the Dictator's dishes in his presence, as was done in the old days.

The menu will depend upon the new amendments to the sumptuary laws. If they are passed by the day of the dinner only one entree may be served to the entire company. It will be the Egyptian ragout of sea food which the Dictator once described to you. I don't know anything about it; go at once to his chef and find out how it is prepared. When you are sure of the recipe, make it at least three times to ensure that it will be perfect on the night of the dinner.

本页揭示出“巴亚”的灵感源于纳拉干塞特湾的罗德岛新港，这是怀尔德最爱光顾的写作地之一，也激发他创作了最后一本小说《西奥菲勒斯之北》（1973）。标记为A和B的注释写道：

不由得信以为真。

Ⓑ 从页底往上数六行，“反奢靡法”后面：“罗马正在度过经济低迷期。这是恺撒制定的反奢靡法，限制穿戴华服珠宝，食用精致的食物等。”“往日（in the old days）”后面的批注为“即防止下毒（i. e. against poisoners）”。

【二十五】庞培娅寄给克洛迪娅的信：“又回到了8月份——克洛迪娅的晚宴尚未举行。有些读者讨厌我安排的时间顺序，但我就是这样观察生活的。”

【三】她们在成长过程中意识到自己受到了欺骗，便赶忙对外证明：自己已经从虚伪中解放出来了：“塔卢拉赫·班克黑德——阿拉巴马第一家族的成员，南部联邦政府高官的后代，父辈、叔父辈、祖父辈曾担任州长和议员——成长在南方贵族那虚假的神话中（谎言称：南部的每个女子都是一朵纯净的木兰花，每个男子都是完美的骑士）。她及时发现了骇人的真相，便一声怒喝，挣脱了谎言的蒙蔽。”

【三】生活的王冠，在于行使选择：“书中反复出现的母题。”

【六】再者说，佩内洛普也没有这样过：“本书的主题之一——爱对于被爱对象的理想化可能会导致爱情以悲剧收场。”

【一（二）】[1] 我是否确定，在整个宇宙中都不存在所谓人类背后的神思和神秘：“本书的根基在于叩问，生活是否有意义？抑或仅仅是草率而为？”

【二十一】……像西塞罗说的那样：“唯有交心挚友，方能真心恨她”：“我不该加上这句的，这是尼古拉斯·郎沃斯夫人（泰迪·罗斯福之女）说的，用来讽刺汤姆·杜威（1948 年共和党的总统候选人）的名言。”

【二十一】太阳和人类都不允许别人死盯着自己看：我化用了罗什福科的话：“太阳和死亡都不允许别人死盯着自己看。”噢，我真是个忙碌的小偷。

怀尔德的介绍性注解总结如下：

这本小说就像是一种填字游戏。有许多事件，我们四度经历。

就像是你从四个方向看同一尊雕像。

所以，你读第二遍时，这本书才真正开始说话。

[1] 译者注：这句话出自第八份文件，也许是作者误记。

但这样一来，我感受到了（反正这是我的兴趣所在）生命的密度——它的杂糅性、惊喜性、神秘性。

我厌倦了按时间先后顺序从头到尾地讲故事，这似乎太老套了，不够丰富，不够复杂，也不够真实。

生活中，往往要等事情过去很久后，我们才明白到底发生了什么。

怀尔德手迹

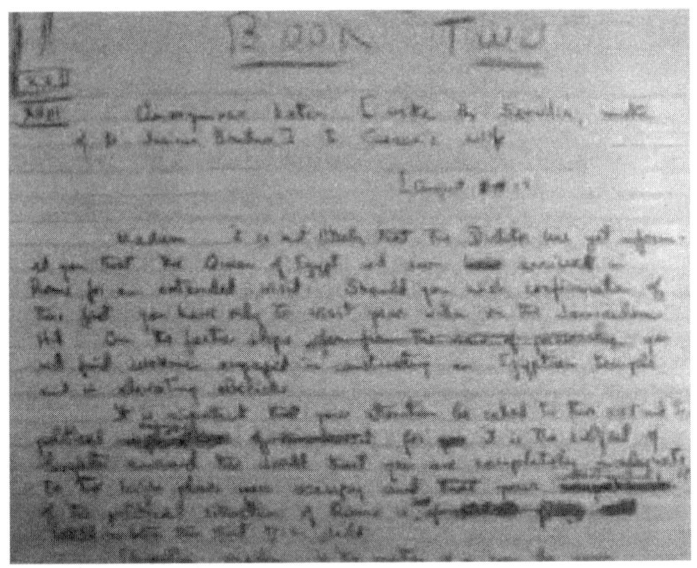

BOOK TWO

这是怀尔德亲笔写下的《第二册》开篇几行字的手稿。它跟最终呈现的版本很接近（见本书第99页），但在当时和日后，作者做了一些细微的改动（例如给该文件重新编号）。在校订自己的文本时，怀尔德通常会删去冗余的字词来精炼语言。示例如下。

二十二

写给恺撒妻子的匿名信（马尔库斯·朱尼乌斯·布鲁图斯的母亲塞尔维莉娅所写）。

(8 月 17 日)

夫人，独裁者可能还没有通知您，埃及女王很快就会到罗马进行长期访问。若想确定这件事的真实性，您只需前往您在贾尼科洛山的庄园。在~~行人看不到的~~离庄园较远的那面山坡上，你会看到工人们在修建一间埃及神庙，正树起座座方尖碑。

您得留意这次访问~~本次访问~~及其带来的政治~~影响~~风险。这很重要，因为全世界都在嘲笑您，说您完全不配拥有这样高贵的地位，说您~~就像小孩子一样~~还不如小孩子~~理解~~了解罗马的政治形势。

夫人，克利奥佩特拉为您的丈夫生下了一名私生子。那个男孩叫作恺撒里昂。埃及女王曾经把他藏起来，不让宫里的人看见，但她一直在散播谣言，说这孩子智慧超凡，美貌过人。然而，据权威人士说，这个男孩其实是个白痴，满了~~四岁五岁~~三岁还不会说话，也基本不会走路。

埃及女王此次前来罗马的唯一目的，就是把她的儿子~~合法化~~立为嫡嗣，~~力求~~确保他能继承父位，一统天下。多荒谬的计划啊，可克利奥佩特拉的野心是无止境的。她诡计多端，残酷无情，甚至暗杀了自己的叔父和弟弟（也是她的丈夫）。并且，虽然她还不能支配世界，但她一手掌控着您丈夫的色欲，足以惑乱世间。

这不是您第一次因为您丈夫那明目张胆的通奸行为而蒙受公众的羞辱了。他对艳后的迷恋~~色欲~~蒙蔽着他的双眼，让他看不到这个女人对公共秩序的威胁，这再次证明他在治国方面已经老了……

致　谢

本书正文后附上的补充资料主要来自尚未出版的资料或珍稀出版物中桑顿·怀尔德的文章。希望读者能透过这些篇目，更加鲜活地了解这部作品及其作者。想要深入了解桑顿·怀尔德的读者可以查阅权威资料，或浏览 www.thorntonwildersociety.org 查看参考书目。

感谢佩内洛普·尼文、芭芭拉·怀特潘、塞莱斯特·费罗斯、丽萨·哈特詹斯和耶鲁大学拜内克古籍善本图书馆的工作人员，是他们的帮助让此书得以问世。也很感谢《诗人与独裁者——劳罗·德·波西斯在意大利和美国反抗法西斯》(2002) 一书的作者简·麦克鲁尔·马奇向我提供有用的信息。由衷感激罗宾·吉布·怀尔德博士给予我编辑方面的建议。我还要致敬库尔特·冯内古特对《三月十五》的热情。

材料来源与授权

除以下三处外，本书引用的未出版材料全部来自于耶鲁大学拜内克古籍善本图书馆馆存的耶鲁美国文学藏品（YCAL）中桑顿·怀尔德合集里的桑顿·怀尔德书信、手稿和相关档案，以及怀尔德家人所持有或管控的资料。拼写错误除特别说明外都已纠正。怀尔德致爱德华·霍华德·马什爵士的信现藏于纽约公共图书馆亨利·W与艾伯特·A.伯格的英美文学收藏室；致西比尔·科尔法克斯的信现藏于纽约大学菲尔斯图书馆菲尔斯手稿藏品中的桑顿·怀尔德合集；致布鲁克斯·阿特金森的信现藏于纽约公共图书馆表演艺术图书馆的比利·罗斯剧院。非常感谢以上机构的帮助。

作者照片摄于纽黑文，也曾用于本小说的初版。怀尔德的《这是我最好的作品》一文收录于惠特·伯内特编写的《世界最佳》（纽约：戴尔出版社，1950）一书的104至195页，由惠特妮·伯内特许可重印。

桑顿·怀尔德

桑顿·尼文·怀尔德在他漫长的写作生涯里自始至终都在默默地进行着写作革命，大胆实验各种文体和主题。“每一部小说都独一无二，”他 75 岁时写道，“戏剧（也一样）……我现在写的也是前无古人的东西。”怀尔德笔下纷繁复杂的背景、人物和主题既特殊又普遍。同时浸淫在古典文学和当代文学中的他，经常用小说和戏剧将传统与现代融合，在寻常事物中探索宇宙的奥秘。《时代周刊》1953 年 1 月 12 日的封面故事里提到怀尔德那独特的“星际思维”——他的行文视野可以兼具美国性与普适性。

怀尔德是 20 世纪文学史上的重要人物。到了 21 世纪，他的小说依然广为传颂，他的剧作仍旧在剧院上演。他是唯一一位同时拿到普利策小说奖和戏剧奖的作家，他的第二部长篇小说《圣路易斯雷大桥》于 1928 年获得小说奖，《我们的小镇》和《九死一生》分别于 1938 年和 1943 年获得戏剧奖。他的其他小说还包括《卡巴拉》《安德罗斯岛的女人》《天堂是我的目的地》《三月十五》《第八日》和《西奥菲勒斯之北》。他的其他重要剧作包括《阿尔切斯达》和《媒人》（后来被改编为举世闻名的音乐剧《你好，多莉！》）。他还写了一些创新短剧，比如《去特伦顿和卡姆登的快乐旅行》《漫长的圣诞晚餐》，以及构思独特的、戏剧爱好者经常排演的系列剧《人生七阶段》和《七宗罪》。

怀尔德获过许多奖项，其中最高荣誉为三次普利策奖、美国艺术和文学学会小说金奖、荣誉勋章（秘鲁）、法兰克福歌德奖章（德国，1959）、总统自由勋章（1963）、美国全国图书委员会颁布的首枚国家文学奖章（1965），以及美国国家图书奖的小说奖（1967）。

1897 年 4 月 17 日，怀尔德出生于威斯康星州麦迪逊市，父亲为阿莫斯·帕克·怀尔德，母亲为伊莎贝拉·尼文·怀尔德。怀尔德一家先后迁居中国和加州，他在加州毕业于加利福尼亚州的伯克利高中。他在欧柏林大学就读两年后进入耶鲁大学，于 1920 年在耶鲁大学获得学士学位。他曾在加利福尼亚州、肯塔基州、佛蒙特州、康涅狄格州和马萨诸塞州的农场上干过暑期工，这对于他来说是很宝贵的学习经历。他的父亲之所以为他和他哥哥阿莫斯安排这些严酷的体力活，是为了让他们感受美国的传统。

1920 年至 1921 年间，桑顿 · 怀尔德作为特别生[1]在罗马美国学院学习考古学和意大利语，并于 1926 年在普林斯顿大学获得法国文学的文学硕士学位。

怀尔德不仅是一位才华出众的剧作家和小说家，他还是一位优秀的教师、散文家、翻译家、学者、演讲家、歌剧作词人和编剧。1942 年，他与阿尔弗雷德 · 希区柯克一同完成了经典惊悚片《辣手摧花》的剧本初稿，署名为主要编剧，并因其在该片“准备阶段所做出的贡献”而获得特别鸣谢。怀尔德精通四门语言，他翻译或改编过多名剧作家的作品：例如亨利克 · 易卜生、让 · 保罗 · 萨特和安德烈 · 奥贝。作为学者，他对于詹姆斯 · 乔伊斯的《芬尼根的守灵夜》和西班牙剧作家洛佩 · 德 · 维加的戏剧所做的研究意义重大。

怀尔德交友广泛，与大西洋两岸的许多名人都有来往——海明威、菲茨杰拉德、亚历山大 · 伍尔科特、吉恩 · 坦尼、西格蒙德 · 弗洛伊德、制作人马克斯 · 莱因哈特、凯瑟琳 · 康奈尔、露芙 · 高顿和加森 · 卡宁等。20 世纪 30 年代中期起，怀尔德与格特鲁德 · 斯泰因私交甚密，并成为其作品和思想的最有力的阐释者和支持者之一。怀尔德把他的多段友谊都写进了信里。他相信，优秀的书信是“文学的伟大分支”。怀尔德在一次主题为“阅读书信巨匠”的讲座中说道，信可以作为“文

---

[1] 译者注：不攻读学位的学生。

学的练习”、“人格的写照”、“灵魂的新闻”——这三组短语很好地描述了他本人写给朋友和家人的数千封信件。

怀尔德酷爱演戏，他的几部剧作于暑期演出季上演时，他曾扮演主角。他也终生热爱音乐，读乐谱是他的爱好，他还将两部自己的戏剧改编成了歌剧剧本——由保罗·欣德米特作曲的《漫长的圣诞晚餐》和由路易斯·塔尔马作曲的《阿尔切斯达》。两部作品都在德国首演。

教书也是怀尔德最热爱的事情之一。他于 1921 年开始执教，在新泽西州的私立中学——劳伦斯维尔中学——担任法语教员。《圣路易斯雷大桥》出版后，他获得了经济独立，便于 1928 年离开课堂，但他在 30 年代重执教鞭，在芝加哥大学做了六年的兼职，教授经典翻译、比较文学和写作课程。1950 年至 1951 年，他在哈佛大学担当“诺顿讲座”的诗学教授。怀尔德在学术和授课上天赋异禀（他几乎将教室当作剧场），堪称完满，在国内外大受欢迎。第二次世界大战后，他开始阐释美国思想传统及其对文化表达的影响，尤其在德国享有一席之地。

第一次世界大战期间，怀尔德曾在驻扎于罗德岛亚当斯堡的海岸炮兵小队中作为士兵服役三个月。他在第二次世界大战时自愿参军，晋升为空军情报部门中校。他也在北非和意大利服过役，并因此获得了功绩勋章、铜星勋章、法国荣誉军团骑士勋位，以及大英帝国军事类员佐勋章。

1930 年，怀尔德用《圣路易斯雷大桥》的稿酬在康涅狄格州的哈姆登（纽黑文郊外）为全家人盖了一栋房子。但是他每年通常有两百天不在哈姆登，而是云游四方，在各地小住、独处并获得写作灵感。他去过亚利桑那州的沙漠、新罕布什尔州的麦克道威尔文艺营、马沙文雅岛、纽波特、萨拉托加斯普林斯、维也纳和巴登巴登。他在船上写作，也常去“淡季的温泉圣地”小住。当他沉浸于小说或戏剧创作时，他需要一个庇护所。怀尔德于 1959 年向《纽约客》的记者谈起他的习惯：“可以漫步，也可以享受静谧——优雅至极，一应俱全，无人喧扰。淡季的温泉圣地就是这样！我有这个习惯。”

但怀尔德总会回到“那座靠《大桥》盖的房子”里——至今人们仍这样叫它。1975 年 12 月 7 日，他在那儿因心脏病发作去世。